世界をこの目で

黒木 亮

角川文庫
21283

はじめに

外国を理解する一番の早道は、そこに住んだり、その国の人と仕事をしたりすることだろう。思い通りにいかない交渉に悩んだり、「なぜあんなことをいうのだろう？」と原因を調べたりしていくうちに、相手の国の社会、歴史、文化などが見えてくる。このことを肌で感じたのは、金融マン時代に国際協調融資の主幹事として、世界中の参加銀行を説得していたときだ。全参加行が一字一句に同意しなければならない融資契約書を作るときなど、欧州、中近東、アジア、米州の金融機関と時差や人種の壁を越えて議論を戦わせ、あるときは説得し、あるときは妥協し、合意を目指して一歩一歩進んで行きながら、十～三十の外国を一気に体験した。

今、ロンドンに住んで三十年半になる。エジプトとベトナムにもそれぞれ約一年間住んだ。そのほかトルコには九十回以上行っているので、通算で一年半くらい滞在している計算になる。

これまで訪れたのは八十ヶ国である。ヨーロッパはほぼ全域、中東・北アフリカは、リビアとレバノン以外すべて、サハラ以南は、エチオピア、ケニア、コートジボワール、ジンバブエ、ナミビア、南アフリカなど八ヶ国。そのほか、アルメニアや中央アジア各国にエネルギーや航空機ファイナンスの仕事で行き、アジアは、ベトナムに証券会社の事務所長として駐在し、中国、インド、パキスタン、マレーシア、インドネシア、シンガポールを訪れ、アメリカは金融マン時代から何度も足を運び、カナダ、メキシコ、キューバ、ジャマイカにもエネルギー関連の取材などで行った。

といっても、初めて海外に出たのは二十七歳という遅咲きである。わたしの世代の地方の人間にとって、海外旅行は高嶺《たかね》の花だったし、大学時代は箱根駅伝の選手だったので、海外に行くどころか、怪我をせずに日々の練習メニューを乗り切るのに必死だった。卒業して銀行に入ってからは、最初の海外は旅行ではなく、仕事か留学で行こうと固く決心して、語学力と仕事の力を磨くのに専念した。

入行五年目に念願の社費留学の内示をもらったとき、パスポートを持っていなかったので、銀行出入りの旅行代理店ニュー・オリエント・エキスプレス（現・エヌオーイー）社の人にいわれるままに申請書類に記入し、横浜の山下公園のそばにある産業貿易センター二階のパスポートセンターで後日受け取った。南回りの飛行機でエジプトに行くのだといわれ、北回りは北極経由だから、南極を経由していくのだろうかと思った。

初めて降り立った異国の地は、エジプトに向かう途中に立ち寄ったバーレーンで、当時、中東の一大金融センターだった。香港で乗り換えたキャセイ・パシフィック航空のジャンボ機が着陸したのは真夜中すぎで、入国審査を済ませて空港ビルから出ると、むっとする熱気と湿気が身体にまとわりついてきた。ペルシャ湾に浮かぶ小国は夏の気温が摂氏四十度を軽く超える灼熱《しゃくねつ》の地だった。迎えに来てくれた六年次上の銀行の駐在員に案内され、インターコンチネンタル・ホテルにチェックインしたのは、夜中の二時頃だった。バーレーンに望んで来たわけでない駐在員が愚痴めいたことをしばらく喋《しゃべ》って去ると、興奮冷めやらないまま、昼間の熱気が淀《よど》む外に飛び出し、一時間以上歩き回った。砂色の家々、モスク、スーク（市場）、世界中から集まって来た金融機関の近代的なビルやハイウェーなど、日本とはまったく異なる世界がそこに広がっていた。

約二年間のエジプト留学時代は、エジプト各地のほか、中東各国やヨーロッパにも足を延ばした。カイロからルクソールまで夜行列車で行ったときは、朝目覚めて、コンパートメント（個室）の車窓から見る風景が、鬱蒼《うっそう》とヤシの木が生い茂るアフリカ大陸に一変していたのに感嘆し、ヨルダンのアンマンにＴＯＥＦＬ（英語の試験）を受けに行ったときは、時差が一時間あるのを知らずに遅刻しかけ、摂氏五十度を超える猛暑のクウェートでタクシーの窓を開けっ放しで走って顔がドライヤーで煽《あお》られたように真っ赤になり、アサド政権下のシリアでは、美しいウマイヤモスクを見て、イラン・イラク戦争（一九八〇～八八年）から逃げて来たイラン人たちと同じホテルに泊まった。

その後、都内の支店で一年半ほど自転車に乗って営業に駆けずり回り、三十歳でロンドン支店勤務の辞令をもらった。以来、ロンドンを拠点に、鞄《かばん》一つで世界中を飛び回る生活を続けている。国際金融マン時代、鞄には融資の提案書や面談記録の用紙が入っていたが、四十六歳で専業作家になってからは、取材用ノート、カメラ、音声レコーダーなどに変わった。しかしそれ以外は、アポイントメントを一つ一つ取り、フライトやホテルを予約し、毎日何人かに会って情報を取り、それを記録し、その成果を国際協調融資案件や小説という「作品」に仕上げる点では、まったく同じだ。

心がけてきたのは、金融マン時代は、ボロワー（借入人）とその所在国を、作家になってからは、取材対象やその場所を、必ず「自分の目で」虚心坦懐《きょしんたんかい》に見て、真実に一歩でも近づくことである。

日本国内は、サラリーマン時代、勤務地が千葉、横浜、東京だったので、地方をあまり訪れる機会がなかった。しかし、作家になってから、物語の舞台を取材したり、人に会って話を聞くために、北から南まで駆けずり回るようになり、六年前に四十七都道府県を全踏破した。岩手県久慈《くじ》市で川崎製鉄の砂鉄工場跡地を取材したり、炎天下の福島県で真っ黒に労務者焼けしながら相馬野馬追《そうまのまおい》を取材したり、ヘリコプターで福島第一原発を取材したり、長野県飯田市で「おたぐり」と呼ばれる馬の腸の料理を食べたり、四国の伊方《いかた》や石川県の能登で原発を取材したり、宮崎県高千穂《たかちほ》町で夜を徹して夜神楽《よかぐら》を見たりした。

本書は、これまで見てきた世界各地の様子のほか、作家業や自分の原点、世界で起きている出来事について書いたエッセイをまとめたものである。すでに新聞や雑誌で発表したもののほか、今回特に書き下ろしたものも多い。本書を通じて何か新しいことに接したり、楽しんだりして頂ければ幸いである。

（なお、別のエッセイ集『リスクは金なり』にも書きましたが、この手のエッセイ集は、最初から順に読むより、興味のある項目から拾い読みしていくほうがすんなり頭に入ると思います。お試し下さい。）

目次

はじめに 2

第一章 世界をこの目で

サハリン銀河鉄道と武漢の老父 12
クルドの杏 36
サーミの人々 38
中央アジア最深部 43
ミル貝のしゃぶしゃぶ 51
熱砂の資本主義 54
ナイルに還る 70
排出権は荒野を目指す 72
一人旅の流儀 88

第二章 ロンドンで暮らす

ロンドンのゴーヤー、アルジェリアの松茸 108

イギリス税務署との戦い 111
海外で信用を得るということ 115
大英図書館 118
イギリス社会の舞台裏 122
格安航空会社 125
ロンドン五輪 133
イスラム国問題と米国のウラ事情 137

第三章　作品の舞台裏 144

福島第一原発ヘリコプター取材 158
リアル金融ミステリー 166
『トリプルＡ　小説格付会社』と障害児の父 169
〝ぺんぺん草〟の真実 173
西山弥太郎、人を動かす 186
世のため人のため 188
本当に救国の英雄だったのか？　東電・吉田昌郎元所長の功罪 197
赤い資源パラノイアvs日の丸油田

『法服の王国』を生きた人々 207

第四章 作家になるまで、なってみて

父のおやつ 230
秩父別町と「十六歳の原点」 233
運命に導かれて 240
〝不器用な闘将〟中村清 244
エジプトの〝カエル跳び〟 253
いつも心に余裕を 269
ロンドン在住作家業 272
文章修業 280
取材術 285
原発所長の小学校を捜して 288
出版ジャーゴン 291
サンフランシスコの日章旗 295
作家とお金 301
現実をフィクションに加工する 307

電子書籍と「アマゾン帝国」 311
プチ有名人？ 316
休暇の過ごし方 320
年金と老後 324
心を打つ物語を探して 327

おわりに 340

解説　吉岡　桂子 359

第一章　世界をこの目で

サハリン銀河鉄道と武漢《ぶかん》の老父

ビジネス系の出版社から新たなウェブサイトを立ち上げるので、小説を書いてほしいという依頼があったとき、商社マン時代に、ヨルダンのアンマンからイラクのバグダッドまで一〇〇〇キロメートルの陸路をオフロード車で走った記憶が鮮烈に残っていたので、冒頭をその場面で始められる大河小説『エネルギー』を構想した。石油（およびガス）とは人類にとっていったい何なのか？ どういう仕組みや思惑で価格や需給が動いているのか？ この答えを人間ドラマを通じて描くため、①日本の商社が参加しているサハリンのガス田開発、②経済産業省が推し進めていたイランの「日の丸油田」、そして③エネルギー・デリバティブ市場の三つを柱として、事実に忠実に沿った物語を書こうと考えた。

物語の一つの核となるサハリン島の取材に出かけたのは二〇〇六年五月のことだった。旅の手配は、東京都中央区にあるツーリストシアターという個人経営の旅行社に頼んだ。勝《かち》どきのビルの一室にある、サハリンやシベリア旅行の専門旅行会社で、代表者は昔ロシア極東方面で木材関係の仕事をしていた人だった。

サハリンには宮沢賢治が『銀河鉄道の夜』を書くきっかけになった鉄道があり、サハリン1（エクソンモービル、伊藤忠、丸紅等が出資）やサハリン2（シェル、三井物産、三菱商事等が出資）といった石油・ガスプロジェクトの基地となっているノグリキも通っている。賢治が訪れた当時（大正十二年）、サハリンは樺太《からふと》と呼ばれ、日本人がたくさん住んでいた。

サハリン行きのサハリン航空一五二便は、札幌の近くの新千歳空港三階北端にある国際線出発ゲートから出る。ビジネス客が大半で、青池鉄工、協和電工といった社名入りの作業服を着ている人たちもいた。整備と機内清掃が終わるのを待っている客室乗務員のロシア人女性二人は、カップラーメンをたくさん入れたビニール袋を手に提げていた。

飛行機は、恐ろしく古い旧ソ連製アントノフ24型プロペラ機（四十人乗り）だった。壁や天井に張られたビニールは黒ずみ、モスクワの古いビルの地下室にでもいるような気分になる。頭上の棚には蓋《ふた》がないので、飛行機が傾くと荷物が落ちてくる。プロペラが回転し始めると、横からも後ろからも凄《すご》い騒音がして、何かの実験室か建設現場にでもいるようだった。

離陸すると機はゆらりゆらりと風船のように高度を上げ、やがて右手前方に、白い雪を頂いた灰青色の大雪山《たいせつざん》（標高二二九〇メートル）の姿が見えてくる。機内食は、苫小牧《とまこまい》のグランドホテルニュー王子製のサンドイッチで、味はいいのだが、機がマッサージ機のように小刻みに振動するので、テーブルの箱やカップが紙相撲のように動いて、食べづらい。

三十五分ほどで宗谷《そうや》海峡上空に抜け、さらに三十分ほど飛び続けると、ごつごつしたサハリン島の茶色い島影が姿を現す。島に近づくと、切り立った断崖《だんがい》が打ち寄せる波で白く縁どられていた。陸地の上空に入ると、畑や水田が絵画のように整然と広がる北海道とはまったく異なり、鬱蒼とした森林が地上を覆い、その間を道路が延びている。サハリンは一八〇〇年代後半から政治犯や殺人犯の流刑地で、「悲しみの島」と呼ばれていたそうである。

州都ユジノサハリンスク(旧豊原《とよはら》)は人口十七万人。道路も建物も傷んでおり、辺境の「吹き溜《だ》まり」といった風情の町である。空気は埃《ほこり》っぽく、日本の昭和三十年代を思わせる。街路樹は白樺、松、ポプラ、南天など。道路の状態がよくないので、四輪駆動車が多い。箱型の旧ソ連風団地が建ち並んでいる一方で、真新しいスーパーやレストランが雨後の筍《たけのこ》のように現れており、人も街も資本主義へと変貌を遂げつつある。

ホテルは駅のそばの古い「ユーラシア・ホテル」だった。部屋に汗臭い臭いが沁《し》み込んだ「商人宿」で、こんなところにひとりぼっちで一週間もいるのかと思うと、さすがにめげた。エレベーターのボタンを見ると、1、2、3、4、5、9となっていた。

(六~八階はFSBか何かがいるのか……?)

外国通信社などが入居しているモスクワのビルは、監視役のFSB(ロシア連邦保安庁、旧KGB)が途中の階に入居していて、ビルの各階案内板にはそれらの階の表示がない。しかし、ユーラシア・ホテルの外に出て見ると建物は六階建てで、単に6のボタンを逆さまに取り付けただけと分かる。オリンピックで日本よりはるかに多くの金メダルを獲《と》るロシアだが、金メダルを獲るよりエレベーターのボタンをちゃんと付けてほしい。受付のおばさんは一見無愛想だが、意外と親切で、わたしが雇った現地通訳の携帯に電話をかけてくれたりした。

夕食は、ホテルの近くのバンドの生演奏があるカフェでとった。サラミの盛り合わせが二百四十五ルーブル（約千五十円）、ビール（五〇〇ミリリットル）一杯六十五ルーブル（約二百八十円）。サラミは脂分が多く、蠟《ろう》のような感じ。入口の係のおばさんと話すと、ウズベキスタンから来た人で、夫が亡くなったので、娘婿が働いているサハリンに来たという。カフェは若い男女が多く、皆わりと金を持っている感じ。

翌日の午後八時、『銀河鉄道』のモデルとなったサハリン島を縦断する列車「サハリン号」に乗り込んだ。

ロシアの鉄道切符はすべてモスクワ時刻で記されているので、駅の待合ホールの壁には時差七時間遅れのモスクワ時刻の時計が掛かっていた。九両編成の「サハリン号」は、北サハリンの石油・ガス開発の拠点ノグリキまで、六一三キロを十四時間かけて走る。欧米人やインド人など石油関係者が多数乗っており、まさに「サハリン石油街道」である。

コンパートメントは四人一部屋。上下二段のベッドが左右に備え付けられている。同室者はロシア人の老人と二十八歳のロシア人青年。青年は、エクソンモービル、伊藤忠商事、丸紅、石油資源開発などが手がける「サハリン1」プロジェクトのITエンジニアだという。英語を流暢《りゅうちょう》に話すので、あまりロシア人という感じがしない。「ロシア人、英語を話せばアメリカ人」である。

午後八時四分、列車は定刻通り出発した。車窓は埃《ほこり》がこびり付いて薄茶色に汚れ、雨滴の跡が無数に付いていた。窓の向こうは荒涼とした夕暮れ。林も家も朽ちかけたダーチャ（別荘）も煙突も川も山も、薄青色の夕闇の中に沈んでいる。

ロシア人青年は韓国製のカップラーメンを作ってすすり始め、老人は早々と上の段のベッドに上がって行った。私はウクライナ産の白樺の実が入ったウォッカをちびりちびりとやりながら、宮沢賢治の『銀河鉄道の夜』を開く。

当時二十六歳の宮沢賢治が樺太にやって来たのは大正十二年（一九二三年）のことで、王子製紙にいる友人に教え子の就職を依頼するためだった。それはまた、八ヶ月前に肺結核で二十四歳の生涯を閉じた妹とし子の鎮魂の旅でもあった。賢治は大泊《おおどまり》（現コルサコフ）で王子製紙に勤務する友人に会った後、鉄道に乗って約一〇〇キロ北にある白鳥湖まで足を延ばした。この時の旅をもとに書かれた『銀河鉄道の夜』は、死者に会うために銀河を旅する童話で、主人公ジョバンニを乗せた列車が最初に停まる停車場は「白鳥の停車場」である。

ゴトン、ゴトンと鈍く重い音を立てながら走る列車の窓外に見える景色は、荒涼とした原野の連続で、満々と水を湛《たた》えた川や湿地帯が頻繁に現れ、河川の多い島であるのが実感される。しばらく景色を見ながら取材ノートを書き、やがて眠くなったので、虎の子の二千ドルの現金が入ったバッグを寝台の下の物入れに入れ、その上にベッドを倒して寝た。

翌朝七時過ぎに目覚めたとき、列車は北緯五十度線を一〇〇キロほど越えていた。ロシア人青年は目覚めるといきなりカップラーメンを作って食べ始めた。若者は食欲旺盛《おうせい》である。

車両後部の給湯器のところに行くと、女性車掌が乗客に紅茶を淹《い》れていたので、「コーフェ、パジャルスタ（コーヒーをお願いします）」と片言のロシア語で頼む。一杯十二ルーブル（約五十円）。

各車両に一人ずつ乗っている女性車掌は、コンパートメントを一つ一つ回って、切符を確認し、シーツ使用料（六十七ルーブル）を集め、菓子、カップ麺《めん》、新聞、雑誌などを売り、廊下の絨毯《じゅうたん》の上に泥よけの布を敷き、トイレも掃除し、なかなか忙しい。

午前十時五分、列車は終点ノグリキ駅に到着した。ホームに降りると、気温はユジノサハリンスクより数度低く、風が冷たい。ペンキが剝《は》げ落ちた家畜の飼育場のような駅舎の前に、出迎えの車が五十台以上集まっていた。「サハリン1」のマイクロバスと、シェル、三井物産、三菱商事が共同出資する「サハリン2」のランドクルーザー三台も混じっている。

二つのプロジェクトは、北サハリンのオホーツク海側大陸棚で石油とガスを開発している。後者は総事業費二兆円を超える巨大プロジェクトで、日本の政府系金融機関である国際協力銀行も融資している。

日本人がサハリンで石油を開発するのは初めてではない。大正十四年、海軍の艦船燃料の確保を目指していた日本は、ソビエト政府から北樺太の石油開発権を獲得し、北樺太石油㈱を設立した。生産のピークは昭和八年で、当時の国内原油消費量の四分の一に相当する日量六二六〇バレルを日本にもたらした。しかし、日ソ関係の悪化などからソ連側の締め付けが年々厳しくなり、昭和十九年に生産設備を実質無償でソ連側に引き渡し、利権は終了した。

「日本人は、時代を超えてここにやって来る」

「サハリン2」に関わっている国際協力銀行の人の言葉である。

ノグリキでの宿は駅から六〇〇メートルほど離れた通称「ズー（動物園）・ホテル」という民宿だった。木造二階建ての建物の一室を金網で囲い、屋内で猿や鳥など色々な動物を飼っている変わったホテルで、建物中に糞尿《ふんにょう》の臭いが立ち込めていて、めげた。トイレと洗面所は共同である。部屋が暑かったので、女将《おかみ》さんに片言のロシア語で「部屋が暑い」といってみたが、相手が話すロシア語が聞き取れない。ホテルのお姉ちゃんには「暑かったら、ここの居間にいろ」みたいなことをいわれる。

二時間ほど昼寝をしたあと、道端にゴミ、自動車や建機の残骸《ざんがい》、古タイヤ、ドラム缶などが打ち捨てられているでこぼこ道を駅まで歩いて戻り、片言のロシア語でタクシーを拾い、ノグリキの町や「サハリン2」の生産現場に行くヘリコプターが離発着する空港を取材した。町のあちらこちらに雪が残っており、中心部に教会、文化センター、郵便局、スーパーなどがあり、道路はトラックやソ連製のジープが土埃《つちぼこり》を巻き上げながら走っていて、町というよりキャンプ地のようである。「勝亦商店」という店名と電話番号が車体に書かれた日本の中古のワゴン車も走っていた。文化センターのすぐそばの縦横各七〇～八〇メートルの白樺林には、一面にゴミが捨てられていて、正視に堪《た》えない。

銀行で五十ドルをルーブルに両替する。ロシア語で「百ルーブル札でほしい」といおうとしたら、後ろから突然上手な英語で「いいたいことがあったら、わたしにいって。通訳してあげるから」と声が飛んできた。振り返ると、快活な感じの若いロシア人女性だった。ロシアで英語ができる人に遇《あ》うと、地獄で仏に遇ったような気分になる。「どこから来たの？」と訊《き》かれ「日本から」と答えると、「あら、てっきり韓国からかと思ったわ」といわれる。

昼食を町なかのホテルのレストランでとり、帰りのタクシーを呼んでもらうと、やって来たワゴン車のタクシーのおばちゃん運転手は、プロレスの悪役のような面構えをしていた。

「ズー・ホテル」に戻って風呂に入ると、ロシア式のバーニャ（サウナ）で、水も湯も恐ろしく鉄錆《さ》び臭かった。てっきりタオルくらいあるだろうと思っていたが、タオルはなく、仕方がないのでパンツで身体を拭《ふ》く。

翌朝七時にホテルの部屋で目覚めると、昨晩は暑くて堪《たま》らなかった部屋が、涼しくなっていた。どうしたんだろうと思って、窓の外を見ると、うっすらと雪が積もっていた。

午前八時頃になると粉雪が本格的に舞い始め、五月も下旬だというのに、さすがは北サハリンである。駅から空港までの道や風景、ノグリキ空港（二回目）を取材する。ノグリキの町の建物は、北海道の開拓時代のような木造建築か、旧ソ連風の殺風景な箱型の団地やビルである。空港では寒風で手をかじかませながら金網にへばりついてヘリコプターの様子などを見る。

午後四時、ユジノサハリンスクに戻る列車で雪が舞うノグリキ駅を後にした。向かいのベッドは太った中年のロシア人のおばさんで、すぐに青いステテコ（下着）の上下に着替え、スイス・アーミーナイフで梨を剝《む》き、紅茶を飲みながらロシア語の新聞を読み始め、上の段では、サハリン1で溶接工として働くメヘメットという名のトルコ人青年があぐらをかいてコーランを読み始めた。列車はノグリキを出ると、しばらくカラ松や白樺の林の中を走る。来るときの列車にあった場末のバーのような食堂車で夕食をしようと思っていたら、食堂車はないとのことでアテが外れ、車掌から二十七ルーブル（約百十六円）でコーヒーと韓国製のカップラーメンを買い、パンと一緒に夕食にする。途中、ティモフスクという駅で一時間くらい停車したが、向かいのベッドのおばちゃんはステテコ姿でホームに降り、他の乗客たちと談笑しながらタバコを吸っていた。太っているので老けて見えるが、年齢は三十代後半のような感じがする。同じ車両内では、アジア顔の別のおばちゃんも緑色のステテコ姿で歩き回っていた。

翌朝六時頃目覚めると、列車は終点のユジノサハリンスクまで一時間ほどの地点まで来ていた。枕もベッドも寝やすく、ぐっすり眠ることができた。オホーツク海の方角から朝日が昇り始めたところで、コンパートメントの窓の外の景色が赤く染まっていた。紺色の制服に革のブーツをはいた、KGBの女スパイを思わせる金髪の女性車掌が各コンパートメントを回り、「ドブロエ・ウートラ！（お早うございます！）」と快活に挨拶し、シーツを回収していた。列車内には、ロシアの流行歌らしい明るい男女の歌声が流れていた。

ユジノサハリンスクに到着し、列車から降りると、ノグリキに着いたときと同様、エクソン、サハリン・エナジー、新日鉄、シュルンベルジェ、フルーアなど、石油、エネルギー、建設、鉄鋼関連の会社名のプラカードを掲げた出迎えの人々が待っていた。

サハリンの北緯五十度以南は、第二次大戦終了まで日本の領土だった。ユジノサハリンスク（旧豊原）市内には、かつて樺太《からふと》庁博物館だった城郭風瓦《かわら》屋根の建物があり、今は州立郷土博物館として使われている。館内には大正十四年に樺太に行啓した若き裕《ひろ》仁《ひと》皇太子（後の昭和天皇）の写真や、昭和四年当時の市街地図が展示されている。地図には、消防番屋、播州呉服店、大山肉店、カフェーマリモ、協同タクシー、火葬場など一軒一軒の名前が記され、当時の日本人たちの生活ぶりを偲《しの》ぶことができる。モスクワなどに比べると心理的にも経済的にも日本にぐっと近く、レストランやホテルでは日本語を話す従業員が多い。

ユジノサハリンスクでは、石油関係者、北海道庁の事務所、新聞社などを訪ね、サハリン2の石油・LNG基地が建設中のプリゴロドノエなどを取材した。通訳兼ガイドを務めてくれたのは、夫が民間航空会社の支社長か何かをしている三十八歳の金髪のロシア人女性で、ユジノサハリンスクにある日本センターで十年前から日本語を習っているとのこと。やる気満々で、取材予定地の情報やサハリン2の工事の進捗《しんちょく》状況などを事前に調べてきて、色々説明し、「こんなところに行きたくないか？」「これはどうだ？」などと盛んにもちかけてくる（仕事が延長になれば、彼女に追加料金が入る）。他の中進国・途上国でもそうだが、通訳の人たちは皆、仕事熱心で、そのハングリー精神は、今の日本人が失ったものである。ただ、市内の図書館で、サハリン2を推進していた前サハリン州知事（故人）に関する地元の新聞記事を集めたときに「何が書いてあるか、この場で概要を説明してくれ」と頼んだところ、「私の日本語力では無理です」と白旗を掲げられた。仕方がないので、とにかくコピーだけは集めてロンドンに戻った。

謎のロシア語翻訳者

ロンドンに戻ってから、インターネットでロシア語の翻訳者を探し、新聞記事を口頭で英語に訳してもらうことにした。待ち合わせ場所の地下鉄ノーザン線エンジェル駅の前に行くと、五十歳過ぎくらいの主婦みたいな、膝丈《ひざたけ》スカートにサンダル姿のイギリス人のおばさんが立っていた。辞書くらい持って来ると思っていたが、まったくの手ぶらである。

近くのカフェに入って新聞記事を差し出すと、辞書なしでどんどん訳していく。（ひゃー、この人、いったい何者!?）と思いながら、必死でメモをとる。一段落したところで、どこでロシア語を習ったのか訊くと、イギリスの大学で習い、卒業後、しばらくベラルーシにいたという。ベラルーシで何をやっていたのか訊いてもはっきりしたことはいわない。

（もしかして女スパイ？）

ヘリコプターの墜落事故で亡くなったサハリン州知事の棺《ひつぎ》にプーチン大統領が四本の赤いカーネーションを捧《ささ》げたという記事を訳しながら「ああ、この四本という数字は大事な数字だわね。ロシアでは偶数は悪いこと、奇数はよいことなんです。だから結婚式のときに渡す花の本数は奇数、葬式のときは偶数なんです」とロシアの生活慣習についての説明も交え、すべての新聞記事を訳し終わると、彼女は料金を受け取り、再び手ぶらで雑踏の中に消えて行った。記事は量があったので、二、三回に分けて訳してもらおうと思っていたが、一回で全部終わってしまった。

この時点ですでに『エネルギー』の連載が始まっており、執筆と並行して取材を進めていた。前々から書こうと思っていたテーマで、ある程度材料を持っていたので、取材を始めたのは遅く、連載開始三ヶ月前の二〇〇六年一月からだった。まず関連のありそうな書籍を値段も見ずにどんどん注文し（当然自腹《おおや》である）、担当編集者に段ボール箱でロンドンの自宅に送ってもらった。それから大宅文庫で過去の雑誌の記事を検索し、ファックスサービスで取り寄せ、さらに日経テレコン21のデータベースで記事を漁《あさ》った。

国際的な話を書こうとする場合、資料集めの中心は英文になる。英語の資料なしでは、鍵穴から世界を覗くようなものだ。「ニューヨーク・タイムズ」その他の新聞のサイトで記事を検索するほか、インターネットやデータベースで資料を漁っていく。特に重宝するのがハーバード・ビジネス・スクールのケーススタディで、これはまるで小説のように書いてあるので、読んでいて飽きない。『青い蜃気楼～小説エンロン』を書いたときも、利用させてもらった。

期待をこめてハーバード・ビジネス・パブリッシングのサイトにアクセスすると、今回の小説のモデルにする「サハリン2」プロジェクトに関して「Journey to Sakhalin: Royal Dutch/Shell in Russia」という二十七ページのレポートがあった。ハーバード大学の教授が、モスクワやサハリン島に足を運んでシェルの社長など要人に話を聴いてまとめたものだった。この労作がわずか六ドル九十五セント！　感動しつつクレジットカードの詳細を入力し、サイトから即ダウンロード。世の中便利になったものだ。以前、アルセロール・ミッタル（ルクセンブルクのインド系製鉄会社）に関する情報を集めていたときは、インドのハイデラバードにある研究所が優れたレポートをいくつも書いていて、それを三百～千五百ルピー（七百六十～三千八百円）で買うことができた。インドの研究者の仕事をロンドンの書斎のパソコンでダウンロードできたときはＩＴの進歩に感動した。

資料集めを始めた翌月、東京へ取材に出かけた。乃木坂のワンルームマンションを四週間借りて、ひたすら人に会って話を聴いた。政府関係者、商社、銀行、石油会社、新聞記者、研究者といった人たちだ。昼食をしたり夕食をしたりしながら、あるいは日中オフィスで話を聴かせてもらう。アポイントはすべて自分でとらなくてはならない。昔から知っている人、友人・知人のツテ、インターネットに連絡先が出ている人、会った人に別の人を紹介してもらったりと、様々な糸を手繰っていく。率直に話してくれる人もいれば、紹介者の顔を立てるために会うだけは会ってくれるが、口の重い人など様々である。誰からどんな話が聴けるかは、まったく予想がつかないので、とにかく人に会う。もうこれで終わりにしようかと思いつつ、あと一人だけと、疲れた身体に鞭打《むちう》って、たいした期待もせずに会いに行った人の口から、夢想だにしていなかった話が飛び出てきたりするのは、営業マンと同じである。

湖北《こほく》省の寒村から這い上がった男

『エネルギー』は、サハリンの油田・ガス田開発（サハリン2）、エネルギー・デリバティブの世界、イランの日の丸油田の三つのストーリーが絡み合いながら進んで行く小説である。エネルギー・デリバティブについては、シンガポールにあった中国政府系の航空燃料輸入会社・中国航油料（チャイナ・エイビエーション・オイル）が、エネルギー・デリバティブ市場で大博打《ばくち》を張って儲け、シンガポール市場に上場して「パープル（紫の）・チップ」（中国企業を意味するレッド・チップと一流企業を意味するブルー・チップをかけ合わせた語）ともて囃《はや》されたが、結局は、米系投資銀行や三井物産のエネルギー・デリバティブ子会社に赤子の手を捻《ひね》るようにカモられ、ケロシンのオプション取引で五億五千万ドル（当時約五百七十億円）の損失を出して破綻し、経営陣は会社法、証券・先物法、刑法違反などで有罪判決を受けた。

同社の社長は陳 久霖《チェン・ジウリン》という中国湖北省寶龍村という貧しい農村で人民公社（行政の単位）の職員の子として生まれ、中学校の教師に勧められて英語を熱心に勉強し、水田での農作業には必ず英語の本を持参し、猛暑の夏の晩には、灯油ランプの明かりの下で蚊を追いながら、両足を甕《かめ》の水に浸《つ》けて猛勉強し、二十一歳で北京大学に合格し、必死で貧しさから這い上がった男だった。中国航油料の社長になってからは、「トレーディングなんてものは、イージーなゲームだ」と豪語して、エネルギー・デリバティブ取引にのめり込み、報酬に関する会社の内規を自分で勝手に変えて、一時は四百六十万シンガポール・ドル（約二億九千万円）の年棒を手にしたが、二〇〇四年十一月に会社が破綻してシンガポール当局に逮捕され、二〇〇六年三月に懲役四年三ヶ月の実刑と三十三万五千シンガポール・ドルの罰金刑を受けて服役した。

取材で陳の故郷の寶龍村を訪れたのは暑さの盛りの二〇〇七年八月上旬のことだった。上海から国内線で一時間四十分ほど南下し、湖北省の省都である武漢に降り立つと、むっと蒸し暑い空気が立ち込めていた。そこは、重慶《じゅうけい》、南京と並んで中国の「三大火炉《かまど》」と呼ばれる猛暑の土地である。

空港前では十人ほどのタクシー運転手たちが客の取り合いをし、わたしが乗った車の運転手は、俳優の大杉漣《おおすぎれん》を強面《こわもて》にしたような、サングラスをかけた大柄な男で、黒いズボンを膝《ひざ》までめくり上げており、発車してしばらくの間、がらがら声でラジオ無線センターと怒鳴るように話し続けた。中国のタクシーは英語が通じないし、何かトラブルになるのではないかと不安だったが、無事ホテルに到着して車を降りると、運転手はニコニコし、見た目より純朴そうだった。

武漢市は人口約七百八十一万人（当時）で、道も建物も大きいが、ビルは築二十年くらいのものが多く、道端の商店はベトナムのハノイ風で、中央（北京や上海）の繁栄はまだここまで及んできていない感じである。ホテルは外資系のホリデイインで、十一階の角の部屋の窓からは、滔々《とうとう》と流れる茶色い長江《ちょうこう》（揚子江《ようすこう》）を一望することができ、これだけでも来た甲斐があったと思う。一階には欧米風のプールバーがあり、テニスウェアーのような制服姿のウェイトレスが、仕事の合間に外国人客とビリヤードをやっていた。二階には売店があり、本物かどうか分からないがバイアグラを百五十元（約二千三百円）で売っていて、店の人は「これは効く。みんなこれを買う」と力説していた。

翌日、寶龍村の取材に出かけた。事前にインターネットで探して頼んであった通訳はティ（程）さんという五十歳くらいのしっかりした感じの女性で、中国の大学で日本語を習い、日本には行ったことがないにもかかわらず、上手な日本語を話す。

午前八時にティさんとワゴン車に乗って出発した。

寶龍村までは直線距離で一〇〇キロメートルほどだが、道路が長江に沿って曲がりくねって造られており、時間がかかる。傷んだアスファルトの道は土で茶色に染まり、車はがたがた揺れる。

すでに陳はシンガポールの刑務所に収監されており、家族が取材に応じてくれるとも思えないが、少なくとも彼が育った村と、できれば実家の佇《たたず》まいをこの目で見たいと思っていた。

道中、車の中でティさんと色々な話をする。地元の通訳と話をすることは、土地の事情を手っ取り早く理解する手段であり、小説のストーリー作りにも役立つ。

ティさんは、武漢は暑いので情熱的で怒りっぽい人が多いといわれているとか、行政区分は大きい順に県、鎮、郷、村であるとか、武漢語は北京語と文法は同じだが発音が違うとか、陳の寶龍村が属する黄岡市から北京大学に進める人は少ないことなどを教えてくれる。

「ティさん、陳が事件を起こして逮捕されたことを寶龍村の人たちは知っていますよね？」

「みんなテレビで見て知っていると思います」

「陳は逮捕される直前に、先祖の墓参りをするために三日間ほど寶龍村の実家に帰省しているんですが、そのとき、父親とどんな会話をしたと思いますか？」

「父親は何があったか陳に訊《き》くと思います。でも何があったかは理解できないんじゃないでしょうか。わたし自身、金融の詳しいことは分かりません」

「なるほど」

「たぶん陳も詳しいことは説明しないでしょう。『シンガポールに帰って解決する。一時的な問題で、誤解されているだけなので、心配しないで下さい』とでもいうんじゃないでしょうか」

ワゴン車は長江やその支流にかかる橋を何度も渡り、寶龍村を目指して走り続けた。

道路には土埃《つちぼこり》が立ち、時おり水牛や鶏が現れ、道の両側は見渡す限りの田や畑で、池が陽光にきらめき、朽ちかけた赤茶色の煉瓦《れんが》壁の農家が現れては消える。ティさんによると、湖北省は「千の湖がある省」といわれているそうである。

武漢を出発して二時間二十分後、ようやく寶龍村に到着した。村の中心部に数軒の商店があり、建物の二階が警察署になっていた。付近は見渡す限りの畑、魚の養殖池、林である。畑は日本のように整然としたものではなく、鬱蒼《うっそう》とした草むらの中で自然発生的に生じたような原始の香りを留《とど》めている。

ワゴン車の運転手が窓から顔を出し、バイクに乗った地元の人たちに何度も道を訊きながら、陳の家に向かった。寶龍村から北京大学に合格するという歴史的快挙を成し遂げ、アジアの金融市場を揺るがす大事件を起こした陳は押しも押されもせぬ村の有名人であった。

ワゴン車は村のメインの道を逸《そ》れて、畑のほうへ斜めに下る獣道《けものみち》のような一本道に入り、腰の高さほどある植物が車体に触れるざわざわという音をさせながらゆっくりと進んだ。緩やかに起伏する道を二〇〇メートルほど行くと、前方に二階建ての家が見えてきた。家の前はカボチャ畑と豚小屋と池で、セミがシャワシャワと鳴いていた。

家のそばに黒っぽい服装のずんぐりむっくりの老人が立っていた。

ティさんが車から降りて老人と話をし、わたしも車から降りて、そばに行く。

「黒木さん、こちらが陳さんのお父さんです」

ティさんがニコニコしながらいうので、わたしは、げっ！　と驚いた。

てっきり、「何しに来た⁉　帰れ！」とでもいわれるかと思ったが、意外なことに七十六歳の父親は「メシでも食っていくか？」というので、またまた驚いた。

家は、外壁が白いタイル張りで、左右に別の家族が住んでいる長屋風の造りだった。玄関の扉は開け放たれ、玄関の周囲の壁に赤い紙が貼られ「事事成功百业兴」（すべて成功、すべての事業が上手《うま》くいく）「万事如意」（すべて望みどおり）といった文字が墨で書かれていた。中に入ると、天井の高い居間になっていた。壁も床もコンクリートで、がらんとした倉庫のような空間だった。正面の壁に毛沢東の大きな肖像画が掛けられ、横の壁に、陳の父親と母親が三峡下りをしたときの写真が飾られていた。母親は脳梗塞《のうこうそく》で十二年間近く寝たきりだったが、陳が逮捕された約半年後（わたしの訪問の二年前）に他界していた。部屋の隅には赤いプラスチック製のバケツが置いてあり、中にヒヨコが二羽と餌が入っていた。

わたしはテイさんと一緒に居間の四角い木のテーブルにすわり、プラスチックの茶碗で出されたお茶を飲みながら、父親の話を聞いた。頭上では電気コードにぶら下がったプラスチックのプロペラ型扇風機が回っていた。陳には姉と弟がいること、陳が通った黄岡鎮中学校のこと、母親のこと、陳が帰省したときの様子、父親の仕事のこと、この家は九年前に子どもたちにも金を出してもらって建てたこと、先祖の墓のこと、以前アメリカ人の記者が取材に来たことなどを父親はぽつりぽつりと話した。穏やかな人で、人を疑うふうもなく、時おりにっこりとほほ笑みながら話す。テイさんも笑顔のいい人で、雰囲気作りに役立ってくれた。たださすがに核心的なことは訊けなかった。「久霖さんはどうしていますか？」と訊くと、「息子は色々用事があって、まだしばらく帰ってこられないようだ」といった。陳が逮捕直前に詣《もう》でたという先祖の墓も見てみたかったが、道が悪いといわれ諦《あきら》めた。

わたしは陳の実家、父親、故郷を見て、彼の思いが少し分かったような気がして、しんみりした気持ちになった。

「陳久霖は何億円も報酬をとっていたわりには、お父さんはほとんど金をもらっていないような家と暮らしぶりでしたねえ」

武漢に戻る車の中でティさんがいった。

「ティさん、あの部屋には電話はありませんでしたけど、電話は持っているんですかね？」

「電話はあると思います。テレビも持っていて、新聞もとっていると思います」

「ということは、事件のことは知っているんでしょうねえ」

「たぶん知っているんじゃないでしょうか。でも七十六歳だし、あまりもう物も考えていないのかもしれませんね。それからあのお父さんは軽い脳梗塞を患《わずら》ったことがあるのかもしれません。歩き方が少しおかしかったですから」

二時間以上かけて武漢に戻り、ドライバーも入れて三人で遅めの昼食をとった。ティさんが案内してくれたのは、大きくて明るいファミリー・レストランのような中華料理店で、味もよく、値段も手ごろで、勘定を持つわたしに配慮して店を選んでいることに感心した。色々な種類のキノコが入ったスープが出てくると、ティさんは「これは菌類のスープです」と実に正しい日本語で説明した。北京ダックは薄い小麦粉の皮で包まれ、甘めのタレが付いたものが出てきた。イギリスのチャイニーズ・レストランはどこもコーヒーを出すので、食べ終わってティさんに「コーヒーないですかねえ？」と訊くと、「何いってんですか！　ここは中華料理店ですよ」と大笑いされた。なるほど、中国の中華料理店でコーヒーを頼むのは、日本の寿司屋でコーヒーを頼むようなものなんだろうなと思った。

その後、市内の大きな書店に行くと、経済書が置いてある一角にわたしの『巨大投資銀行』の中国語版『博金《ボーオチン》』が十冊くらい平積みになっていた。ティさんがそばにいた女の店員に売れているかどうか訊くと、「一般的な本の中ではまあまあよく売れている」とまったくやる気のなさそうな顔で答えた。ティさんが「この『博金』というのは凄《すご》くいいタイトルですよ。『博』は博打の意味があって、金を巡って戦うとか奮闘するという意味合いをよく出しています」と感じ入った口調でいう。一冊買って車に戻り、ティさんが本を運転手に見せると、「陳久霖さんのことを書いた本ですか？」と興味深げに訊く。ティさんが、「黒木さんが書いた別のテーマの本です」と答えると、「サインもらったほうがいいですよ」とティさんに勧めた。

翌日は、予備日にとってあったが、陳久霖の実家の取材が首尾よく終わったので、武漢市内を見て歩くことにした。朝、ホテルにやって来たのは、テイさんと同年輩で、同じ旅行会社の中国人男性通訳だった。でっぷりと太って見るからにだらしなさそうで、歯を磨いていないのか歯槽膿漏《しそうのうろう》なのか、凄い口臭がして参った。日本語もテイさんほどではなく、「ははあ、昨日は大事な取材だったのでエース級が来たが、今日は二線級を送り込んできたな」と思った。

武漢市は、長江とその支流である漢水によって漢口《かんこう》、武昌《ぶしょう》、漢陽《かんよう》の三地区に分けられ、古くから交通や商業の要衝として栄え、小説「三国志演義」の舞台でもある。近代においては、漢口地区に、日英仏独露の租界が置かれ、現在も、「National City Bank of New York」の文字が刻まれた古い石造りのビルや、日本の軍人の宿舎だった赤煉瓦の建物、歌手のさだまさしの母親が働いていた「勝利飯店（旧アンリハウス）」というホテルなどが残っている。

炎天下、長江を渡し船で渡ったり、武漢大学、三国志時代の楼閣である黄鶴楼《こうかくろう》、湖北省博物館、武漢製鉄所正門などを見て歩いたりした。おじさん通訳は張り切って案内をしてくれるのはいいのだが、雇い主であるわたしの虎の威を借りた狐と化し、運転手などに対してかなり態度が大きい。また、だらだら流れ出る汗をしきりと手拭《てぬぐ》いで拭《ふ》きながら、「黒木先生、暑いですねえ。暑い、暑い～」としょっちゅうぼやくので、「暑いっていうから、よけい暑くなるんだ！」と怒鳴りたい衝動にかられる。昼食は、道教寺院のそばにある「長春観素菜館」という結構値段の高い精進料理の店に勝手に決め、個室に入ると「部屋が暑い。もっとクーラーを効かせろ！」と店員をどやしつけたあと、「黒木先生、ビール飲みますか？」と訊くので、仕事中はビールは飲まないと答える。しかし、おじさん通訳は勝手にビールを頼み、一人で飲み始めたので（もちろん勘定はわたし持ち）、本当に救いようのないおやじだなと呆《あき》れた。

しかし、このおじさん通訳にも一つ優れているところがあった。植物の名前をよく知っているのである。作品の中で風景の描写をするとき、植物の名前を入れるとリアリティが増すのだが、花はいいとして、木の名前がよく分からない場合が多い。彼に「あの街路樹は何ですか？」と訊《き》くと「あれはクスノキです。樟脳《しょうのう》がとれる木です」とか、「あのピンクの花をつけた木は何ですか？」と訊くと、「あれは夾竹桃《きょうちくとう》です。広島に原爆が落ちたあと、最初に咲いた花で、広島市の花になっています」と正しい日本語ですらすら答える。人間というものは何かしら取り柄があるもんだなあと感心した。

クルドの杏《あんず》

トルコ南東部の町マラティヤは、クルド人が多く住む、世界最大の杏の生産地である。首都アンカラからは約五〇〇キロメートルの距離。トルコ航空のボーイング737型機に乗り込むと、乗客たちは肌が赤銅色で、眉毛が濃く、男たちはブラシのように立派な口髭《くちひげ》をたくわえていた。途中、眼下に褐色の荒々しい山々がどこまでも続き、機が高度を下げ始めると、鈍いエメラルド色のユーフラテス川が大蛇のような姿を現わす。マラティヤは典型的な地方の町で、一日五回、イスラムの祈りの声が聞こえる。町のいたるところに杏の果樹園があり、赤ん坊が掌《てのひら》を上に向って広げたような形の木が整然と植えられている。収穫期は五月から八月にかけてで、肉厚の緑色の葉の中に、黄色がかった明るい橙《だいだい》色の実が鈴なりに生《な》る。

町には杏の取引所がある。高い鉄柵で囲まれ、中世の中央アジアのバザールにタイムスリップしたような一角だ。中に縦六〇メートル、横四〇メートルほどの石畳の広場があり、何百人もの男たちが取引をしている。杏を持ち込む農民とそれを買い上げる卸商だ。老人たちは頭にぴったりしたイスラムの帽子をかぶり、ちゃんちゃんこふうのチョッキを着、尻《しり》から膝《ひざ》がたっぷりで、足首がすぼまったズボンをはいている。

取引はセリでなく個別交渉方式である。地面に置いた大きな干し杏の袋三、四袋を男たちが取り囲み、杏を掌に載せて、ためつすがめつしたり、香りを嗅いだりしている。中年の精力的な感じの卸商に無理やり取引を成立させられ、嬉しくなさそうに握手をしている農家の老人もいる。黒地に赤い文字の電光掲示板が、杏の種類ごとに最新の価格を表示している。

そこから少し離れた場所に、モスクのある中庭を囲んで、杏の小売店が三十軒くらい集まった一角がある。取引所の喧騒とは打って変わって、時が静かに流れている。「チュワニバシィ（こんにちは）」とクルド語で挨拶をすると、相手は嬉しそうに胸に手を当てる。その顔には、僕もクルド人だよと書いてある。トルコでは長らくクルド人が弾圧され、クルド人だと名乗ることすら許されなかった。クルド人地区は公共投資も少なく、マラティヤの町も夜は真っ暗になる。

店にはオレンジ色、茶色、濃い茶色、果肉のふっくらしたもの、皺の多いものなど、様々な干し杏が、木の蔓《つる》で編んだ籠《かご》で売られている。色が濃く、皺が多いものほど値段が高い。涼しい風が吹き抜ける店先で、ガラスの器でチャーイ（紅茶）を飲みながら杏を食べると、豊かな日照を凝縮したような甘さと、穏やかな酸味が舌の上でやさしく溶ける。

小説の取材で一度訪れただけだが、今もあの遥かな町の風景と出会った人々のことは心に残っている。むろん、あそこで食べたほど美味しい杏にはお目にかかっていない。

「朝日新聞」二〇一四年四月十二日

サーミの人々

旅の楽しみは、単に風景を見たり、美味しい食事をすることより、世界（日本）には自分が知らなかったこんな人たちがいて、こんな暮らしがあるのかと、知見を広げ、人生を豊かにできることだろう。

スウェーデンの北極圏で冬の間だけ営業し、春になると氷で融《と》けてしまうアイスホテルに二泊三日で行ったのは作家専業になった翌年二月のことだった。ロンドンからは、ストックホルムでの乗り継ぎ時間を入れ、七時間ほどかかった。

アイスホテルはその名のとおり、雪と氷でできたホテルである。ホテル内の氷はどれも磨き上げたようになめらかで、薄い緑色や薄い青色に透き通っていて幻想的である。

宿泊する部屋には氷のベッドがあり、その上に板とトナカイの毛皮が敷いてある。室温は零下五度である。寝袋の中にもう一つライナー（袋状の裏地）を入れ、その中に入って寝る。セーターを着たままだと暑すぎるといわれ、長袖のポロシャツ姿で寝た。北海道の子ども時代は、冬の朝、起きると枕元のコップの水ががちがちに凍っているような部屋で寝起きしていたので、ぐっすり熟睡した。しかし、四国の松山出身の家内には相当寒かったらしく、途中二度ほど起きてトイレに行ったり、宿直の人にお茶や別の寝袋をもらったりしていた。朝起きると、雪を固めてつくったドーム型の天井の中央にある直径一〇センチくらいの薄い部分から青い光が入っていて、外が明るくなっているのが分かった。あまり眠れなかったという家内は両目の周りに茶色い隈《くま》を作っていた。荷物を置いてあるラゲージ・ルームに行くと、他の宿泊客たちも起き出してきていて、皆やれやれといった表情である。日本人観光客もおり、オーロラを見るのが目当てのようだった。オーロラが見られるかは天候次第で、わたしたちの滞在中には見られなかった。

到着した日の夕方、ホテル内の案内ツアーの英語のほうに参加した。ガイドさんは三十歳くらいのアジア系の女性だった。流暢《りゅうちょう》なスウェーデン語で「スウェーデン語のツアーはあっちでーす！」などと元気に叫び、約一時間のツアーではジョークを交え、ホテルの歴史やつくり方（春になると融けるので、毎年新たにつくる）、寝袋の使い方、注意事項などを流暢な英語で話していた。てっきりイヌイットの血を引くスウェーデン人か何かかと思っていたが、あとで寝袋をもらいに行ったとき日本語で話しかけられて驚いた。山田さんという大阪出身の女性で、外語大で英語を専攻し、第二外国語にスウェーデン語を選択し、スウェーデン南部に一年半ほど留学したあと、アイスホテルで四年間働いているという。

到着した日の昼食は、ホテルの向かいにある、雪と氷ではなく、普通の建物のレストランでとった。スープは鮭のクリームスープ、メインはトナカイの肉のクリーム入りキャセロール（煮込み）にマッシュポテトと鮮やかな赤い色のコケモモのジャムを付け合わせたもので、いずれも寒い地方らしくこってりした料理だった。トナカイの肉は赤身で、少し臭みとクセがあるが、美味しかった。二重窓の外には、雪をかぶった松林が広がっていた。

一夜明けた二日目の午前中は、犬ぞりツアーに参加した。十二頭の犬が大人五人が乗ったそりを引っ張り、時速一五～二〇キロくらいの結構なスピードで雪原やカラマツ林の中を走る。昔はこうして物資を運んでいたんだろうなあ、犬は人間の友達だなあと思うが、犬たちが走りながら糞《ふん》をするので、臭《くさ》いのがそりのほうにしばしば飛んできて危ない。途中、小さな小屋で休憩し、室内の焚火《たきび》で湯を沸かし、ククサという白樺の木の瘤《こぶ》でつくったカップでコーヒーを飲んだ。

その晩、雪と氷でできたホテルのバーでウォッカベースのカクテルを飲んだ。カウンターは氷で、グラスも氷である。すごく寒いせいか、あまり酔わなかった。

三日目の午前中は、欧米人観光客たちと一緒にサーミ人のツアーに参加した。サーミ人は、スカンジナビア半島北部のラップランド（スウェーデン、ノルウェー、フィンランド、ロシアの四ヶ国にまたがる）に住む北方少数民族で、トナカイを育てて食用にし、骨で狩猟用の道具や、革で服や靴をつくったりするほか、肉や毛皮を売って生計を立てている。見た目は白人である。ツアーの案内人はアンナという三十代半ばくらいのサーミの女性で、背が低く、金髪で目は青みがかっていた。毛糸で編んだ耳までかくれる帽子と、民族衣装の上に灰色のマント姿で、分厚いミトンの手袋をはめていた。

トナカイが引くそりに乗って松林の中を走り、トナカイの飼育場所を見たり、伝統的なサーミ人の大きなテントの中で、焚火を囲みながら、フライパンでバター炒《いた》めにしたトナカイの肉をクレープのようなパンに挟み、コケモモのジャムを載せて食べたりした。

　焚火に当りながら、アンナが英語でサーミ人の暮らしについて話してくれた。

〈アイスホテルがあるユッカスヤルヴィの一帯には約一万二千頭のトナカイがいて、それを十くらいの家族で飼っている。飼育にいろいろな費用がかかるので、最低でも六百〜七百頭いることが必要。夏の間はトナカイを放牧するために、一週間くらい家に帰らず、山小屋やテントで寝泊まりしながら山野を巡る。トナカイは春に仔《こ》を産むが、秋には四〜五割が死んでしまう。ノルウェーから鷲《わし》がやって来て、トナカイの仔を摑《つか》んでさらって行くこともある。冬の間はこういうツアーをやってお金を稼ぎ、トナカイを追ったり、移動をしたりするのに使うスノーモービルなどを買うことができる。サーミ人は生きている限りトナカイを飼い、定年も隠居もなく一生働き続ける。お互いに助け合う暮らしで、一週間くらいの放牧の旅が終わって久しぶりに家に帰ると、家族は皆「どこに行った？　どんな様子だった？」と訊きたいと思うが、最初の一杯のコーヒーを飲むまでは誰も話しかけずにそっとしてくれる。十七、八歳の頃は、そういう濃密な人間関係が嫌だったが、今は良いと思っている。父は六十三歳で、自分には息子が一人いる。子どもたちもトナカイの飼育や犬の世話をして働くので、学校にはあまり行かなくてもよいシステムになっている。その代わり、宿題は多い。犬は一人の主人のいうことしか聞かないので、自分が育てた犬を父が使おうとしたが、いうことを全然聞かなくて困ったことがあった。家ではサーミ語を話している。〉

アンナは淡々と話したが、冬の間はこういうツアーをやってお金を稼ぐことができる、という言葉には生活の大変さがじんわりと滲《にじ》み出ていた。参加者の一人が「旅行に行ったりすることはあるのか？」と訊《き》くと「トナカイの世話をしなくてはいけないので、旅行はできない。わたしたちはこの地から外に出ることはない」と答えたので、全員が一瞬言葉を失った。世界にはこういう人たちもいるということを知り、貴重な体験だった。

あとでインターネットで調べてみると、一九八六年のチェルノブイリ原発事故のあと、トナカイの主食であるハナゴケ（緑色の地衣類の一種）が放射性物質を吸収し、それを食べるトナカイの肉が汚染され、三年間販売が禁止されたという。その後も、出荷前に柵の中で四十〜五十日間人工飼料だけで飼育し、セシウムの値を政府が定めた基準値以下に下げて出荷しているようだ。また、トナカイだけでなく、サーミの人々が食用にするキノコやベリー類も放射性物質に汚染されているため、甲状腺がんを発症する人もいるらしい。道路や建物の建設で移動がしにくくなってきたこともあり、現在、トナカイ飼育だけで生計を立てているサーミ人は一割程度だという。

（参考、47NEWS「地球人間模様　民族の誇りと伝統」文・半沢隆実）

中央アジア最深部

証券会社の英国現地法人のアドバイザー部門の仕事でキルギス（正式にはキルギス共和国）を頻繁に訪れていたのは、ソ連が崩壊し、中央アジア諸国が独立して間もない一九九四〜九五年だった。おそらく普通の日本人は一生訪れることがない国だろう。一九九九年にこの国の南部で日本人鉱山技師四人がイスラム武装勢力に拉致された事件を憶《おぼ》えている人もいるかもしれない。国連タジキスタン監視団の秋野《あきの》豊《ゆたか》さんが一九九八年に武装集団に襲撃されて亡くなったタジキスタンや、中国の西の端の新疆《しんきょう》ウイグル自治区と国境を接する文字通りの中央アジア最深部だ。氷河を頂く標高四〇〇〇〜五〇〇〇メートル級の天山《てんざん》山脈の西半分をそのまま国家にしたような国で、面積は日本の本州よりちょっと小さい程度、人口は約四百六十万人。キルギス語は古いトルコ語に似ている。

キルギスでの仕事は航空機ファイナンスだった。航空機ファイナンスというと難しく聞こえるが、要は飛行機を担保にした融資である。債権保全を確実にするためリースの形式にすることが多く、各種の保険も重要になってくる。また、①融資の引出し、②借入人への送金、③飛行機の引き渡し、という三つの手続きを同時にやるので、主幹事銀行、借入人、送金を取り扱う銀行、航空機の売り手など、世界中に散らばった関係者全員が参加する電話会議《カンファレンス・コール》をやって最後を締めくくる。このとき東京の参加者は、たいてい時差の関係でとんでもない真夜中に仕事をさせられる。

キルギスの首都ビシュケクは、かつてのシルクロードの天山北路に位置する。ここは知られざるコスモポリス（国際都市）だ。日本人によく似た顔のキルギス人、青みがかった大きな目の回鶻人《ウイグル》、中国系の東干人《ドウンガン》、ロシア人、ウクライナ人、ウズベク人などが肩を並べて通りを歩き、ユーラシアの人種が一堂に会したような光景だ。旧共産圏で仕事をしていると、我々が生きている西側資本主義諸国（今やほとんど死語だが）の裏側に存在する写真のネガのようなもう一つの世界に彷徨《さまよ》い込んだような不思議な感覚に陥るが、ビシュケクは人種の坩堝《るつぼ》という点でニューヨークに似ている。雑多な民族の共通語はロシア語で、誰もが母国語のほかにロシア語を流暢に話す。

ビジネスは共産主義の体質が色濃く残り、賄賂《わいろ》、保身、非効率のオンパレード。これらをいかに克服するかが勝負である。わたしも何度となく天を仰いだり、脳天が爆発しそうになったりした。交渉でへとへとになって宿泊先の「アラ・アルチャ」と呼ばれる政府の迎賓館に帰る毎日だったが、いつかこれを書いてやろうと思って、物書きになる目処《めど》すら立っていなかったが、日々の様子をカセット・テープに録音していた。その後、そのテープは、『シルクロードの滑走路』の執筆に大いに役立ったが、聴くたびに当時を思い出して疲れと苛立《いらだ》ちが蘇《よみがえ》る。

同書を執筆するためにキルギスを再訪したのは、二〇〇四年九月のことだった。現地で通訳を務めてくれたのはイバラット（古トルコ語で「歴史」という意味）さんという二十代の女性だった。真面目な人で、初日は待ち合わせ場所のハイアットリージェンシー・ホテルにきちんとしたグレーのスーツ姿で現れた。キルギス民族大学東洋学部で日本語を専攻し、毎年中央アジア地区の学生一人か二人に与えられる日本政府の留学生試験を受験しているところで、是が非でも日本に行きたいと熱望していた。キルギスは一人当りの年間国民所得が五百ドル（当時）という貧しい国で、奨学金を得ない限り、留学は夢のまた夢である。わたしも若い頃、何とか留学したいと思っていたので、彼女の気持ちは痛いほど分かった。日本語はかなり流暢《りゅうちょう》だったが、「く」の発音が「こ」に近く、「車」が「こるま」に聞こえるのが面白かった。

ビシュケクを再訪して驚いたのは、色々な場所で英語が通じるようになっていたことだ。九年前は英語を喋《しゃべ》る人間は一人もいなかったといっても過言ではなく、ロシア語の通訳なしではまったく身動きがとれなかった。聞けば町に米政府と投資家のジョージ・ソロスのNGOが金を出し、一九九七年に中央アジア・アメリカン大学を作って、英語で授業をやっていて、今はロシア語より英語のほうが圧倒的に学生に人気があるそうだ。また、以前はどこにあるのか分からなかった商店が表通りにでき、品物で溢れ返っており、洒落《しゃれ》たカフェやレストランもたくさんできていた。

木が多いというより、森の中に町があるような風景は変わっていなかった。戦車や軍用車両でも通れるように造られた道路は相変わらずだだっ広かった。あちらこちらにある兵士や労働者などの旧ソ連ふうモニュメントもそのままで、写実的で芸術性が高く、町に文化の香りを添えている。遥か彼方に聳《そび》える、雪を頂いた天山山脈の姿も昔と変わらない。

季節が秋だったので、道端で売られている品物は色とりどりだった。バケツの中に茹《ゆ》でたトウモロコシを入れて客待ちをする老人、赤紫色のスモモをバケツに入れて売る中年男、白ブドウと赤いリンゴを一山ずつ売るサングラスをかけた中年ロシア人女性、赤いトマト、ブドウ、緑や赤のピーマン、黄色い小ぶりのリンゴ、ネギ、ジャガイモなどを売るスカーフに前掛け、サンダル履きの老婦人、花を売るロシア人の老婆などがいた。道端に体重計を置き、一ソム（約二円五十銭）で体重を量らせている老人もいた。

日中はそれなりに賑《にぎ》やかだが、夜になると町は戒厳令下のように暗く、ひっそりと静まり返る。街灯が少なく、灯《あか》りといえば道端のキオスクのぼんやりとした電燈と、だだっ広い通りを時おり走る車のヘッドライトくらいである。イバラットさんに夜出歩くと危ないかと尋ねると、「午後十時以降は外出しないほうがいいけれど、黒木さんはキルギス人に似ているから大丈夫かもしれない」というので、（それって、どういう意味⁉）と思ったが、確かに、キルギス人は日本人と顔が似ており、思わず日本語で話しかけたくなるような、日本人そっくりの顔にもしょっちゅう出くわした。

キルギスを訪れて最も衝撃的だったのは、一九三〇年代から四〇年代にかけてスターリンによって強制移住させられた朝鮮人やドイツ人が暮らしていることだった。日本やドイツと戦争を始めたスターリンは、ソ連東部の沿海州に住んでいた十八万人の朝鮮人や、ヴォルガ川流域やウクライナで暮らしていた百二十万人のドイツ人が枢軸国側と通じるのを恐れ、強制移住令を発した。朝鮮人やドイツ人は家畜用の貨車で何千キロも移送され、シベリアのほか、キルギスやカザフスタンの葦原《あしはら》や沼地に着の身着のままで放り出された。彼らは自分たちがどこにいるのか、何を食べて生きていけばいいのかも分からないまま、穴を掘り、笹で屋根を編んで二、三十人が一緒に固まって動物のように暮らした。その間、マラリヤや疲労で数人に一人の割合でばたばたと蠅のように死んでいった。彼らは素手で雑草を抜き、丘を崩し、土地を耕し、持参した野菜や稲の種を植え、やがて集団農場《コルホーズ》で指導的役割を担うようになり、ソ連内の百二十の民族の中でも最も模範的と讃《たた》えられるようになった。

その歴史的事実をこの目で見ようと、ビシュケクから約六〇キロメートル離れたドイツ人が住んでいる村を訪問した。大平原や黄金色のトウモロコシ畑の中の道を、遠くに見えるカザフスタン側の茶色い山々を見ながら走り続けると、ポプラ並木のあるロトフロント（Rotfront、ドイツ語で「赤い前線」）という名前の村があり、本当にドイツ人たちが住んでいた。家々は一階が煉瓦《れんが》造り、二階がトタン葺《ぶ》き三角屋根のスラブふうで、家の前に背の高い金髪のドイツ人女性と二歳くらいの子どもがいたり、髭《ひげ》をはやしたドイツ人男性が自転車に乗っていたり、家の前を流れる小川のそばでこちらを眺めている白髪のドイツ人の老婦人がいたりした。幼い女の子たちは金髪で、まるで人形のようだった。

　わたしはそのうちの一軒を飛び込みで取材させてもらった。家には三十六歳のキルギス生まれのドイツ人の婦人がいて、イバラットさんとは完璧なロシア語で話した。家は質素な木造の二階建てで、古いけれどよく手入れされ、靴を脱いで中に入る。農業をやっているご主人もキルギス生まれのドイツ人で、音楽を趣味にしていて、家には古いピアノ、バイオリン、アコーディオンなどがあった。風呂は青いタイル張りで、脱衣場の板の間に大きな円筒形のペチカ（暖炉兼オーブン）があった。十五歳ぐらいの女の子を筆頭に、一番下は二歳の九人（！）の子どもたちは、別棟の台所で手伝いをしていた。家の裏には豚小屋、鶏小屋、畑などがあり、ペットの犬が飼われていた。納屋の天井には何百本ものトウモロコシがぶら下げられ、床にはジャガイモが山と積まれ、ワインでも作るのか、黒ブドウを一杯入れたバケツが二つ、三つ置かれていた。

　婦人の兄弟はすでにドイツに移住し、一家もよくドイツに遊びに行っているが、キルギスのほうが静かに暮らせるので、ここに住み続けているという。子どもたちは地元の学校に通ってロシア語で授業を受けているが、家ではドイツ語を話しているそうである。ドイツ本国からは定期的に援助が送られてくるという。

　しかし、ソ連崩壊後中央アジア諸国が独立し、ソ連による抑圧の反動もあって民族主義が強まる中、朝鮮人やドイツ人は少数民族として再び迫害されているらしい。ロトフロント村も、かつては二百ぐらいのドイツ人家族がいたが、今は大部分がドイツに引き揚げ、残っているのは三十〜四十家族だという。わたしが見た中央アジアは、日本でイメージされている悠久のシルクロードのロマンとはほど遠く、様々な民族が血を吐きながら生きてきた「恨みの大地」だった。

余談だが、ロシアやキルギスなど、旧共産圏諸国では作家は非常に尊敬される職業で、ロトフロント村まで連れて行ってくれたロシア人のタクシー運転手にイバラットさんが「こちらは黒木さんという日本の作家の方です」と紹介すると、サングラスをかけた若い運転手は驚いたように畏《かしこ》まった。

このドイツ人の婦人や子どもたちには生涯二度と会うことがないだろうと思いながら、後ろ髪を引かれるような気持ちでロトフロント村を後にした。来た道を少し走ってから振り返ると、リアウィンドウの彼方で、ポプラの木々と村が夕陽を受けて、大平原の真っただ中で燃えるように輝いていた。

「文藝春秋」二〇〇五年七月号

【追記】

その後、キルギスでは、二〇〇五年三月に、独立の前年から約十四年半にわたって共和国大統領の座にあり、世襲の意向や強権的政治手法を強めていたアカエフ大統領に対する抗議行動「チューリップ革命」が起き、アカエフはロシアに亡命した。後任の大統領には民主化を目指すとした元首相のバキエフが当選したが、やがてプーチン流独裁に陥り、二〇一〇年四月に首都などで大規模な反大統領デモが勃発した。政府軍がデモ隊に発砲して少なくとも七十五人が死亡し、野党勢力が内務省や国営テレビ局を占拠するなどの騒乱の末、バキエフはベラルーシに亡命した。同年、中央アジアでは初の議会制民主主義に移行したが、南部におけるキルギス人とウズベク人の民族対立や、中央アジアの要衝にあるキルギスを押さえようとする米国とロシアのつばぜり合いなどが続いている。

イバラットさんは、念願叶《かな》って日本政府の留学生試験に合格し、わたしと会った翌年来日し、大阪外語大の日本語日本文化教育センターで学んだあと、千葉大学法経学部法学科に入学し、二〇一〇年に卒業した。今はキルギスに戻り、「NPOジャポン・キルギス・ビリムディギ（日本とキルギスの団結）」を立ち上げ、二〇一二年には東日本大震災からの復興を願って、第一回キルギス・シルクロード国際マラソン大会を開催し、「朝日新聞」にも取り上げられた。

ミル貝のしゃぶしゃぶ

取材などで見知らぬ土地に行くときは、そこに住んだことがある人に、おススメの料理やレストランを訊《き》くことにしている。

カナダのトロントに行ったとき、メールでアドバイスをくれたのは、同地に駐在経験がある証券会社時代の上司だった。

〈食べ物は何といっても中華です。中国人の移民が多いため、いい店はどこでも香港から料理人を呼んでおり、食材もハドソン湾で獲《と》れた新鮮な海産物が豊富です。特におススメなのはミル貝のしゃぶしゃぶです。金華《きんか》ハムのダシのスープで食べるのですが、初めて口にしたとき、それまでこの味を知らず、人生損したと思ったくらいです。〉

ここまで書かれては、食べずに済ませられない。

トロント市街には大きなチャイナ・タウンがあるが、そこはB級中華ばかりである。いい店は、市街から一七キロメートルほど北の、香港人移民が多く住むマーカム地区にある。

片側五車線のハイウェーをタクシーでしばらく飛ばすと、郊外型の大型中華レストランや中国系銀行の支店が集まっている一角が現れる。

(ここは……香港か⁉)

「Spring Villa Chinese Cuisine (渝園新閣)」という名前のレストランに一歩足を踏み入れた瞬間、思わず息を呑んだ。目の前に、香港の中環《セントラル》地区にあるような飲茶《ヤムチャ》の店内風景が広がっていた。煌《きら》びやかな光が溢れる広々としたフロアーに、八人掛けくらいの丸テーブルが何十と置かれ、客は九割方が中国系だ。一九九七年の香港の中国への返還前後に逃げて来た人々である。

グーイダック・クラムのホット・ポット(ミル貝のしゃぶしゃぶ)を注文すると、五十歳過ぎぐらいの黒服の香港人マネージャーが、貝殻から二〇センチくらいはみ出た、象の鼻のようなミル貝を持ってきた。値段は百四十三カナダドル(約一万三千円)。「このミル貝はカナダ産で、これが日本や中国に行くと、うんと高くなるんだよ。でもカナダだと安いんだよ」というので「そうだね」と答えながら、十分高いよ、と思う。

まもなく土鍋に入ったスープと、氷を敷き詰めた大皿に盛られたミル貝が運ばれて来た。薄い切り身にされたミル貝は、大理石のように艶々《つやつや》と輝いていた。

箸《はし》で一切れをつまみ、分葱《わけぎ》入りの淡い金色のスープの中で三、四回泳がせてから食べる。シコシコと程よい歯ごたえがあり、上品な甘みが金華ハムの香りとともに口の中に広がる。食通好みの贅沢な味わいだ。刺身のままわさび醬油で食べてみると、新鮮な極上の素材を使っているのが分かる。分量的には二、三人分あったが苦もなく完食。次の日も、また食べたくなった。
この話をすると、たいてい「どこで食べられますか？」と訊かれる。残念ながら、ミル貝のしゃぶしゃぶは日本にはない。アラスカ、カナダ、香港、シンガポールあたりに行くことが必要である。ただし、金華ハムのスープもミル貝も日本ではポピュラーな食材なので、親しい料理人に頼めば作ってくれるはずだ。

「朝日新聞」二〇一四年四月二十六日

熱砂の資本主義

サウジアラビアの首都リヤドに仕事で三日間ほど出かけたのは、総合商社の英国現地法人のプロジェクト金融部に勤務していた二〇〇二年七月中旬のことだった。ロンドンを午後二時半に飛び立った英国航空二六三便がリヤドに到着したのは夜の十時半過ぎ。

オイルマネーで作られた空港ビルは高い天井を持つ近代建築だった。入国審査の列には別の便で着いた「シャワール・カミーズ」と呼ばれるゆったりしたズボンと膝《ひざ》まである上着姿のパキスタン人出稼ぎ労働者の集団が並んでいた。持ってきた日本の小説を読みながら、順番が来るのを気長に待つ。中近東の入国審査は一時間や二時間（ときには三時間）かかるのは当たり前なので、時間つぶしの本は必需品だ。

入国審査では係官がパスポートとビザの詳細を確認してアラビア文字で表示されたパソコン画面にデータを打ち込む。以前はスーツケースを開けられ、水着姿の女性の写真が載っている雑誌や豚肉製品などがないか徹底的に調べられた税関検査はエックス線装置が導入され、あっという間に終わった。出迎えの人ごみの中でわたしが所属する会社の現地事務所の黒い肌の運転手が会社のロゴ・マークを付けた白い紙を高く掲げていた。

空港ビルを出ると外はむっと暑い。夜中だが気温は三十度以上あった。

翌朝八時半にホテルを出ると、戸外は強烈な太陽光線に満ちていた。影さえも蒸発してしまいそうで、気温は摂氏四十八度。スーツを着たままオーブンの中で炙《あぶ》り焼かれているようだ。首筋の肌がひりひりし、眼球が痛い。白熱した太陽光線には自然を超越した何者かの意思がこもっているようで、こういう自然環境に置かれると、万物を支配する絶対の存在であるアッラーを唯一神とするイスラム教が急に説得力をもって身近に迫ってくる。

サウジアラビアの首都リヤドは人口約四百万人。オイルマネー全盛の一九七〇～八〇年代に砂漠の中に忽然《こつぜん》と作られた人工都市である。建物は新しく、片側三、四車線のハイウェーが町じゅうに走っている。朝早くから車が切れ目なく流れていて、交通量の多さに驚かされる。車は大型のアメリカ車やオフロード車が多い。中央分離帯には背の低いヤシの木が等間隔で植えられ、道路標識はアメリカ風。景色だけを見ているとカリフォルニアにでもいるような錯覚に陥る。暑いので通りに人影はほとんどなく、ウィークデーだというのに街は休日のようだ。空を見るとかなり高いところまで薄茶色に染まっている。砂が舞っているのだ。

砂漠の政商

アメリカ車の代理店をしている地元の豪商を訪問する。

一九〇二年にサウジアラビア建国の父「砂漠の豹《ひょう》」イブン・サウドが、わずか四十名の手勢を率いてクウェートから砂漠を縦断してリヤドに達し、ラシード家からリヤドを奪回したときのメンバーがこの一族の祖先だという。爾来《じらい》サウド家と深く結びついた豪商として今日に至っている。深く結びついているというのは、金《かね》が王族に流れているということで、要は「政商」である。

ドアの陰からゆらりと応接室に現れたのは、営業部長をしている一族の男だった。痩《そう》身《しん》で背丈が一九〇センチくらいある典型的なアラビア半島のベドウィンだ。

(おお、サウジアラビアだ……!)

思わず目を瞠《みは》った。一瞬今いる場所が近代的なオフィスではなく、砂漠のテントの中でもあるかのような錯覚にとらわれる。

タウブと呼ばれる、ゆったりとした白い民族衣装を身にまとい、赤と白の市松模様の布・グトラを黒い輪で頭に固定している。足は裸足《はだし》で、大きな革のサンダル履き。浅黒い肌、黒い頰髯《ほおひげ》、とがって上唇に付きそうなほど下を向いた高い鼻。目つきは険しく、野生の光を帯びている。年齢は四十歳くらい。風貌も服装もイブン・サウドの時代そのままだ。

ソファーに座ると、正装した男の給仕がやって来てうやうやしく小ぶりのコーヒー茶碗をわたしに差し出す。それをささげ持っていると、アラビック・コーヒーが注がれる。本場のアラビア半島では豆を焙煎《ばいせん》しないので緑がかった茶色をしたカフェイン・エキスのような液体である。三〇センチ離しても強い香りが鼻先に漂ってくる。

この会社は自動車を買う顧客にファイナンスを提供しているが、リースに対する需要が高まっているという。利子を禁止するイスラム法に則《のっと》って行なわれるイスラム金融には、借り手が一旦《いったん》貸し手に物を売って後で買い戻す「ムラーバハ」、事業への共同参加の形態を取る「ムシャーラカ」などがあるが、リースも「イジャーラ」と呼ばれるイスラム金融の一形態だ。

「人々が銀行のローンではなくリースを好むのは宗教上の理由によるものだ」

営業部長は強い口調でいった。

「イスラム金融で利益が公平に分配できるのは良いことだ。銀行は金を出すだけで後は何もしない。銀行はレイジー（怠け者）だ。それでいて高い金利を取るのはけしからん。銀行はレイジーだ」

ややうつむいて、独白するように銀行を罵《のの》り続ける様子は完全に宗教がかっている。

一緒に行ったリヤド事務所の総務のアリさんが「ミスター金山（わたしの本名）はエジプトでアラビア語を勉強したんです」といったところ、相手は「おお、そうであるか！」と興味を示し、「喋《しゃべ》ってみろ」という。自分がアラビア語を勉強したのは二十年近く昔で、その後しばらくカセット・テープなどで勉強を続けたが、ここ七、八年はほとんど使う機会がない、というようなことをアラビア語で話すと、「あなたは続けてアラビア語を勉強しなくてはいけない。続けることが力になるのだ」と力強い正則アラビア語が返ってきた。

アラビア語を勉強していたのが気に入られたのか、「では明日《あした》の晩、我が家に食事に来られたい」と誘われる。しかし、翌日の夜は予定が入っていたので残念ながら辞退せざるを得なかった。あとで事務所の日本人駐在員から聞いたところでは、その豪商の晩餐会では細長い食卓に二十人ほどが着席し、上座には九十四歳になる豪商の総帥とその日の主賓が座る。総帥は親しく主賓の手を取りながら、まず三、四十分お茶を飲む。総帥はアラビア語しかできないので、外国人が主賓のときは誰かが適宜通訳する。名誉を重んじるアラブ人らしく、総帥は楯《たて》が大好きで、部屋には米国の自動車メーカーから贈られた中近東地区最優秀代理店の楯や政府から贈られたビジネスマン・オブ・ザ・イヤーの楯などが賑々《にぎにぎ》しく飾ってある。食事が始まると焼いた羊や鶏、ビリヤニ（ピラフ）などサウジアラビア風の料理が客の背後に侍した給仕人たちによって各人の皿に山盛りにされる。サウジアラビア人、西洋人、東洋人が入り混じった客は互いに誰が誰と紹介されることもなく、周囲の人たちと適当に話をしながら食事する。サウジアラビア人たちはたいてい商売や不動産取引の話をしている。晩餐会は午後八時半頃始まり、午後十時過ぎにはお開きとなる。一年三百六十五日開かれているそうで、これが伝統的な砂漠の商法であるという。損得を現在価値まで使って比較し、情が入り込む余地のない欧米のビジネスに比べると、まだまだ人と人との触れ合いがある。欧米のビジネスは砂を嚙《か》むようで、砂漠のビジネスに潤いがあるというのは何とも皮肉なことだ。

人種の坩堝《るつぼ》

サウジアラビアはアメリカに勝るとも劣らない人種の坩堝である。特に、アラビア半島周辺の貧しい国々からの出稼ぎが多い。わたしの勤務先の事務所の社員の人種構成を見ても、よくぞこれだけ集めたものだと半ば呆《あき》れ、半ば感心する。

昨晩空港からホテルまで送り届けてくれたひょろりと背が高い黒い肌の運転手はソマリア人。タイヤを売っているセールス・マネージャーはエジプト人。わたしのアポイントメントの管理やホテルの面倒を見てくれた総務のアリさんはタンザニア人。彼はキリマンジャロが見えるアルーシャ出身のマサイ族で、英国の大学を出たインテリだ。身長は一九五センチくらいあり、肌が黒いので年齢がよく分からず、最初三十代後半くらいかと思っていたら実は五十歳だというので驚いた。わたしが事務所のパソコンで仕事を始めると間髪を容《い》れず皿に載せた立派なカップでコーヒーを持って来てくれる小柄な給仕のスレイマーンはバングラデシュ人。彼は地元の人材派遣会社を通じて雇われており、住まいはその会社の寮で、同じような出稼ぎの男たちと雑魚《ざこ》寝しているらしい。手取りの月給は約三万円。白いゆったりしたタウブを着て頭に赤と白の市松模様のグトラをかぶり、でっぷりと太った所長専用車の運転手はスーダン人。最近テレックス廃止に伴い営業部門に異動になった眼鏡をかけた三十五歳くらいの男性はフィリピン人。その他事務所ではエチオピア人、エリトリア人、イエメン人などが働いている。彼らに接していると、自分と家族の生活を守るために懸命なのが痛いほど伝わってくる。たとえば総務のアリさんは常に誰とでも笑顔で接し、日本人社員には絶対逆らわず、かつ自分の存在価値を維持・向上させようとITを勉強している。サウジアラビアでは勤務先企業がスポンサーとなって労働ビザが与えられるので、解雇イコール国外退去となる。

事務所には、サウジアラビア人社員も何人かいる。人事、広報担当は長く白い髯を生やした老人で、どう見ても会社員には見えない。最初廊下ですれ違ったとき宗教警察が踏み込んできたのかと思ってぎょっとした。サウジアラビア政府は石油が枯渇した後を視野に入れて、労働市場の「サウジ化（サウダイゼーション）」を進めており、企業は一定数のサウジアラビア人社員を雇用しなくてはならない。しかし子どもの頃から甘やかされて育ったサウジアラビア人はほとんど使い物にならない。わたしの勤務先の事務所でも会社にさえ出てこないサウジアラビア人社員が何人かおり、会社側は完全にさじを投げている。

サウジアラビアでは看護師などの例外的な職業を除いて基本的に女性は働いておらず、わたしの会社の現地事務所も男しかいない。ただし看護師はフィリピン人女性が多いらしい。わたしがエジプトのカイロに留学していたのは一九八〇年代の半ばだったが、あるとき上エジプトのアスワンで観光客用の遊覧ボートに乗ったら三十歳前後のアジア系女性二人が乗っていた。話をしてみると、サウジアラビアで看護師をしている韓国人だった。韓国人が海外で出稼ぎをしているなどとは露知らなかったので、ずいぶんと驚い

た記憶がある。一九八〇年代の中東の建設ラッシュの頃にはリヤドだけで二十万人くら
い韓国人労働者がいて、みな単身赴任でコンパウンド（塀で仕切られた住宅地）の中で
合宿生活していたそうだ。その韓国も経済発展で豊かになって賃金水準が合わなくなり、
今は建設労働者はバングラデシュやパキスタンから来ている。
外でのミーティングを終え、事務所に戻って昼食をとる。日本のカレンダーが壁に掛けられた広い会議室に日本食の弁当が用意されていた。黒いプラスチックの弁当箱にご飯やとんかつ、煮物、てんぷら、漬物などが入っていた。所長社宅で雇われているフィリピン人コックが作り、毎日事務所まで運んでくるという。日本人駐在員たちは毎日この弁当を食べている。テーブルの上に並べられた日本茶のポット、箸《はし》立て、醤油、ソース、インスタント味噌汁などを見ていると、遥《はる》かな異国に来た実感がある。ここは日本から一万キロメートル離れた灼熱《しゃくねつ》の地だ。

ただ、昔に比べれば海外駐在員の生活は格段に良くなった。多くの駐在員が広い社宅に住み、途上国では平社員でも運転手付きの車を与えられている。わたしは若い頃、深田祐介さんの『炎熱商人』や『革命商人』、城山三郎さんの『生命なき街』などを読んで、自分も物語に描かれたような苛烈《かれつ》な国際ビジネスの最前線に身を置いてみたいと憧《あこが》れた。しかし、初めて駐在員として海外に出た一九八〇年代後半には大手日本企業の海外駐在員の生活環境は大きく改善し、少なくとも生活自体は過酷ではなくなっていた。

食事が終わると給仕のスレイマーンが食器一式を片付け、素早くコーヒーを淹《い》れて持って来てくれる。スレイマーンはいつも黙々と給仕するので、結局三日間彼とは一度も会話せず、リヤド滞在中わたしが彼にいった言葉は「サンキュー」だけだった。黙々と働き、寮に帰って雑魚寝する生活。その働く姿にバングラデシュに置いてきた家族の重みがにじみ出ていた。

“米僑《べいきょう》”と日本人ムスリム所長

現在、パレスチナ人のイスラエル人に対するテロと、それに対するイスラエル軍の報復の報道が世界の関心を集めている。サウジアラビアにおいてはパレスチナ人に対する同情が圧倒的で、イスラエルとその盟友であるアメリカに対する反感が強い。アメリカ製品不買運動が起きてコカ・コーラは売上が減り、シティバンクのサウジアラビア法人であるサウジ・アメリカン銀行からは預金の大量流出が続いているという。

しかし、アメリカがこの国と結びついている度合いは日本の比ではない。それを担っているのが知られざる「米僑《べいきょう》」の存在だ。別名「アラムコ二世」と呼ばれる彼らの父祖は、一九三〇年代にこの地にやって来て、石油を開発・生産した米国資本のアラビアン・アメリカン・オイル・カンパニー、通称「アラムコ」の従業員の子孫たちだ。彼らはサウジアラビアで生まれ、高校まではサウジアラビア国内にあるアメリカン・スクールに通い、大学教育はアメリカで受け、卒業後は再びサウジアラビアに戻って様々な職業に就く。そういう土着のアメリカ人がサウジアラビアには大勢住んでいる。

今回訪問した地元の法律事務所もそんな米僑がオーナーだった。

リヤドの住宅地にある大きな一軒家のがっしりとしたドアを開けて中に入ると、広々とした受付ホールになっている。開け放たれたいくつかのドアの向こうに会議室や書棚が見える。床は磨き上げられ、冷えた空気と静寂が支配する空間だった。熱風の中で砂《すな》埃《ぼこり》が舞う戸外とは別世界だ。

現れたのは五十五歳くらいの白髪のアメリカ人弁護士と彼の息子。弁護士は襟のところだけが白いクレリック・シャツに絹のネクタイ、高級ダークスーツという身なり。父子ともにサウジ生まれでサウジ育ちのアラムコ二世と三世である。息子の方は現在アメリカの大学に通っており、夏休み中だけサウジに戻って父親の仕事を手伝っているという。

サウジアラビアはイスラム教国で法制度もイスラムの教えに則《のっと》っている。イスラム法（シャリーア）は債務者を手厚く保護している場合が多く、特に立ち退きや担保差し押さえといった強制執行ができないため、債権回収には苦労するという。「しかし、工夫すればやり方は色々あるんです」と弁護士はいった。

あるケースでは債務者が住むビルに出向いて「ここにこれこれこういう方が住んでいると聞きましたが、お住まいはどちらでしょうか？　わたしどもはお金を払ってもらえず、大変困っております」とそのビルに入居している一軒一軒をわざと訪ねて回り、その債務者をいたたまれない気持ちに追い込んで債権回収に成功したという。また別のケースではある工場に置いてある機械を取り返すため、深夜トラックで乗りつけ、警備の男をコーヒーでもどうぞと別の場所に連れて行き、その隙に機械をトラックに積み込んで走り去った。建設機械のリース料を払わない債務者に対しては、機械に所有者を表示する標識を付け、定期検査を行い、かつ複数のキーを作っていつでも取り返せるようにしているという。

「ただ、サウジアラビアでは貸し倒れの発生率は先進国に比べて高くないです。親が死んでも子がその借金を返済する義務がありますから」

「そんな法制度があるんですか？　珍しいですね。どこの国でも親の借金は遺産の範囲内でしか子は継承しないと思っていましたが」

「それは法律ではありません。神（アッラー）に対する義務なのです」

　米僑の弁護士は微笑を湛《たた》えていった。「イスラム教徒の最大の義務はハッジ（メッカへの巡礼）です。親が巡礼を果たせなかった場合は、子がそれを果たす。これはアッラー（神）に対する義務なのです。そして親に借金があれば子がそれを返す。これもまた義務なのです。それを果たさない者は一族や社会が許しません。この国の裁判所は債権者を守ってはくれませんが、社会と宗教が守ってくれるのです」

　彼のイスラム社会事情への通暁ぶりには感心した。これに比べると日本人駐在員は一般的に二年とか三年の「ヒット・エンド・ラン」でしかない。今回、米僑の存在を初めて知って、中近東地域における米国の底力を垣間見た気がした。

ただしわたしが所属する商社のリヤド事務所長は、長年中近東に住み、ヨルダン人の妻を持ち、アラビア語がぺらぺらの日本人イスラム教徒で、事務所では現地従業員たちと一緒にお祈りをしていた。日本の商社にはときどきこういう桁外れの地域スペシャリストがいて、地域での活動を強力に支えている。

リヤド銀行頭取の忠告

サウジアラビア通貨庁（Saudi Arabian Monetary Agency、略称ＳＡＭＡ《サマ》）も出資しているリヤド銀行は国内に百九十三の支店を有するこの国第二位の大銀行だ。業績は順調で、今年上半期のＲＯＥ（リターン・オン・エクイティ）は一八・三パーセントを達成した。

シンボル・カラーの緑色を基調とし、ガラスをふんだんに使った近代的な本店ビルに入ると、低層階にあるフロアーに案内された。クーラーがひんやりと効き、オアシスのような静寂を湛えたフロアーの一角に頭取室はあった。三十畳ほどの広さの部屋だった。

浅黒い肌のタラール・アル・クダイビ頭取は五十歳くらい。純白の民族衣装姿に威厳が漂うが、笑顔は相手を包み込むようだ。足は裸足で革のサンダルを履いていた。

「リヤド銀行はロンドンに支店を持っているが、それは銀行の運営に必要なトレジャリー（資金・為替）業務をやるため。それ以外には欧州にいるサウジアラビア系顧客との取引をやっている。ロンドン以外の海外拠点はアメリカのヒューストンとシンガポールにある。ヒューストンではリヤド銀行が持つ石油関連のノウハウを生かして企業取引をやっている。これら三つ以外の海外拠点は必要ないと考えている」

クダイビ頭取の戦略は明白だ。それは「リヤド銀行が顧客に付加価値を提供できないビジネスや市場には参加しない」というものだ。ただの横並びで世界中に海外拠点を作って赤字を垂れ流している邦銀の頭取に聞かせてやりたい言葉である。そしてリヤド銀行は徹底的に外国パートナーを活用している。投資顧問業では米国のフィデリティ、クレジットカード決済業務ではカナダのSLMsoft.com社、ITに関しては米国のAlltel社と提携し、ノウハウを活用している。邦銀が新聞発表のためだけに外国銀行との提携を次々と発表し、何の成果も生んでいないのと対照的だ。

「邦銀は戦略もなしで世界中に拠点を作っていますが、やはりあれは馬鹿げたことだと思われますか？　日本の銀行はアメリカのネーションズ・バンクのように国内業務に特化した方がよいような気もするのですが、この点いかがお考えでしょうか？」

わたしはかねてからの疑問をぶつけてみた。

「日本企業はアジアに多く進出している。おそらく中国だけでも相当な投資をしているでしょう。日本の銀行はアジアでなら顧客に付加価値を提供できると思う。しかし、それ以外の地域では意味がないのではないか。邦銀はそこで日本企業を支援できるかどうか、いま一度全海外拠点を見直してみるべきだ」

クダイビ頭取の言葉は確信に満ちていた。サウジアラビアに来て邦銀の戦略について示唆を受けるなどとは予想だにしていなかったが、よく考えてみれば、明確な戦略と目的意識は企業経営に限らずすべての人間行動の基本だ。邦銀には不思議なほどこれがない。

三日間の仕事を終えた夕方、ソマリア人運転手が運転する現地事務所のオフロード車でリヤド空港に向かった。広くて立派な道路は相変わらず大型車で一杯だった。空港に行く途中に外国人が住むコンパウンドがあったので見学させてもらった。二百七十一戸が入っている広々としたコンパウンドの敷地は高さ二メートルの塀で囲まれていた。ゲートでは詰所からインド人、フィリピン人など五、六人の警備員が出てきて、かがみこんで車の下を調べたり、運転手に命じてヘッドライトを点《つ》けさせたりする。外国人、とりわけアメリカ人に対するテロを警戒しているのだ。

塀の内側は一つの街だった。きれいに掃き清められた舗装道路が縦横に走り、テラスハウスがずらりと並んでいる。家々の周囲には芝生が敷き詰められ、ヤシの木や火焔樹《かえんじゅ》などの常緑樹が整然と植えられている。あちらこちらでブーゲンビリアの赤い花や、白や黄色の花が咲き乱れていた。ちょうどナツメヤシの実が生《な》る季節で、木の上の方に茶色い実が鈴なりにぶら下がっていた。コンパウンドの中央には大きなプールがあり、欧米人の子どもたちが水遊びをしていた。スーパーマーケット、ビデオ屋、劇場、美容院、ジム、テニスコート。全体はちょうど地中海クラブに似ている。家賃は一ヶ月三十万〜八十万円。塀の外側に広がる荒涼とした砂漠地帯とは完全な別世界だ。

リヤドのキング・ハーリド国際空港ビルは数階分の高さが吹き抜けになった広々とした建物である。天井はイスラム教寺院（モスク）のドームを無数に組み合わせたデザイン。上の方の窓から光が差し込んできて、まさに巨大なイスラム教寺院内部のような荘厳な雰囲気に満ちている。建物の中心には大きな噴水があり、広い空間の中で水が流れる音が反響している。設計したのは世界で四番目に大きな建築設計事務所、アメリカのヘルムース・オバタ・カッサバウムである。

ソマリア人の運転手はわたしのチェックインが済むまで見届けてくれた。別れ際にお礼に二十リヤル（約六百円）渡そうとすると、電気に触れたように驚いて「いらない！いらない！」と後ずさった。「いいから、いいから」と無理やり押し付けると、照れ笑いしながら受け取った。

搭乗待合室で白い民族衣装姿の男たちや、全身黒ずくめで目だけ出している女たちを眺めながら、いつか人種のモザイクのようなこの国のことを小説に書いてみたいと思った。

「小説現代」二〇〇二年十月号

【追記】

この時の訪問目的は、現地にリース会社を設立するための予備調査だった。その後、わたしが働いていた商社はリヤド銀行などと組んで総合リース会社（本社ジェッダ）を設立し、たまに日本人社員が「この会社の設立には作家の黒木亮が関わっていた」と話したりしているらしい。

ナイルに還《かえ》る

「アラブの春」(二〇一〇~二〇一二年)を迎えたエジプト大統領選挙の決選投票が十日前に行われ、英国のBBC放送が、首都カイロの中心地タハリール広場の映像を頻繁に映し出していた。

砂埃《すなぼこり》にまみれ、人と車で渋滞する街の風景は、昔とほとんど変わっていない。

銀行のアラビア語研修生としてカイロに約一年十ヶ月留学させてもらったのは、一九八〇年代半ばだった。

ナイル川の中州にあるザマレクという外国人が多い住宅地に住み、バスでタハリール広場のそばのアメリカン大学に通った。当時はまだ、ナセル大統領の頃の社会主義体制の面影が色濃く残っていた。公務員は働かず、滞在ビザの更新や郵便物の受取りに行くと長時間待たされ、その間、職員たちは、シャーイ(紅茶)を飲みながら延々とお喋《しゃべ》りに興じていた。

電気釜を持って行かなかったので、家では鍋《なべ》でご飯を炊いていた。突然町から米や砂糖が姿を消し、ある日「米が入った」という情報を聞きつけて、「ガマイーヤ」と呼ばれる公営の商店に自転車で駆け付け、家と何往復もして大量に確保したことがあったが、炊いてみると古くてとても食べられない代物だった。仕方がないので、「シャッガーラ」

と呼ばれる掃除・洗濯のお手伝いの女性にやると、喜んで持って帰った。非関税地域で物資が豊富な地中海岸のポート・サイドまでバスで三時間かけて買い出しに行ったことも何度かある。「マアッディーヤ」と呼ばれる艀《はしけ》で青いスエズ運河を渡り、シンガポール製のラーメンやリンゴを買った。カイロのスーパーで、帰国する駐在員が置いて行ったと思《おぼ》しい「江戸むらさき」を発見し、大喜びで買ったら七年前の物だったこともあるが、これはちゃんと食べられたので感心した。

それでも初めて外国で暮らした日々の思い出は、深く心に染み込んだ。「ナイルの水を飲んだ者はナイルに還る」という諺《ことわざ》を胸に帰国の日本航空の南回り便に乗り、窓から茶色い砂埃一色のカイロの街が遠ざかっていくのを見詰めたとき、涙が溢《あふ》れて仕方がなかった。

二年後、銀行のロンドン支店に赴任し、出張や旅行でカイロを再訪することができた。懐かしい国に張り切って融資をしようと思ったが、信用状態が悪く、担保が取れるエジプト航空向けくらいしかできなかった。

今回、大統領選挙は終わったが、軍とイスラム勢力の確執で「アラブの春」は引き続き流動的である。けれども庶民の暮らしはあの町の風景のように何も変わらないのだろう。

「神戸新聞」二〇一二年六月二十七日

排出権は荒野を目指す

新疆《しんきょう》ウイグル自治区は、中央アジアに隣接する中国の西のはずれである。人口は約二千万人で、うち四五パーセントが、中国からの分離独立を望むイスラム教徒のウイグル族だ。

今年（二〇〇八年）三月には、区都であるウルムチを離陸して北京に向っていた航空機のトイレの中で、ウイグル人女性二人がガソリンに引火させようとして拘束され、同機は甘粛《かんしゅく》省の蘭《らん》州に緊急着陸する事件が起きた。八月四日には、カシュガルで武装警察部隊が独立派と見られるグループに襲撃されて警官十六人が死亡、同十日には、クチャでも公安（警察）局が襲撃された。

区都のウルムチは北京から飛行機で三時間二十分。中国南方航空の飛行機に乗るとき、座席番号が決まっているにもかかわらず、中国人たちは我先に押し寄せてくる。機内はほぼ満席で、自分の席にたどり着くと頭上の荷物入れは満杯だった。客室乗務員は何もしてくれないので、三つくらい前の席の荷物入れの荷物を少し動かして場所を作ろうとすると、座っていた中年男が中国語で何事か怒鳴ってきたので「There is no space!」と怒鳴り返して自分の荷物を置く。機内に西洋人の顔はなく、ほぼ全員が中国人のようだった。頭にスカーフをしたウイグル人らしいおばさんもいる。客室乗務員の中に、引き締まった身体つきで名札も着けておらず、機内サービスもしない若い男性がおり、スカイマーシャルと思われた。イスラエルのエル・アル航空などにも乗っている武装警備員だ。

ウルムチは遠くから見ると土漠の中に忽然《こつぜん》と現れたような都市だ。建物の形は不揃いで、欧米風、中国風、イスラム風などが混じっていて、不思議な感じがする。三十〜四十階建ての高層ビル街の谷間にいるとシンガポールにいるような気分になるが、視線を地上に転じると、一階部分に並んでいる店は中国の他の町と同じである。ウイグル族、漢族、カザフ族、回族など多民族が暮らす人口約二百七十万人の都市で、様々な人種の人々が通りを行き交っている。

通訳兼ガイドは、杜《トゥー》さんという、長春《ちょうしゅん》大学で日本語を勉強したカシュガル出身の漢族の青年だった。優しく、おっとりしていて、まだプロに徹しきっていない感じである。取材を兼ねて、市内の上島珈琲西餐廳（上島コーヒー店）に立ち寄ったときは、注文したコーヒーもほとんど飲まず、店に備え付けの雑誌をのんびり読み始めた。わたしがメモを取り終え、「マイタン（お勘定）頼む」と彼にいうと、慌ててコーヒーを飲んで、勘定を頼みに行った。

中国国内ではチベットと並ぶ政情不安地域であるこの地で、今、排出権ビジネスが盛んに行われている。

市内中心部を車で出発し、南東の方角に高速道路を十分ほど走ると、茶色い土漠が広がり、左手の彼方に万年雪を頂いたボゴダ峰(標高五四四五メートル)が見えてくる。さらに十五分ほど進むと、道の左右に無数のプロペラ型風力発電機が林立し、三枚羽根を回転させている。その数は、ざっと見て五百〜六百基。白い風車でできた広大な森のようである。

設置されているエリアは、東西五〇キロ、南北二〇キロほど。遠くに青く霞《かす》んでいる山影の麓《ふもと》まで風車の森が続いている。車を降りると、風速二〇メートルほどの風が吹いており、ノートを取り出すと、ページがばらばらと音を立ててめくれる。砂漠地帯であるジュンガル盆地とタリム盆地を擁する新疆ウイグル自治区は、内蒙古《うちもうこ》自治区と並んで風が強く、風力発電が盛んな地域だ。日本企業では、東京電力がここで風力発電事業を行っている。また、同自治区では、豊富な水力を利用した水力発電も盛んで、東京電力や三菱商事が水力発電事業を手がけている。

こうした事業は、締約国に温室効果ガス削減を義務付けた京都議定書(一九九七年十二月署名)によって規定されたCDM(クリーン・デベロップメント・メカニズム)と呼ばれるものだ。発展途上国において温室効果ガスを削減する事業を行えば、その分を京都議定書によって定められた温室効果ガス排出削減量に加算できるという仕組みである。京都議定書は、締約国である先進各国に対して、排出量削減という厳しい法的義務を課しているが、自国内の削減努力だけでは限界がある場合に備えて、CDMという柔軟措置を設けている。

ＣＤＭプロジェクトには、風力発電や水力発電以外に様々なものがある。①養豚場、養鶏場、炭鉱、ゴミ処分場、パーム油工場の廃液などからメタンガスを回収して発電、②代替フロンの一種であるＨＦＣ（ハイドロフルオロカーボン）22を製造する際に発生する副産物である温室効果ガスＨＦＣ23の破壊事業、③温室効果ガスであるN_2O（亜酸化窒素）分解事業、④太陽光発電、⑤油田からの随伴ガス回収・有効利用プロジェクト、⑥コークス炉やセメント工場などの廃熱を利用した発電、といったものである。

各プロジェクトによってどれくらいの温室効果ガスが削減されたかは、「ＣＤＭプロジェクトがなかった場合に排出されていたであろう温室効果ガスの排出量」（これを『ベースライン』と呼ぶ）と、当該ＣＤＭプロジェクトで排出される温室効果ガスの量の差によって測定する。「ベースライン」の算出方法は、国連が定めた詳細な規定があり、それにしたがって国連（ドイツのボンにあるＣＤＭ理事会）あての申請書（ＰＤＤ＝プロジェクト・デザイン・ドキュメント）を作成し、承認の申請をする。プロジェクトが実施されて排出権が発生すると、国連によってＣＥＲ（サーティファイド・エミッション・リダクション＝認証排出削減量）が発行され、これが排出権（排出量）として取引される。

空気がお金になり、空から月餅《げっぺい》が降ってくる

ＣＤＭプロジェクトは、アジア、アフリカ、中近東、中南米など世界中の中進国、発

展途上国で行われているが、数が多いのは、中国、インド、ブラジルである。国連に登録されたＣＤＭプロジェクトから生じる排出権量におけるシェアは中国が五一・六パーセントと圧倒的に多く、二位がインド（一四・一パーセント）、三位がブラジル（八・八パーセント）である。ＣＤＭが行われる国の特徴としては、経済規模があり、二酸化炭素排出権の削減余地が大きいことが必要なので、これら三ヶ国に案件が多いのは当然といえる。

個々のＣＤＭプロジェクトから産み出される排出権（すなわちＣＥＲ）はプロジェクトの規模や、対象となる温室効果ガスの種類によって異なる。ＣＤＭの対象となる温室効果ガスは六種類あり、それぞれの温室効果の強さは「地球温暖化係数」によって表される。すなわち二酸化炭素（ＣＯ^{2}）は一倍、メタン（ＣＨ^{4}）は二十一倍、Ｎ^{2}Ｏ（亜酸化窒素）は三百十倍、フロン類のうちＰＦＣ（パーフルオロカーボン）14は六千五百倍、ＨＦＣ23は一万千七百倍、ＳＦ^{6}（六フッ化硫黄）は二万三千九百倍となっている。したがって、ＨＦＣ23の排出量を一トン削減すれば、二酸化炭素一万千七百トンを削減したのと同じ排出権を獲得することができる。

これまで行われてきたＣＤＭプロジェクトは、産み出される排出権の量が年間一万トンから三十万トンくらいの規模のものが多い。排出権価格の動向に関する日本の代表的な気配値としては、国際協力銀行（ＪＢＩＣ）と日本経済新聞デジタルメディア社が毎週月曜日に発表している「日経・ＪＢＩＣ排出量取引参考気配」がある。それによると最近の価格は、二酸化炭素一トンあたり三千五百円程度である。したがって、排出権の量が一万トンから三十万トンくらいのプロジェクトでは、年間に三千五百万円から十億五千万円の「余剰収入」が発生する。

プロジェクトによっては、日揮、大旺建設（現大旺新洋）、丸紅が共同で行っている中国浙江省《せっこう》のフロン破壊プロジェクトのように、年間五百八十万トン、金額にして二百三億円という大量の排出権が得られるプロジェクトもある。これは代替フロン工場で排出されるHFC23を回収・破壊するプロジェクトだが、HFC23の回収・破壊のための設備自体は大がかりなものではなく、プロジェクト実施に必要な資金は数億円程度といわれる。その結果、毎年のリターンが数千パーセントという「化け物」プロジェクトになる。これまで存在しなかった排出権によって突然巨額の金が儲《もう》かるようになり、中国人たちは「空から月餅が降ってくる」とか「空気がお金になる」といっているという。

山西《さんせい》省のゴールドラッシュ

中国は世界最大の石炭産出国で、エネルギー不足を解消するため、急ピッチで石炭を増産している。同国の石炭生産の約四割を担うのが、北京から数百キロメートルに位置する山西省だ。かつて冬場は、空から降りそそぐ煤煙《ばいえん》で数メートルしか視界がきかなくなるといわれた土地だ。

省都の太原《たいげん》からは、主要な産炭地である大同《だいどう》や柳林《りゅうりん》などへ高速道路が延びており、石炭を満載したトラックが往き交《い》っている。片側二～三車線の大きなハイウェーはトラックからこぼれた石炭の粉で黒ずんでいる。道の左右には、黄土高原特有の丘陵地帯やトウモロコシ畑が広がり、広大な風景の中に、石炭を利用する発電所、製鉄所、コークス工場などが建っている。五輪を開催する北京に石炭を早く輸送するため、トラックは休憩時間も削って走り続け、助手席の人間がドアを開けて、走っている車の上から高速道路の上に立小便をするのを目撃したときは驚愕した。

今回、同省南西部、陝西《せんせい》省との境に近い柳林という産炭地を見てきた。ここではオランダ企業が炭鉱で発生するメタンガスを回収し、発電を行うCDMプロジェクトを実施している。産み出される排出権（CO_2換算）は年間約三十二万トンというかなりの量である。山西省の金持ちの多くは、炭鉱経営者であるといわれるほど、石炭価格の上昇の恩恵を受けている。その一方で、中国の炭鉱は安全管理が不十分で、メタンガスの爆発や地下水の流入で、年間数千人が命を落としている。それでも食い詰めた人々は、都市部の大卒ホワイトカラーの数倍の給料に魅《ひ》かれて炭鉱にやって来る。

柳林の街は、一種整然とした北京やウルムチの街とは様相を異にする。建物はバラック小屋から四角いビルまで形も高さも様々である。でこぼこの道路のあちらこちらに泥水が溜《たま》り、土煙を巻き上げながら、石炭を満載したトラックが数珠繋《じゅずつな》ぎになって走っていく。窰洞《やおとん》と呼ばれる、建物前部にアーチ型の造りを持った廃墟のようなレンガの平屋に人々が住み、家の前で洗濯をしたり、スイカを商ったり、カラオケ屋の女が客引きをしたりしている。コークス工場はフレアガスを燃やす真っ赤な炎を噴き上げ、パイプが複雑に絡み合った製鉄所は高い煙突から白煙を噴き上げている。辺境の混沌とした風景は、かつての筑豊《ちくほう》を彷彿《ほうふつ》させる。

中国のCDMプロジェクトは、かつては北京、山東省、上海付近といった沿海地域が比較的多かった。しかし今では、そうしたアクセスの容易な場所での案件はあらかた取りつくされ、内蒙古、雲南省、甘粛省、新疆ウイグル自治区といった辺境に分け入らなくては獲得できない。

一筋縄ではいかないCDM

日本においてCDMプロジェクトを積極的に手がけているのは三菱商事や丸紅などの総合商社である。三菱商事がネットワークを生かして、世界中で次々とN_2Oプロジェクトを手がけた話は有名だ。金融機関では、三菱UFJ証券が比較的小規模のプロジェクトをこまめに拾い上げ、ノウハウを蓄積している。また大和証券SMBCや三井住友銀行、日本スマートエナジーなども積極的だ。

排出権の買い手としては、電力会社や製鉄会社、航空会社のほか、電力会社・商社・メーカー・政府系金融機関等が出資する日本カーボンファイナンスなどがあり、仲介業者としてはナットソース・ジャパンがよく知られている。また、国際協力銀行やジェトロ（日本貿易振興機構）は、制度作りや民間企業へのアドバイスを行っている。

CDMプロジェクトは、普通のプロジェクトに排出権という要素が付け加えられたものであるため、実施にあたっては、①プロジェクト一般に共通するものの問題と、②排出権特有の問題がある。

　プロジェクト一般に共通する問題としては、たとえば中国では、契約の交渉でいったん合意しても、あとで蒸し返されるとか、相手側が契約内容が気にくわなくなって裁判を起こし、中国側に有利な判決を下されるとか、政府の各種許可を取るのに時間がかかる、あるいはプロジェクト実施に必要な地元のインフラストラクチャー（社会資本）が整っていない、プロジェクトを立ち上げるための資金の調達に苦労する、といったことである。こうした点については、地元の事情を熟知した現地スタッフを抱えているかどうかで、結果が大きく変わってくる。

　排出権特有の問題としては、CDMプロジェクトは国連のCDM理事会の承認を得なくてはならないが、近年、案件が多くなって承認手続きが遅れたり、自国びいきの理事が、他国の案件に反対しているケースがあるといわれる。

　また、中国においては、排出権（CER）は原則として中国側に帰属し、たとえ日本企業が金を出してプロジェクトを実施しても、いったんすべて中国側に帰属した排出権を、あらためて中国側から売ってもらわなくてはならない。これは中国政府が排出権を国家財産として扱っているためで、HFCやPFC系プロジェクトであれば、プロジェクトから発生する排出権のうち六五パーセントが、N_2O系プロジェクトであれば三〇パーセントが、風力発電やメタンガス回収であれば二パーセントが、それぞれ中国政府のものになると法律で規定されている。残りはプロジェクトを実施した中国企業のものである。日本側パートナーは、中国企業が得た分の排出権を市場価格よりは幾分安く買い取らせてもらうことになるが、どれくらいの量をいくらの価格で買わせてもらえるかは交渉次第だ。

京都議定書は現代の不平等条約

日本は京都議定書にもとづいて二〇〇八年から二〇一二年の「第一約束期間」に一九九〇年比で六パーセントの温室効果ガス削減義務を負っている。ＥＵは同八パーセントの削減、米国は議定書から離脱した。

京都議定書は、日本がＥＵと米国にしてやられた不平等条約である。そもそも一九九七年十二月に開催された京都会議において、一九九〇年を基準年とするのは奇妙なことだ。会議では、直近の一九九五年を基準年とすべきという議論があったにもかかわらず、ＥＵが一九九〇年を強硬に主張して押し通した。彼らが一九九〇年をごり押しした理由は、域内十五ヶ国のうち、排出量の一、二位を占めるドイツと英国（二国でＥＵ全体の四七パーセント）は、会議が行われた時点で一九九〇年に比べ、排出量がそれぞれ一九パーセントと一三パーセントすでに減っていたことが挙げられる。ドイツは一九九〇年時点では東西統一を果たしたばかりで、旧東ドイツの省エネレベルが低く、英国は一九九〇年代に入って発電用燃料を二酸化炭素排出量が多い石炭からクリーンエネルギーの天然ガスに切り替えていたからだ。

一方、自分たちは七パーセントの削減をするからといって日本に六パーセントを呑ませた米国は、土壇場で議定書を離脱して梯子《はしご》を外した。クリントン大統領は京都議定書に署名したが、上院で多数を占める共和党に批准を否決されることは当然予想していたはずだ(その後、二〇〇一年にブッシュ大統領が署名そのものを撤回した)。

日本は会議の開催国だったので、面子《メンツ》のために何が何でも調印ありきで、無理を承知で六パーセント削減を約束してしまった。これは国民に大きなツケを負わせ、実に高価な「ネーミング・ライツ(命名権料)」になった。当時の首相は橋本龍太郎、外務大臣は小渕恵三で、この二人に責任を取ってもらいたいところだが、二人ともいまや墓の下である。

前述したように、EUは一九九〇年を基準にすると、排出量削減余地が相当あった。これに対し、二度の石油ショックや円高不況に遭遇した日本は、一九八〇年代から製鉄業を筆頭に血の滲《にじ》むような省エネ化を進め、タオルを絞りきったような状態だった。GDP当たりの二酸化炭素排出量(二〇〇四年時点)をみても、日本を一とすれば、EUは一・一、米国一・八、インド七・三、中国八・一、ロシア九・四程度で、日本のエネルギー効率が最も高い。すなわち日本は温暖化防止策が非常に進んでいる国なのだ。

しかもEUは別の「魔法の杖」を持っている。それは東欧諸国のEU加盟である。二〇〇四年から二〇〇七年にかけて、チェコ、エストニア、ルーマニアなど十二ヶ国が加わり、EUは十五ヶ国から二十七ヶ国に拡大した。これら東欧諸国のエネルギー効率は、EU平均値の半分から四分の一程度であり、これらの国々が省エネに取り組めば、旧東ドイツの例のように、排出量は大幅に削減できる。そもそも東欧に限らず、欧州の工場設備は老朽化しているものが多く、やろうと思えば一〇パーセントくらいはすぐに排出量を削減できるといわれる。

第一約束期間の六パーセント削減を達成するために、電力会社をはじめとする日本の民間企業は相当な努力をしてきた。しかし、温室効果ガスの排出量は減るどころか、二〇〇七年の時点では、逆に九パーセント増えている。そのため日本は海外から排出権（排出枠）を政府・民間合計で大量に買わなくてはいけない。すでに日本政府はチェコやウクライナなどから買い付け、電力会社などの民間企業は中国、ブラジル、インドなどから買い付けている。

それ以外にも、日本は政府予算の中から毎年一兆二千億円程度（平成二十年度は一兆二千億円、同二十一年度は一兆千七百六十四億円）が、京都議定書の目標達成のための予算として経済産業省、環境省、農林水産省などに配分されている。国民がすでにこれだけの金を負担しているのだから、新たな税金を考えるより、毎年一兆円以上使っているのになぜ排出量が削減できないのか、予算に相当な無駄があるのではないかを見直すべきではないか？

ホットエアーという頭痛の種

国連に登録ずみの中国のCDMプロジェクトから生じる排出権の量は、年間一億千三百四十七万トンである。一トン三千五百円で計算すると、年間三千九百七十一億円の「月餅」が空から降ってくることになる。京都議定書では、中国やインドといった中進国・途上国には温室効果ガス削減義務が課されていないので、二酸化炭素などを垂れ流しながら、CDMをどんどんやることができる。

排出権（排出枠）のもう一つのタイプに「ホットエアー」と呼ばれるものがある。これは、経済活動の低迷などで温室効果ガス排出量が大幅に減少し、相当の余裕をもって削減目標が達成できることが見込まれる国の余剰分のことだ。これを売買する排出権取引には大いに首をかしげざるを得ない。旧ソ連が一九九一年に崩壊する前後から、ロシア、ウクライナ、東欧諸国では経済が大幅に停滞し、排出量が大幅に減っていた。一方で京都議定書における彼らの削減目標（一九九〇年比）は、EU加盟予定だった東欧諸国は八パーセントだが、ロシアとウクライナはプラスマイナスゼロである。目標設定自体が不公平で、これらの国々では、まさに「空気がお金に化け」ている。第一約束期間の五年間にロシアは実に五十五億トン、ウクライナは二十四億トンのホットエアーを獲得する見込みである。前述のとおり、すでに日本政府はウクライナやチェコから買い付ける契約をし、オランダやスペインなども購入している。

本来、国の余剰枠の売却を認めるのは、努力して排出量を削減すれば金になるというインセンティブを働かせるためで、ホットエアーはこの趣旨に反する。EUなども頭を痛めており、COP（国連気候変動枠組条約締約国会議）などの場で、認めない方向で議論を進めたいのが本音だが、ロシアなどが強く抵抗するのは間違いない。制度設計の失敗である。

日本の製鉄メーカーなどがこれまで血の滲むような努力でリストラを行ったおかげで、日本は世界最高のエネルギー効率を持ち、その分、温室効果ガスの排出も抑えられている。しかるに、莫大《ばくだい》な財政負担を強いられ、中国に月餅を差し上げる格好になっているのは、何かおかしくはないだろうか？　調印してしまった第一約束期間についてはどうしようもないが、二〇一三年以降の「ポスト京都議定書」については、これ以上日本にとって不利な取り決めをしないでもらいたい。

「プレジデント」二〇〇八年九月二十九日号

【追記】

日本は、リーマン・ショック後の景気低迷や企業の海外移転といった喜ばしくない理由で温室効果ガスの排出量は予想以上に減ったが、東日本大震災で多くの原発が停止したこともあり、第一約束期間の温室効果ガス排出量は一九九〇年比一・四パーセントの増加という結果になった。これに森林吸収源対策による吸収量三・九パーセントとCDMを中心とする排出権（京都メカニズム・クレジット）購入の五・九パーセントを加え、一九九〇年比でマイナス八・四パーセントとなり、京都議定書の目標六パーセントを達成した。

環境省の資料によると、日本が二〇〇五年から二〇一二年の間に買い付けた排出権の総額は千五百六十二億円で、購入先の多くが中国であり、一部は前述のとおり旧ソ連・東欧圏からのホットエアー購入に充てられた。そもそも中国は温室効果ガスの排出量がダントツの世界一であり、ロシアは寒い国なので本音では温暖化を歓迎している（永久凍土上の家が傾く可能性がある一方、ヨーロッパからアジアに最短で行ける北極航路が開け、北極圏の資源開発も容易になる）。

結局のところ、日本は、京都議定書というわけの分からない国際ルールを作られて金を巻き上げられ、中国や旧ソ連・東欧圏に国民の血税を献上したのである。

COPは毎年十一月か十二月に開催されているが、二〇一三年以降の第二約束期間についての合意はついにできなかった。二〇一五年十一月から十二月にかけてパリでCOP21（第二十一回COP）が開催され、先進国にだけ温室効果ガス削減を義務付けた「京都議定書」に代え、すべての国が参加する二〇二〇年以降の枠組みとして「パリ協定」が締結された。参加各国は温室効果ガスの排出削減目標を自己申告するが、目標達成は義務ではないという緩《ゆる》い協定である。しかし米国は二〇一七年六月に、トランプ大統領が協定からの離脱を表明した。今では、排出権取引を行なっているのはEUだけとなり、ピーク時にはトン当たり三十ユーロを超えた価格は二〇一三年には三ユーロ台まで下がった（最近は十七ユーロ前後まで戻したが）。数多くの金融機関や企業が排出権ビジネスから撤退し、わたしの知り合いも大半が解雇され、兵《つわもの》どもが夢の跡といった感じである。

一人旅の流儀（インタビュー）

小説を書くときは必ずその場所に行くので、年に三ヶ月くらいは一人旅をしています。国際金融マンになったのがロンドンに赴任した三十歳のときなので、それ以来ずっと鞄《かばん》一つで世界を飛び回っていて、一人旅歴は二十七年くらいです。

国内は四十七都道府県、去年（二〇一三年）で全部回りました。最後に七、八県残っていたので、鹿児島、高知、徳島、山形など全部片付けました。ほとんど仕事の取材でしたが、最後の島根県だけはプライベート。松江の高校で教えている早稲田の競走部の同期の男が迎えてくれて、昔大名屋敷だった蕎麦屋《そばや》で出雲《いずも》そばを食べさせてくれました。白い醤油出汁《しょうゆだし》の鴨南蛮で、すごく美味しかった。

今「週刊朝日」で福島第一原発の所長だった故・吉田昌郎《まさお》さんのモデル小説を連載しているので、今回はその取材で仙台にも行きますが、中学卒業以来会っていない同級生がいるので会う予定です。小学校時代に仲が良かったりんご農家の娘で、同窓会名簿を見て電話をかけたら、びっくりしていました。テレビドラマだと久しぶりに訪ねて来た同級生が借金の申し込みをしたり、物を売ろうとしたりというのが多いですからね。でもこっちは、作家になってインターネットにインタビューなんかも出ているので、そういう面では安心してくれます。

小中高の同級生の中では僕が一人だけ日本中を歩き回っていて、「この人に会ったよ」とみんなに知らせると、メールアドレスを教えてほしいと要望が来て、同級生の交流が始まったりします。

父親が昔、勉強した学校を訪ねて、写真を送ってやったりもします。父は北海道の神主ですが、京都の國學院《こくがくいん》というところで戦前勉強して資格を取りました。もう八十六歳で、旅に出たりもできないので、僕が代わりに行って写真を撮って送ってやるんです。

列車の旅が情緒があって好きですね。新幹線は清潔だし、飛行機のビジネスクラスみたいに広いシートだし。いつも自由席ですが、何の不都合もありません。ただ意外と揺れるので、パソコンで原稿を書くのは難しいです。

僕は海外の永住権を持っているので、ジャパンレールパスというのが使えます。二万八千円くらいで日本中のJRが一週間乗り放題という、外国人と海外永住者向けの切符です。それを使って地方を駆け回っています。乗れないのは、のぞみとみずほだけで、東京からだと大阪や仙台を往復すれば十分元はとれます。日本人がヨーロッパでユーレイルパスを使えるのと同じです。

去年七月に出版した『法服の王国』という裁判官の小説の取材でも、北は北海道の旭川から南は沖縄まで歩きました。裁判官は日本中転勤させられますから。作品を書くときは、必ずその土地を見ます。見ないと描写に説得力が出てきません。雪の旭川を見たり、長野県の山間《やまあい》の飯田市の裁判所を取材して、地元の居酒屋で「おたぐり」という馬の内臓の料理を食べたりしました。おたぐりは、三〇メートルくらいある馬の腸を洗って、お湯と塩で煮て、軽く炒めた料理です。臭いですけど、好きな人は好きで、酒のつまみに爪楊枝《つまようじ》で食べます。

良心的な裁判官が熊本県の天草へ飛ばされたという設定もあったので、天草でタコを釣ったり、トビウオやウツボ料理を食べたりしました。天草プリンスホテルというところに泊まったんですが、夕食は、ウツボの湯引き、ウツボのから揚げなど、ウツボづくしでした。

宮崎の高千穂に夜神楽《よかぐら》を見に行くシーンもあったので、それも実物を見に行きました。物語の最後は、主人公の一人が沖縄の家庭裁判所の所長になるので、那覇にも足を延ばして、家庭裁判所の佇《たたず》まいや那覇の街を取材してきました。

机の前に座って考えてもなかなかいいアイデアは浮かびませんが、その土地を歩いて、風の匂いを嗅《か》いだり、人と話したり、景色を見たりしていると、あの箇所はこうしたらいいだろうなといったアイデアが浮かびます。アイデアを湧かせるためにも、労をいとわず歩くようにしています。近々、取材でカナダに行きますが、一人の人をインタビューするためだけに片道七時間かけて飛行機で行きます。旅に出るのが億劫《おっくう》になったら、作家を辞めるときだと思っています。

旅の楽しみ

取材旅行は、自分が旅を楽しむという面もあります。シャカリキになって仕事だけに駆けずり回っているのでは長続きしません。風景を見る楽しみとか、どこかを訪れる楽しみとか、お酒を飲む楽しみなんかが大事です。僕の小説はよく食べ物を描写しているといわれますが、食べ物は方言や風景と並んで、その土地を端的に表す道具なので、取材も兼ねて名物は必ず食べます。

行った先で何をしようというのは、ガイドブックやインターネット・サイトを参考にしています。その土地を知っている人がいれば、見所や美味しいレストランなどを訊《き》きます。知人がいれば訪ねて行って、晩御飯食べよう、と。必ず地元の人しか知らない、とっておきのところに連れて行ってくれます。今回、京都で弁護士会主催の講演をやったんですが、幹事の弁護士さんが、祇園《ぎおん》の美味しいおでん屋さんに連れて行ってくれて、そのあと行ったバーに芸妓《げいぎ》さんも呼んでくれました。神戸では、神戸新聞の人がよく安くて美味しい地元の居酒屋に連れて行ってくれます。

タクシーの運転手さんには必ず話しかけます。乗客と話したくない感じの運転手さんも五人に一人くらいはいますけど、五人中三人くらいはよく喋《しゃべ》ってくれます。「美味しいものあるんですか？」とか、「景気はどうですか？」とか、「これから行くこの場所、知っていますか？」とか。夏に取材に行って、冬のことを書かなきゃいけないときは、

「冬はどんな感じですか?」。どんな反応をするかも観察して、それがまた作品のヒントになったり。

最近行ったところで印象深かったのは、夜神楽を見に行った高千穂ですね。こんな凄《すご》いものが日本にあるのかと。毎年十一月の終わりから二月上旬まで、だいたい毎週末、公民館や民家でやっているんですが、夕方から翌日の昼頃まで、夜を徹して神楽を舞うんです。地元の伝統行事ですけど、一升瓶の焼酎《しょうちゅう》を持って行くと観光客でも見せてくれます。竹筒で燗《かん》にした日本酒や煮しめ料理なんかも出ます。『法服の王国』の中では、結構長いシーンで夜神楽の様子を描写しました。まあ、僕は神主の息子なので、元々神楽に親しみはありますが。

那覇もすごくよかったです。去年の四月頃、那覇に取材に行きましたけど、本州とは全然違う世界で、アメリカみたいな感じです。人がのんびりしていて、土地の人と話したり町を歩いたりしているだけで癒《いや》されました。宿は首里《しゅり》の日航那覇グランドキャッスルというところに泊まりました。高台でしかも高層ホテルなので眺めがよくて、一泊五千円くらいでした。ホテルにトロピカル・ラウンジがあって、ビールを飲んだりすると、遠くのほうの東シナ海に白い波が打ち寄せていて、日常から解き放たれます。那覇の町は白壁の建物が多いので、ちょっとアルジェやスペインの街みたいな感じです。沖縄に行ったのは二十九年ぶりでしたが、絶対ヤシガニを食べようと思っていました。テレビ…モはとりました。

なんかで見て、一度食べてみたかったので。でも、念願叶《かな》って食べてみたら、殻がすごく硬くて、土臭い味がして、あまり美味しくはなかったですね。味噌《みそ》は多いんだけれども、それも土臭くて。宮古島あたりで野生のカニを捕獲してくるので、非常に野趣がある感じはします。食べたのは「めんそーれ」という名前の居酒屋です。グロテスクな、でかい蜘蛛《くも》みたいなカニで、それを何匹も冷凍庫に入れてありました。もちろん取材メモはとりました。

　僕は昔から時間が惜しいタイプの人間なので、仕事と遊び、両方いっぺんにやっちゃおうという発想です。だから、旅だけの旅というのは、あまりしないですね。家内と英国内や海外の旅行によく行きますが、そのときは仕事の資料なんかをずっと読んでいます。移動時間は、読まなきゃいけない本を片付けるのにちょうどいい。ロンドンから日本に来る飛行機の中で二、三冊読んだりもします。資料以外にも、気晴らしに小説を読んだりもします。仕事の資料ばかり読んでいると疲れますから。城山三郎さん、吉村昭さん、松本清張さんとか、社会派小説が多いですね。あと三浦綾子さん、森瑤子さん、あるいはスタインベックの『怒りの葡萄《ぶどう》』のような古典の大作をじっくり味わったり。自宅にいるときは、朝から晩まで原稿を書いて、書き終わったらヘトヘトになって、なかなか本が読めません。

　行く土地に関係がある本は事前に読んだり、持って行ったりします。その土地の様子を自分の目で見て、人と話したり、物を食べたりすると、なるほどここに書いてあることはこういう意味なのかと初めて分かったりします。たとえばカミュの『異邦人』という、アルジェが舞台の作品がありますが、アルジェリアという土地や人々の暮らしを見ないと、あの作品のよさはまったく理解できないと思います。今回京都に行ったときは、『平家物語』を持って行きました。京都御所を見て、なるほどこれが京都御所か、まさにここに平清盛《たいらのきよもり》がいたのか、という感じですごく実感が湧きます。

日本語の本は、ネット書店で注文して、東京のホテルのフロントで預かってもらうことが多いです。本だけじゃなく、文房具、日用品、食料品なんかも。汐留《しおどめ》のロイヤルパークはよく分かっていて、全部預かってくれます。定宿を一つ作ると便利ですよね。海外から来る他の日本人たちもそういうふうにやっているようで、荷物カートにアマゾンの箱がたくさん載っています。

宿選びのポイント

日本に帰って来るとだいたい二〜三週間いて、その間に地方に何ヶ所か行き、各地に一、二泊します。宿は、たいていインターネットで予約します。楽天トラベルは、宿の数も多いし、ポイントで宿代を一部払えるのでよく使います。東京のホテル代は一泊一万円以上しますけど、地方は五千円くらいで泊まれるので有難い。普段海外に住んでいて温泉に入れないので、温泉や大浴場がある宿が好きです。そのほか景色のいい宿なんかも。高級旅館にはあまり泊まりませんね。

宿を予約するときは、必ず、ホテルのオリジナル・サイトと、楽天トラベルやヤフー・トラベル、この三つくらいを比べます。安いのが売りだされた場合は、事前に予約したのをキャンセルしたり。二千円、三千円の差でも、積み上がると馬鹿になりませんから。東京の同じホテルに一週間滞在するときでも、最初の二日を楽天で予約して、次の三日はヤフーで、次の二日はホテルのサイトでといった具合に、組み合わせで予約します。日によっては朝食付きのプランとか、何かのクーポン券が付いてるプランとか。そもそも取材のアポイントメントが首尾よくとれるかどうか分からないですから、アポイントが取れるたびに少しずつその日の宿をとっていくわけです。汐留のロイヤルパークなんかは、つぎはぎの予約でも部屋は同じにしてくれるので助かります。

日本で必要な荷物が常に段ボール二箱分くらいありますが、それは一年中汐留のロイヤルパークに置かせてもらっています。会った人に渡す自分の本や色紙の用紙です。ただ、東京で大きな国際会議や見本市なんかがあると、ロイヤルパークも部屋代が高くなったり、部屋がまったくなくなったりするので、そういうときは安いところに二、三日泊まったり。今回は三泊だけ汐留のコンラッドに泊まってみました。ある外資系の証券会社で講演をやるので、そこのコーポレート・レートでとってもらいました。一般客が普通に予約すれば一泊四万円以上しますけど、コーポレートなら二万八千円くらいで泊まれます。

宿を選ぶとき、コインランドリーとＷｉＦｉがあるかはチェックします。最近はコインランドリーを備えているホテルや旅館が結構あって便利です。いちいち手で洗うのは大変ですから。また常にパソコンを持って歩くので、ＷｉＦｉも重要です。部屋で繋《つな》がらなくても、フロントやロビーで繋がるところは多いです。旅行中でも常に仕事のメールが入ってくるので、パソコンで処理できないと困る。僕は携帯電話に振り回されるのが嫌いなので、イギリスでも日本でも持っていません。ゲラを印刷したりファックスしたりスキャンしたりするのは、最近はコンビニでできるので便利ですね。

思索と食事

一人旅の魅力は、日常から離れて色々考え事ができることですね。普段は仕事や雑用で忙しいので、ゆっくり将来のことを考えたり、一年後とか五年後といった長いスパンの構想を立てたりは、なかなかできません。旅に出ると本も読みますが、思考や気分に色々な波があるので、ふと本を置いて、そういえばあれどうしようとか考えます。思いつかないときに一生懸命考えても疲れるだけですけど、日常から離れた旅先で結構いいアイデアが浮かんだりします。作品のアイデアだけでなく、こんなことをやってみようとか、あれをやったらいいなとか、小さなことから大きなことまで。そういえばユニクロでヒートテック買わなきゃいけないなとか、あの靴買おうかなとか、今度クレタ島に取材で行くけど、行かなくても資料見て書けるかなとか、カナダに行ったら何しようかなとか、五年後はこんな作品書こうかなとか、十年後はどこに住もうかなとか。

一人で食事をすると、会話の楽しみはないけれど、緻密に、深く味わうことができます。一人飯とか一人飲みは、結構好きです。旅先の居酒屋でぼけーっとテレビ見たり、夜景のきれいなホテルのレストランで考え事をしたりしながら食事をする。開高健《かいこうたけし》さんも一人飲みが好きだったそうです。

お酒は地元で飲むのが一番美味しいのは世界共通ですね。ワインはワイナリーで、ビールなら醸造工場で飲むのが美味しい。昔、バンク・オブ・アメリカの不良債権チームが儲かっていたとき、取引先招待ということで、チャーター便でフランスのワイナリーに連れて行ってもらったことがあって、そこで飲んだワインは本当に美味しかった。チェコのブルノの修道院がやっている醸造所で飲んだビールも美味しかった。昔国際金融仲間だった三菱東京UFJ銀行（現三菱UFJ銀行）の役員の人は、仕事で地方に行くと各地で蔵のお酒を飲んで、日本酒にはまったといっています。

ただ日中取材しているときは、酒ばっかり飲んでいるわけにはいきません。去年、山形県の米沢の蔵元に行きましたけど、取材中だったので、飲まずに一本買ってきて、銀座の焼き鳥屋で飲もうと思ったら、持ち込み料金がすごく高かったので、そのとき会った友達にあげました。天草もそうですが、九州の酒は焼酎ですね。僕は日本酒のほうが美味しいとは思いますが。

荷物とフライト

二十五年くらい前から、旅の荷造りをするときのために、携行品のリストを作ってあります。国際金融マン時代に、出張するとき忘れ物をしないように始めました。六十くらい品目があって、パスポート、航空券、スーツ、取材相手に渡す自著、下着のシャツ、パンツ、靴下、水泳用のパンツ、ゴーグル、洗顔セット、出歩き用のシューズ、シャープペンシルの芯《しん》、名刺、ブレザー、靴磨きの道具、音声レコーダー、カメラ、地図とか。手帖の最後のページに書いてあって、常にアップデートして、付け加えたり、削ったりしています。だいぶ古くなって、手垢《てあか》や脂がついて黄ばんでいます。旅に出る前はそれにしたがって、スーツケースに入れていく。そうすると時間が節約できるし、間違いがない。かといって、準備があっという間かというと、そうでもありません。品目数が多くて見落としたりするので、出発前日に一回やって、当日にもう一回確認します。それでも何回かに一度は何か忘れますね、ズボンのベルトとか。そういうときは現地で買うしかない。

スーツケースには、どんどん物をぶち込んでいく。あまりきれいには整理しません。重いもの、取材先に渡す自分の著書なんかは下のほうに入れる。ケースを立てたとき、そのほうが安定するので。それ以外の物は上のほうに。面倒なのは、知人や取材先に渡すお土産ですね。イギリスから紅茶なんかを買って行くことがありますが、箱をつぶすと見栄えが台無しになるので、別途、機内持ち込みします。お土産は手間がかかります。日本で地方に行くときは、大は小を兼ねるで、大きなスーツケースを一つ引っ張って行きます。四、五日分でも洗濯代がもったいないので、汚れ物も入れられるように。取材でいろんなところを歩くので、ウォーキング用のシューズも必需品。先日も高知県で、福島第一原発所長だった吉田昌郎さんが高校三年の夏休みに泊まったユースホステルを見に行ったんですけど、山の中でした。去年は鞍馬《くらま》山の結構ハードなハイキングコースを歩きました。そのほか、会った人に取材のお礼に渡す自分の著書も持って行きますけど、重たくてかさばるので、キャリーバッグやボストンバッグじゃ駄目ですね。貴重品や書類は馬革の大きめの書類鞄《かばん》に入れています。馬革は柔らかくて膨らむので、量が入ります。

移動のときは、自然体を心がけています。飛行機の中でスリッパに履き替えたり、足の下にマット敷いたりする人がいますけど、そういうことはしません。なるべく日常の延長で、サッと行ってサッと乗ってサッと降りる。ただ長距離のフライトのときは、パジャマとスウェットスーツの中間みたいなやつに着替えます。ちょっと格好悪いですけど、すごく楽です。以前はそんなことはしていなかったんですが、ロンドンから日本に来るヴァージン・アトランティックの機内で、通路を挟んだ向かい側の人がパソコンの鞄を落として、それが僕の食事のトレーを直撃して、ちょうど飲んでいたブラディ・メアリーを頭からかぶったことがあったんです。服もズボンもびしょ濡《ぬ》れになったので、客室乗務員から機内用のスーツを貸してもらって着替えたら、到着したときすごく身体が楽だった。それ以来、愛用しています。鞄を落とした人はロンドン在住の日本人で、あとでウィスキーと煎餅《せんべい》を持って、僕の自宅までわざわざ詫《わ》びに来ました。

それから航空会社の機材（機種）ごとに一つ一つの座席の特徴が書いてある「SeatGuru」という英語のサイトをよく見ます。たとえばエールフランスのボーイング777－300ERの18Aの席はプレミアム・エコノミーの一番前の列で、非常口の出っぱりが目の前にあるけれど、18Bだと足元も広くて出っぱりもない、ただし二つの席ともトイレに近い、とか書いてある。こういうのを見て工夫すれば、同じ料金でずっと快適な席がとれます。

長距離フライトの場合、ビジネスクラスやプレミアム・エコノミーをよく使いますが、いつもキャンセル不可、払い戻し不可の安い航空券です。旅の三ヶ月くらい前には買うので、親族が死んだり、自分が体調を崩したりして旅行に出られなくなると丸損になりますが、過去、そういうことは百回に一回くらいしかありませんでした。フライト時間が数時間以内の近距離はエコノミーです。

トラブル回避術

持ち物は、高価なものを身に着けたりしないようにしています。うっかり失《な》くすと困りますから。国際金融マン時代、仕事でヘトヘトに疲れていて、飛行機の中で腕時計を外して三個くらい失くしました。シチズンの「クラブ・ラ・メール」という、銀製のお気に入りの腕時計も。だから腕時計は三万円以下のものしか買いません。貴重品はホテルの金庫に預けるか、肌身離さず持っています。現金だけならまだしも、クレジットカードやパスポート失くすと大変ですから。パスポートは現地の日本大使館で再発行してもらえますが、僕のパスポートにはイギリスの永住権のスタンプが押されているので、これを取り直すのがすごく大変なことになる。

金を盗《と》られたり失くしたりというのは過去ありません、基本的に。一回だけ、リトアニアのホテルで部屋に書類鞄を置いて、階下のレストランで三十分くらい食事をして戻ったら、書類鞄の鍵《かぎ》を壊されて、開けられていたことがありました。あ、油断したなー、と。各階にいる掃除婦兼見張り番のフロアー・レディという係のおばちゃんが手引きしたんだと思います。バルト諸国はマフィアが多いらしいので。ラッキーだったのは、大きい財布と小さい財布を鞄の中に入れていて、犯人も慌てていたらしくて大きい財布を持って行ったんですけど、その中には新聞の切り抜きとかレストランのカードみたいな物しか入っていなかった。クレジットカードやお金はみんな小さいほうに入っていて無事でした。ずいぶんひやっとはしましたけど。

国内でも海外でも、ホテルに着いたら貴重品はすぐに部屋のセーフボックス（金庫）

かフロントに預けます。ただタイで、セーフボックスごと盗まれた人がいますし、発展途上国でフロントも何となく危なっかしいようなときは、持って歩くしかありません。外を歩くときはショルダーバッグをたすきがけにして、不細工だろうが何だろうが、肌身離さず、前後左右に注意を払って。背中に背負うディパックのようなものは使いません。常に見えていないと、何か不測の事態が起きても分からないので、持ち歩く鞄は書類鞄かショルダーバッグです。

クレジットカードは、海外ではあまり使わないようにしています。番号を盗られて、使われたりしますから。ホテルの支払いや買い物は可能な限り現金です。キャッシュカードで海外のATMから現地の通貨を引き出したりもしません。モスクワやパリのATMでカードを盗られた友達が何人もいますから。中に吸い込まれて出てこなくなって、あっという間にどこかで使われたそうです。

トイレに立つときは、鞄は絶対持って行きます。「置いて行っていいですよ」といわれても持って行きます。日本国内ならまだしも、海外は置き引きやひったくりが多いですから。レストランや新幹線の中で置き鞄をして平気でトイレに行ったりする日本人が多いですが、これには呆《あき》れます。海外で人がいなくて鞄がポコッとあるのは、テロなんです、基本的に。みんな怖がります。ところが日本人は平気なんですよね。そういう感覚で海外に行くから、みんな軒並みひったくりに遭ったり置き引きに遭ったりする。三菱商事の鋼管輸出部の人で、トルコの空港でチェックインするとき、足の間に挟んで床に鞄を置いて手続していて、いつの間にか盗られた人もいます。

食事のときも、鞄は足の間に挟んで床に置きます。よく隣の椅子の上に置いて下さいといわれるんですけど、このスタイルを守っています。海外で椅子の上に置いておくと、ひったくりがダーっと入ってきてビャーっと盗って行ったりします。スペインなんか多いですよ。一番安心なのは椅子の下の足の間なんです。日本国内はわりと安心なので、新幹線では横に置いたりしますけど。でもこないだ、上野駅の本屋で夢中になって本を読んでいて、ふっと気づいたら、僕の鞄を盗ろうとしている置き引きみたいなオヤジがいて、上野駅でもまだ置き引きいるんだな、明治・大正・昭和の世界だなと感心しましたね。

思い出になるお土産

自分のためにお土産を買うことは滅多にありませんが、行った土地の絵葉書を必ず両親と自分に出しています。三十歳でロンドンに赴任してからずっとやっていて、もう五百枚以上あります。お土産を買うと、家の中が狭くなりますけど、葉書なら場所をとりません。今日は何を見て、どんな天気で、どんなことを感じたかという思い出も記録できます。土地の切手も貼ってあるし、消印もあるし、記念の品としては最高ですね。親もコレクションを一セット持っているんです。僕が三十歳から五十六歳までの、世界七十四ヶ国と、日本四十七都道府県からの葉書を。きれいですよ。忙しいときは駅のベンチで書いたり、飛行機の中で書いて客室乗務員に投函《とうかん》を頼んだり、ホテルのロビーで書いてフロントに切手代と一緒に渡して頼むと、たいていやってくれます。一回だけロシアのサハリンの郵便局で、窓口のおばちゃんにお金を渡して「これに切手を貼って出して下さい」と頼んだら出してくれなかった。切手代をおばちゃんの昼飯代にされた悔しい思い出です。それ以来、必ず自分で投函しています。

葉書は友人にも出します。実は、忙しくて、十年以上前に、クリスマスカードや年賀状を出すのを止《や》めたんです。けれどもくれる人は結構いて、申し訳ないので、旅先から旅の様子と近況を書いて絵葉書を出しています。そのため、もらった年賀状やクリスマスカードをビニール袋に入れて持ち歩いています。一年以内には全部出して、人によっては、二、三回出す人もいる。それが分かって、また年賀状をくれる人もいます。横着ですが、十二月に義務的にまとめて書くより、一通一通心をこめて書くことはできます。絵葉書は今日も汐留のホテルのほうに持って来ています。週末、京都に行ったけれど、忙しくて書けませんでした。やはり時差があるので、肉体的にきついです。日本に着いて三日間くらいは夜寝ても苦しいですし、昼間もすごく眠くなるし、心臓に負担がかかります。地球の裏側から飛行機で来ているわけですからね。世界中飛び回る世界銀行の職員や日本の商社マンは、平均寿命が六十歳台らしいです。今日も昼間きつくなって、少し昼寝をして来ました。ずっとこういう生活をしてるので、こま切れに寝て、すぐ体力回復できるようにはなりました。

葉書のほかに、その国のお札も集めています。日本円換算で百円とか、二百円とか、高額でもせいぜい五百円くらいのお札です。お札には、その国の歴史や風土が凝縮されて、デザインも考え抜かれていますから、見ていて飽きません。今百二十枚くらいありますが、一冊のファイルに収まっていて、場所もとりません。今は亡きサダム・フセインの肖像付きのイラクのお札とか、もう使われていないジンバブエ・ドルとか、通貨ユーロによる統一前の加盟各国のお札なんかもあります。

今後気になる旅先は、スリランカとかマダガスカル。南米にも行きたいですね。国内で興味があるのは小笠原《おがさわら》諸島でしょうか。時間があれば、昔、高校一年でインターハイの五〇〇〇メートルに出たんですけど、そのときの会場の伊勢に行きたいですね。陸上競技は本当に思い出があるので、自分が走った場所を見るのは、十代や大学時代の自分に会いに行くような感覚です。こんなことを思うのは、年をとったせいかな？

「日経おとなのＯＦＦ」の取材に答えて　二〇一四年二月十八日

第二章　ロンドンで暮らす

ロンドンのゴーヤー、アルジェリアの松茸《まつたけ》

海外生活が通算二十八年になり、外国の食事には慣れたが、やはり日本食を食べないと元気が出ない。

一九八〇年代の半ば、留学していたエジプトでは、もちろん日本食を売っている店などなく、銀行の制度で半年に一回送られてくる味噌や醬油で現地の食材を日本ふうに調理していた。しかし、いるところにはいるもので、韓国人で豆腐を作っている人がカイロに住んでいて、電話で注文すると家に配達してくれた。

その一方、和食の高級食材で安く手に入るものがあった。からすみである。下町の煤《すす》けた食料品店に行くと、黄土色の蠟《ろう》で固めたものが売られていた。値段は日本の五分の一から十分の一で、日本人駐在員がよく日本人へのお土産に買っていた。

旅先の外国で、思わぬ日本食材にお目にかかることは少なくない。その最たるものがアルジェリアの松茸だ。銀行員だったころ、アルジェリアの国営銀行に対して輸入ファイナンスを供与するハイリスク・ハイリターンの商売をやっていて、時々首都アルジェに出張していた。ニチメン（現双日）の駐在員事務所を訪ねたりすると、よくお土産に新聞紙にくるんだ松茸を一抱えくれた。現地のマルシェ（市場）で安く買えるという。そんなときは、ロンドンに戻ってから、自宅で焼いたり炊き込みご飯に入れたりして、

三週間くらい松茸を食べ続けた。

ケニアのモンバサに行ったときは、海の中がウニだらけだった。現地の人たちは食べないので、ナイロビ駐在の日本人商社マンや日本食レストランの人たちがやって来て、大きなクーラーボックスに入れて持ち帰っていた。

リビアには白菜とキムチを作っている韓国人がいて、元外務省勤務のわたしの友人は、チュニジア大使館勤務時代に、彼らから買っていたという。

イランでは白桃がタダみたいな安い値段で手に入る。

中東のオマーンの沖合では、高級魚のクエ（アラ）が獲《と》れる。現地では「ハムール」と呼ばれ、同国のガスパイプライン・プロジェクトに関わっていた国際協力銀行の人が、グリルしたものやスープ仕立てにしたものを腹一杯食べたと話していた。知り合いのドバイ駐在の日本人商社マンの奥さんは、美味そうな四川《しせん》風水煮を作っている。

今住んでいるロンドンには、昔から日本食料品店が複数あり、たいていのものは揃《そろ》う。しかし、意外な日本食材を思いがけないところで発見することがある。最近見つけたのは、サトイモだ。どうやらフィリピン、アフガニスタン、アフリカ系の人たちがふかしたり、煮物に入れたり、ペースト状にしたりして食べるらしい。我が家から地下鉄で一駅の場所に、そうしたエスニック系の人々が多く住む地区があり、食料品店の店頭に無造作に積み上げられている。原産国はコスタリカで、値段は一キロ当たり三ポンド（約五百円）。豚汁や煮物に入れて食べると、まるで日本にいるようで、しばし満ち足りた気分にひたれる。

そのほか、ゴーヤー（英語ではbitter melon）も売っている。食べるのは中国系やインド系の人たちのようで、ロンドンの中華料理店に行くと、肉や豆腐と一緒に炒《いた》めた料理がメニューに載っている。インドの人たちは皮を剝いて油で揚げて、カレーの中に入れるらしい。日本のものより硬めで、苦みも強く、家でゴーヤー・チャンプルーにしたが、今一つだった。

「朝日新聞」二〇一四年四月五日

イギリス税務署との戦い

二〇〇八年九月のリーマン・ショックに端を発する財政資金による金融機関救済や、二〇一〇年の欧州債務危機以降、欧州各国は財政再建に躍起である。英国でも徴税が強化され、一昨年、わたしにも初の税務調査が入った。

対象年度の領収証類を税務署に提出したところ、いきなり過去六年分の取材のための食事代は認めないといってきた。一作書くのに三十人から百人取材するので、六年分だと一千万円くらいになる。否認されれば、それに対する四割の税金のほかに六年分の金利も払わなくてはならない。

「とりあえず拒否しよう」と英国人税理士がいうので、「とりあえずじゃない。断固拒否する。イギリスに最高裁があるかどうか知らないが、最高裁までいく!」といって、英文で説明書を作り、不退転の決意で税務署と何度もやり合った。「わたしは経済小説を書いているので、第一線のビジネスマンに取材をすることが多いが、彼らは忙しいので、たいてい昼食か夕食を食べながら取材を受けるのを好む。その場合、お願いしたこちらが払うのは当然である。また、初対面で年齢も上の企業幹部を居酒屋に呼ぶわけにもいかず、個室の和食店のようなしかるべき場所で会う必要がある」というような説明書を作った。税理士がそれを読んで「まさにそのとおりだ! ミスター黒木にはチョイスがない。相手が決めるのだ。ここを強調しよう」と、合点がいったふうだった。

悩ましかったのは、公務員削減で税務署の職員数も減らされているので、きちんと説明を聞いてくれなかったり、こちらの説明に対する反応が二ヶ月もかかったりしたことだ。米国のワシントンDCに取材旅行に行っているときに、税理士から「税務署からこんなことをいってきた。どう反論したらいいか？」というメールが入り、インターネットが繋《つな》がったり切れたりするホテルのロビーのパソコンから四苦八苦して返事を出したこともあった。

そのときたまたま、日本の財務省からワシントンの世界銀行に出向しているキャリア官僚で、英国財務省と租税条約の交渉をしたことがある人と夕食で隣りの席になって話したら、「欧米は交際費に関しては厳しいですよ。僕らも『日本は安易に交際費を認めすぎる』と叱られたことがあります」といわれた。要は「メシ食って仕事するな」という、かなり真面目な発想である。

結局、一年間だらだらと応酬が続いたあと、わたしの税理士が探し出してきた判例などが決め手になって、こちらの主張が全面的に認められ、百四ポンド（約一万三千円）の修正だけで済んだ。税理士から「I am pleased to inform you that the tax enquiry has been concluded in your favour.（税務調査はあなたの主張が認められて終了しました）」というメールを受け取ったときは、心底ほっとした。強気を装っていたものの、もう駄目かと思っていたので、信じられない気持ちだった。

面白かったのは、家内を連れて行った取材旅行費の扱いである。航空券代や食事代は自分の分しか計上していなかったが、日本では「これは取材じゃなくて、奥様とのご旅行でしょ?」などといわれると聞いていたので警戒していた。ところが英国の税務署は、各旅行の取材内容を尋ねてきただけで、あっさり認めてくれた。そういえば、日本に行くと、ホテルで、欧米のビジネスマンが奥さん同伴で出張に来ているのをよく見かけるなあと思い出した。何回かに一度は奥さん同伴での出張を認め、その分の旅費も払ってくれる社内制度がある欧米の会社も少なくない。

また欧米では「チェック（小切手）ジャーナリズム」と批判されるぐらい、取材相手に数千ドル単位の謝礼を払うことはざらにあり、そういうものは当然税務署も認めている。一方、日本では新聞社はそういった謝礼は一切払わず、週刊誌などでも一〜三万円程度である。このあたりも文化の違いだといえる。知り合いの「毎日新聞」ロンドン支局の記者は、イギリス人の取材相手に謝礼を要求されて、会社にそういう制度がないのでいったんは諦《あきら》めかけたが、相手が日本食に興味があることが分かったので、何度か寿司などをご馳走《ちそう》しながら時間をかけて親しくなり、最後は謝礼なしの取材に漕《こ》ぎ着けたという。

税務調査が終わって一ヶ月ほどして、預けていた経費の書類を我が家に返しに来た税理士は「これで連中、しばらく税務調査には来ないぜ」とにやりとした。彼には調査対応のための追加報酬として日本円換算で二十八万円ほど払ったが、安いものである。

「神戸新聞」二〇一二年五月二十八日

【追記】

調べてみると、イギリスの第三審は、長年、上院である貴族院の二つの上訴委員会が担い、各上訴委員会は五人（難しい事件では七人）のLaw Lord（法律貴族）によって構成されていた。しかし、三権分立に反し、EUの法体系にも抵触する可能性があるため、二〇〇四年に労働党のトニー・ブレア政権が改革を提案し、二〇〇九年十月一日に最高裁判所（The Supreme Court of the UK）が設置された。場所は国会議事堂に近いParliament Squareの一角である。十二人の裁判官は最高裁専従で、日本と同様に法律問題のみを扱う。審理は誰でも自由に傍聴でき、すべて録画され、裁判官席は半月形のテーブルで、高さは代理人や傍聴人と同じだそうである。

海外で信用を得るということ

「わたしは透明人間か⁉」

家内が憤然として帰宅したのは数年前のことだ。英国のある銀行でクレジットカードを申し込んだら断られたという。それもゴールドやプラチナではなく、ごく普通のカードである。

最近、取り沙汰される情報漏えいも困りものだが、海外で生活する者にとってクレジットカードを持てないことは、本人の存在を否定されるに等しい。

家内は過去に支払不履行など起こしたことはなく、ロンドンに来る前は大手邦銀に十一年間勤務し、数年前からは日系の大手金融機関のロンドン現法のマネージャーで、平均以上の収入も得ている。ところが「あなたにはクレジット・ヒストリーがないからカードは作れない」と告げられたという。クレジット・ヒストリーは直訳すると「信用の歴史」だが、具体的には「銀行取引の実績」である。

わたしも家内も大学を卒業し、大手邦銀に同期入行した。支店に配属された途端に、取引先課長から「クレジットカードを作れ」といわれ、わけも分からないまま銀行と提携関係があるJCBカードなど複数のクレジットカードを持たされた。そのうちのいくつかは現金も借りられる機能が付いていた。銀行は入行後二年間ぐらいは給料が一般企業より少ないので、わたしはすぐにカード借金地獄に陥り、金策に苦しむ羽目になった。京成《けいせい》線の東中山《ひがしなかやま》駅近くにあった独身寮は二人部屋で、同室だった先輩行員にはよく金を借りた。給料日に、別の支店にいる同期の男に電話して「一万円貸してくれ」といったら「お前、何やってるの？」と蔑《さげす》まれた苦い記憶もある。ところが転職や解雇が多い英国では、日本のように「勤務先の信用イコール社員の信用」とはならず、大手企業に勤めているというだけでクレジットカードは作ってもらえない。各個人は銀行に口座を開き、給与振り込みや貯蓄積立てをし、支払いをきちんと行い、その実績が積み上げられて「クレジット・ヒストリー」として銀行内で数値化され、それが個人の信用とされる。

家内の場合、給与をわたしとの共同口座（主名義人はわたしで、家内は副名義人）に長年振り込んでいたため、その実績がカウントされていなかったのだ。結局、わたしが知り合いの英系銀行の日本人担当者に事情を話し、彼が書類にサインしてカードを作ることができた。家内は直ちに自分の銀行口座も開き、そこに給与振り込みを始めた。

日本も労働市場の流動化が進みつつあるので、徐々に英国的なシステムになっていくのだろう。わたしが邦銀のロンドン支店にいるとき、典型的な社畜行員がいた。彼はよく「あんた、○×銀行の人間がいってるんですよ！　○×銀行の人間が！　それが信用できないんですか⁉」と電話で怒鳴り散らしていた。この手の人間は日本では嫌われる程度で済むかもしれないが、英国では常識がない人間として相手にされない。

「日刊ゲンダイ」二〇〇五年七月五日

大英図書館（ブリティッシュ・ライブラリー）

広尾の都立中央図書館などに行くと、家に居場所がなさそうなおじさんたちが、平日の昼間から無料の時間つぶしの手段として新聞や雑誌を読みに来て、閲覧席が混み合ったりしている。国会図書館あたりでも、女子高生がグループで漫画を読みに来ていたり、ニートと思《おぼ》しい男が、係の人たちに、あれが欲しい、こんな本を読みたい、これは僕のいったやつと違う、とはたで見ていて明らかに我儘《わがまま》をいったりしている。税金で運営されている専門性の高い図書館が、この手の人たちの面倒まで見る必要があるのだろうか？

こうした現象は日本に限ったことではない。三年ほど前に、米国オハイオ州シンシナティを取材で訪れ、昔の新聞記事を探すために立派な公立図書館に行ってみると、職のない黒人たちで溢《あふ》れ返っていて、まるでホームレスの収容施設のようだった。彼らは何かを調べたり、読むために来ているのではなく、テーブルでチェスをやったり、備え付けのパソコンで映画を観たり、インターネットをしたりして、時間をつぶしているだけだった。

ところがロンドンにあるブリティッシュ・ライブラリー（大英図書館）は違うのである。大英博物館から一キロメートル強のセント・パンクラス駅のそばに建つ同図書館は、一億五千万冊以上の蔵書を備えた世界最大の図書館で、知の殿堂である。現在の建物は一九九七年に一億四千二百万ポンド（約二百九十億円）を投じて建設された煉瓦色の北欧モダニズム建築で、内部のレストランは天井が四階まで吹き抜けになっている壮麗な空間だ。ここには、英国の他の図書館には置いていない雑誌なども すべて揃っており、英文の新聞や雑誌数千紙誌を過去に遡《さかのぼ》って検索できるデータベースや、植民地時代のインドの新聞などもある。わたしは「IFR（International Financing Review）」や「PFI（Project Finance International）」など、年間購読料が数千ポンドもする雑誌を閲覧したり、年間百二十万円くらいの費用がかかり、やはり個人では負担が重い新聞・雑誌記事のデータベースなどを使っている。

ブリティッシュ・ライブラリーを利用するには、日本の国会図書館のように入館証が必要である。そしてそれは、同図書館で調べものをする必要がある人たちにだけ発行される。審査は国会図書館よりはるかに厳格である。最初に申し込みに行ったとき、わたしの前に受付カウンターで入館証の発行を申請したイギリス人のおばさんは、「どういう資料を見るために当図書館を使うのですか？」と訊《き》かれ、こういう資料を見たいのだと説明したら、係の人がロンドン（か英国）の全図書館の蔵書に関する分厚いダイレクトリーのページを繰り、「あなたのいう資料は、こちらの図書館にもありますから、そちらで見て下さい」といって断られたので、そばで見ていて、（げっ、厳しい！）と驚いた。当時わたしは総合商社の英国現地法人のプロジェクト金融部にいたので、「この人は業務上貴図書館を使う必要があるので、入館証を発行して下さい」という会社のレターを作り、イギリス人総務部長にサインしてもらって持参していた。レターと一緒に申請書を恐る恐る差し出すと、「ああ、仕事上必要なんですね」とあっさり発行してくれた。また、大学生や大学の先生であれば、学生証や身分証明証を提示すれば、わりと簡単に発行してくれる。以前、わたしの友人で、九州の大学で北アイルランド文学を研究している大学教授が、資料を見にブリティッシュ・ライブラリーに行くというので、あそこの入館証発行審査は厳しいけれど、プロフェッサーと書いてある身分証明証があれば間違いないから、英語の身分証を必ず持参するように、とアドバイスし、あとで感謝されたことがある。日本でも、国会図書館や都立中央図書館などは、学術目的や調査目的に絞って利用者選別をしてもいいのではないだろうか。

わたしの最初の入館証は有効期間が五年間で、期限が切れたときには、会社員を辞めて専業作家になっていた。新しい入館証を申請しに行ったとき、自分はこんな作品を書いていて、そのためにこの図書館の国際金融関係の雑誌やデータベースを使うことが必要なのだと説明できるよう、自分の著書やその中国語版、英文のインタビュー記事などを鞄《かばん》に詰めて行ったが、申請書を出すと「ああ、延長ですね。今回は三年延長します」とあっさり新しい入館証を発行してくれた。

英国のその他の図書館は、ブリティッシュ・ライブラリーほどには利用者資格について厳格ではない。入館証が必要な図書館であっても、申し込めばたいていすぐに発行してくれる。町の普通の図書館では、リタイアした老人などがのんびりと新聞を読んでいるし、子どもが遊ぶための部屋などもある。金融街シティにはシティ・ビジネス・ライブラリーという専門図書館があって、ビジネス関係の本、雑誌、統計、データベースなどがあり、入館証も不要で気軽に利用できる。わたしは「ユーロマネー」、「インスティテューショナル・インベスター」といった雑誌や、「EIUカントリーレポート」などをよく閲覧する。しかし、予算が限られているせいか、高価な「IFR」は置いていなかった。廊下に利用者のアンケート用紙が備え付けられていて、今後置いて欲しい本や雑誌の名前を書く欄があったので、「IFRを置いて欲しい」と何度か書いて投書した。そうすると二年くらい経って置くようになったので、（おっ、アンケートが効果を発揮したか？）とひそかに喜び、今は「IFR」はそちらで閲覧している。

イギリス社会の舞台裏

ロンドン中心街の地下鉄オックスフォード・サーカス駅に近いハーレイ・ストリート（Harley St.）は高級住宅地の中にあり、開業医や歯科医のクリニックが軒を連ねている。ここにクリニックを構えるのが、一流の医者の証《あかし》であるといわれる。堂々とした煉瓦造りのクリニックに入ると、受付エリアは天井の高い広々とした空間で、壁には大きな絵画が掛けられ、ふかふかのソファーが置いてあり、給仕人がタダでコーヒーなどをサーブしてくれ、五つ星ホテルかと見まがう。それぞれの医師は三十平米はある広い執務室におさまり、医師の事務的なアシスタントを務める上級看護師も同じくらい広い個室を執務室に使っており、それとは別に秘書が三人くらい詰めている秘書部屋がある。この造りを見たとき、よっぽど料金を取っているのだろうなと思った。

英国にはＮＨＳ（National Health Service）というタダで受けられる公的医療があるが、財政状態が厳しく、順番待ちが長く、医療の質や患者の扱いもよくない。ハーレイ・ストリートの医者はすべてプライベート（実費診療）の医者で、医療の質は当然よいが、費用は日本とは比べものにならないほど高い。わたしは以前、大腸内視鏡の検査を受けたことがあるが、日本なら数万円ですむ検査に千五百七十四ポンド（約二十四万円）も取られた。ここに来られるのは、お金持ちか、プライベートの医療保険に入っている人たちだけである。エレベーターの表示板などは、英語のほかにアラビア語とギリシャ語で書かれていて、アラブやギリシャの金持ちが来ていることが分かる。クリニック側にとっても、サウジアラビアやクウェートなど湾岸産油国の患者は上得意なので、ロンドンにある各国の大使館と連絡を密にし、患者獲得にしのぎを削っている。アラビア語が話せる専門スタッフを置いているところも多い。

こうしたクリニックでは、地上階でゆったりと働いている医師、上級看護師、秘書、受付などの大半は英国系白人だが、実際の治療の現場では、様相が一変する。地下などにある治療用のフロアーにはカーテンで仕切られた処置室がたくさん並んでいて、医師、看護師、薬剤師などが忙しく働いている。一番数が多いのは看護師だが、英国系白人は皆無といっていいほどいない。ブラジル人、フィリピン人、ハンガリー人、アラブ人、アフリカ系黒人など、世界中からやって来た人々だ。一人だけ、背がすらりと高い金髪の白人女性看護師がいたので、話してみるとアメリカ人で、金融関係の仕事をしているご主人が転勤でロンドンに来て、自分は看護師の資格を持っているのでここで働いているという。英国人男性と結婚している日本人女性看護師もいた。

この光景に接して、英国のプライベート医療の舞台裏はこうなっていたのかと唸《うな》らされた。日本では日本語が難しいため、なかなか外国人看護師を増やせないというニュースを時々見るが、英国は言葉が英語なので、世界中から優秀な人材を集めて来られるのだ。医療以外でも、たとえば工業とか金融とか会計など、ありとあらゆる分野で優秀な外国人が働いていて、英語を国語とする国の強みをまざまざと見せつけられる。社内公用語を英語にしたり、TOEICの高得点を昇進の条件にする日本企業も現れてきているので、日本でも外国人看護師に日本語を覚えさせようとするだけでなく、コミュニケーションを原則英語で行うような病院が出てきてもいいような気がする。今、鹿児島などでメディカル・ツーリズムを振興し、外国人患者を誘致しようという動きがあるが、そういう病院などは最適だろう。

ところで、ハーレイ・ストリートのクリニックは、病室は全部個室で、食事は無料である。付き添いの人たちも備え付けのメニューの中から選んで各フロアーにいる給仕人に頼めば、いくらでもタダで食事をすることができる。病気や投薬治療のために髪の毛が抜けたり、顔色が悪くなった患者のためには、プロのメークアップ・アーティストを講師に招いて、無料で化粧教室を開催し、お土産にバッグ一杯の高級化粧品をくれる。

むろんこれらの費用はすべて患者が払う治療費か保険会社が支払う医療保険金で賄われている。クリニック側は、患者を入院させていても儲《もう》からないので、手術が終わった患者は一日も早く退院させ、手術台の回転数を上げることに力を注いでいる。すべてが金、金、金の世界で、患者という蜜《みつ》に医者と製薬会社と保険会社が群がっているような光景にはため息が出る。以前、手にウイルス性のイボができて、ギリシャ人の医者に一回五、六万円払ってイボを液体窒素で焼く治療をしてもらったとき、先生との時候の挨《あい》拶《さつ》はいつも為替と世界経済の動向で、ずいぶんと資産運用に興味を持っている人だった。

格安航空会社

ここ数年、ロンドンの我が家では、夏休みや数日間のちょっとした旅行をするとき、まずライアンエアー（本社・ダブリン）とイージージェット（本社・英国ベドフォード州）のサイトを見て、どこか安く行ける場所がないかを調べるのが慣例になっている。日本ではあまり知られていないが、両社は欧州の航空業界に革命をもたらした「格安航空会社」で、英語では「ノー・フリルズ・エアライン」（余分なものが付いていない航空会社）とか「ロー・コスト・キャリアー（LCC）」と呼ばれている。

ちなみに、これを書いている今、ライアンエアーのサイト（www.ryanair.com）を見ると、ロンドンからミラノ、バルセロナ、ブダペスト、ストックホルムといった、東京から鹿児島、ないしは沖縄程度の距離の片道料金が、最も安いもので、税金や空港使用料込みで十ポンド（約二千四百九十円）となっている。

ライアンエアーのマイケル・オレアリー会長は、「近い将来大西洋路線に進出し、ロンドン・ニューヨーク間を片道十二ドル（約千三百四十円）で飛ばす」とブチ上げている（同氏は無茶を承知で思い付きを発表する傾向はあるが）。ロンドン・ニューヨークというと、東京・ケアンズ（オーストラリア）とほぼ同じ距離だ。なぜ、このような尋常でない低料金が可能なのか？

理由は、徹底的なコスト削減である。これは実際に乗ってみるとよく分かる。無駄なものが一切ないのである。搭乗券はない（乗客はインターネットで座席を予約し、搭乗券を予《あらかじ》め印刷して持参する）、すべて自由席で座席指定がない、窓の日よけカバーがない、座席の背中に物入れのポケットがない、緊急時の脱出方法などの情報は座席の背中に貼り付けてある、椅子はリクラインしない、食事は出ない。

要は、安全に目的地に着きさえすれば、値段が安ければ安いほどよいという客向けの仕様になっている。窓のカバーや物入れのポケットがないのは、清掃をしやすくするためだ。確かに、二〜三時間のフライトであれば、機内食がなくても何の不都合もないし、必要があればサンドイッチや缶ジュースを持って乗れば済む。

それ以外にも、様々なコスト削減策がとられている。飛行機の回転率を高めるために、フライト・スケジュールが、着陸してから再び離陸するまで四十分になっている。実際に何度か乗ったときに腕時計で計ってみたが、早いときは二十五分、遅くても五十分で飛び立っていた。減価償却費が同じであれば、使えば使うほど得になるので、これは理屈にかなっている。

また、機内の清掃は外注せず、客室乗務員がやる。そのため、イージージェットの客室乗務員の制服は、オレンジ色の上着に茶色いズボン、スニーカーという、清掃作業員かスポーツジムのインストラクターのような格好である（その後、乗務員たちが「これではあんまりだ」といったのか、普通の制服になった）。空港での短い駐機時間中にすべてを片付けるために、フライト中は、客室乗務員が透明なビニールのゴミ袋を持って何度も通路を往復してゴミを集め、着陸すると、「折り返しの時間が限られておりますので、速やかにお降りください」のアナウンスとともに、乗務員は乗客の見送りはせず、座席の下に這《は》いつくばって清掃を始める。

予約はほぼ一〇〇パーセントがインターネットを通じたものなので、旅行代理店に払う手数料も要らない（インターネットができない人は乗ってもらわなくていいということ）。また、使用する機種をボーイング737などで統一して、整備費用を安くしている。空港では使用料がかかるボーディング・ブリッジは使わずに、乗客はタラップで地上に降りて、空港ビルまで歩く。就航地は、空港使用料が安い国や都市が中心。首都のような場所では、いわゆるメインの空港は使わず、「サブ空港」を使っている。たとえば、ローマでは、最大のレオナルド・ダ・ヴィンチ空港ではなく、交通の便が悪いチャンピーノ空港、ミラノでは、古くからあるマルペンサではなく、リナーテ、ロンドンでは混雑するヒースローではなく、ルートンやスタンステッドだ。これで空港使用料を安く上げている。ただし、路線が儲からないとみると、ばっさり切り捨てる。ライアンエアーは昨年、百五十三の新路線を開設する一方、十九の路線を廃止した。

欧州最大の格安航空会社であるライアンエアーの業績は好調である。今年（二〇〇七年）三月末の決算では、売上げ二十二億三千七百万ユーロ、税引後利益四億百四十万ユーロ（約五百七十億円）。売上げは前年比三二パーセント、税引後利益は同三三パーセントの伸びである。年間の乗客総数は四千二百五十万人（座席稼働率は八二パーセント）。売上げ原価が十七億六千六百万ユーロなので、一席当たりのコストは、四十一ユーロ五十五セント（約六千九百九十円）ということになる。時価総額は、七十七億六千万ユーロ（一兆三千四十八億円）で、英国航空（一兆二千五百五十八億円）よりも大きく、日本航空（六千三百九十三億円）の二倍強だ。

低料金でいったいどうやって儲けているのかというと、格安航空会社は、同じフライトでもだいたい十種類くらいの料金を設定している。早く予約すればするほど、税金や空港使用料を除けばタダとか、それらを含めても十ポンドといった激安料金で乗れるが、直前に予約すると、二万円とか三万円になる。また、手荷物だけなら無料だが、別途預けると一個につき（ライアンエアーの場合）十ポンドかかる。座席指定がないので、家族で旅行しても場合によっては一緒にすわれない可能性があるが、並んですわりたいときはお金（ライアンエアーの場合二ポンド）を払えば、優先搭乗ができる。機内で何か食べたければ、有料で軽食や飲物を購入することもできる。要は、元々の航空券はホテルでいえば「素泊まり」で、乗客は、自分が必要なものにだけ金を払って、サービスや品物を購入する仕組みになっている。

ライアンエアーはこうした運賃以外の「付随サービス」で、昨年度は乗客一人当たり八ユーロ五十二セント、総額で三億六千二百万ユーロの売上げを稼ぎ、この部分を伸ばすことに力を注いでいる。実際、わたしも含めて、乗客は機内で気軽にコーヒーを買ったりしている。ライアンエアーのコーヒーは一杯一・八ポンド（約四百五十円）するが、原価は精々三十円くらいなので、仮に乗客六人に一人が注文すれば、これだけで年間約三十億円の利益が上がる計算になる。

　また、乗客は、航空券代のほかに、税金や空港使用料（離着陸料等）を払わなくてはならない。これらは片道で二千円から五千円かかる。格安航空会社が、区間や時期によって運賃をタダとか十ペンス（約二十四円）にしたりするのは、カラで飛んでも取られる、こうした税金や空港使用料だけでも払ってもらえれば助かるからだ。

　では、実際の旅費は総額でいったいいくらになるのかというと、我が家では過去に、アイルランドのケリー、イタリアのサルジニア島、シチリア島、スペインのマヨルカ島といった場所に旅行したが、片道の料金は一人七千円から一万五千円だった。前述のとおり、税金や空港使用料を除いた一席当たりのコストが約六千九百九十円なので、航空会社のほうでも採算がとれる計算になる。

　興味深いのは、格安航空会社による経済全体に対する波及効果である。たとえば、ライアンエアーの登場で、一九九一年には年間百七十万人だったロンドン・ダブリン間の航空旅行者数が、二〇〇三年には四百四十万人へと激増した。確かに、これだけ安ければ気軽に旅行ができる。一企業の活動が、国の経済に大きな刺激を与える好例であるといえる。また、格安航空会社はフライト・スケジュールを守らないと、余裕のないダイヤが乱れて収益に大きく影響するので、既存の航空会社よりも運行時間は正確で、かつ故障や事故が少なく、ビジネス客からの評価も高い。

こうした経済効果に着目して、今、アジア各国でも、政府が離着陸料金の引き下げや格安航空会社専用ターミナルを作るといった特典を与え、国を挙げて育成に力を注ぐようになった。その結果、マレーシアのエア・アジアやインドのキングフィッシャー航空など、約二十社の格安航空会社がアジアで誕生している。また、既存の大手航空会社も格安航空会社に対抗して、料金を引き下げ始めた。わたしは取材旅行で英国航空(BA)やKLM、ルフトハンザなどを使うことがあるが、最近、ずいぶんと値段が下がっている。また既存の大手航空会社が格安航空会社を傘下に収める動きもある。シンガポール航空が四九パーセント出資するタイガーエアや、カンタス航空の子会社のジェットスターなどがこれらの例だ。

格安航空会社は、一見いいことずくめのようだが、もちろんそうではない面もある。まず、変更やキャンセルは一切できない。私は過去、風邪をひいて旅行に行けず、払った金が丸損になったことがある。また、座席が狭い。前の座席との幅(シート・ピッチ)はライアンエアーが三〇インチ、イージージェットが二九インチで、全日空のエコノミークラスの三三インチ、日本航空の同三二インチより狭い。個人的には、三時間が我慢の限界である。さらに、座席指定がないので、金を払って優先搭乗の権利を買わない限り、誰かと一緒に座りたければ、搭乗前に一時間くらいゲート前で並ばなくてはならない。そもそも優先搭乗のシステムがない場合もある。当然のことながら、日本的な丁寧なサービスは期待できない。バスに乗る程度のつもりでいるのが無難だ。何らかの理由でフライトがキャンセルされた時が一番厄介で、就航地の空港にはその航空会社の係員がいないことが大半なので、代わりの便や補償についてはその航空会社のホームページを通じて自分で手続きしなくてはならない。

さて、日本国内における格安航空会社の現状はどうなっているかというと、ご存知のとおり、スカイマーク、スカイネットアジア航空（現ソラシドエア）、北海道国際航空（エア・ドゥ）といった新規参入組もあり、多少運賃は下がった。しかし、欧州、アジア並みの格安航空会社は存在しない。理由は、羽田空港の発着枠の制限、国内一律の高い空港使用料、「サブ空港」になりうる調布や八尾といった小さな空港がジェット機の定期便に開放されていない、国土交通省による民間航空会社に対する様々な規制、といったことなどだ。本当は、一席数千円の安いコストのはずなのに、値段が下がると、既存の航空会社やJRが困るからこういうことになっているようだ。

かたや欧米では、去る三月にEUと米国が「オープンスカイ協定」に合意して、大西洋をまたいだ航空路線開設が原則自由になり、空の旅はますます安くなる。ロンドンの地下鉄は、初乗り四ポンド（約九百九十円）という恐ろしい値段だが、似たような値段でロンドンからニューヨークに行ける日が来るかもしれない。ただし飛行機に乗る空港まで、地下鉄で行かなくてはならないのが悩みの種だ。

「週刊朝日」二〇〇七年八月十七日号

【追記】

その後、日本でも二〇一二年三月に全日空系のピーチ・アビエーションが就航したのを皮切りに、ジェットスター・ジャパン、旧エアアジア・ジャパン（現バニラエア）など格安航空会社が次々と就航した。前述のとおり、いい面と悪い面があるので、賢く利用したい。

ちなみに、スカイマークも格安航空会社的なエアラインだった。同社は二〇一二年五月に、「客室乗務員は荷物の収納の手伝いはしない。客室乗務員に丁寧な言葉遣いを義務付けておらず、メーク、ヘアスタイル、ネイルアート等は自由にさせている。客室乗務員の私語、幼児の泣き声に対する苦情、機内での苦情は一切受け付けない。理解頂けない乗客には飛行機から降りて頂く」という趣旨の「サービスコンセプト」を堂々と各座席のシートポケットに入れたので唖然《あぜん》とした。小泉純一郎総理の秘書官だった飯島勲氏（現・内閣参与）も「プレジデント」でこの所業に怒り爆発のエッセイを書いていた。こういう会社はつぶれるだろうなと思っていたら、案の定破綻《はたん》した。

ロンドン五輪

二〇一二年七月から八月にかけて開催されたロンドン五輪の期間中、我が家の目覚まし時計は毎朝五時に鳴り続けた。金融街シティの銀行に勤めている家内が普段より一時間早く出勤するためである。地下鉄の車両の容積が小さい等の理由から、ロンドンは普段から交通が混雑しがちである。開催期間中、企業は時差出勤を奨励し、格付会社フィッチは、休暇を取る社員に一、二日の特別休暇まで与えた。

お祭り好きで、何かにつけ国じゅうが熱狂する日本人と違って、英国人が騒ぐのはサッカーくらいである。今回も「五輪なんてあるの？」という感じで、混雑を嫌って早々と海外へ休暇旅行に出かける人々も少なくなかった。しかし、開会の二週間くらい前から、五輪関係のテレビ番組も多くなり、市内中心部にマラソンコースの柵も設けられ、雰囲気はじわじわと盛り上がった。

わたしは都合三回会場に足を運んだ。最初は八月三日のグラウンド・ホッケーの予選である。入場券は、公式スポンサーであるロイズTSB銀行の抽選で家内が当てた。爽《さわ》やかなイングリッシュ・サマーの風に吹かれながら、インド対ドイツ、英国対パキスタンの二試合を観戦した。

二回目は、八月四日の陸上競技だった。米国でのテレビ放映時間の関係などで決勝は夕方行なわれる種目が多く、入場券も午後七時からのものだった。スタンドに入った瞬間、その大きさに驚いた。東京ドームの約一・八倍の八万人の席がぎっしり埋まり、第一コーナーと第二コーナーの中間点あたりで聖火が赤々と燃え、貴賓席にはウィリアム王子、キャサリン妃、キャメロン首相などの姿があった。これまで見たどんな陸上競技の大会とも異なる雰囲気に圧倒され、「ああ、これが五輪なんだなあ」と感動し、かつてランナーだった血が疼《うず》いた。早大競走部の故・中村清監督が五輪にこだわった気持ちが分かったような気がした。

一方で観客は、売店で売っているビールを飲んだり、タイ風焼きそばを食べたり、スタンドの観客全員でウェーブをしたりしながら、試合を楽しんでいた。その日は、女子七種競技、男子走り幅跳び、男子一〇〇〇〇メートルで英国人選手が次々と金メダルを獲得する「スーパー・サタデー」だったので、スタンドは打ち振られるユニオン・ジャック（英国旗）の大海原と化し、耳をつんざく大声援だった。わたしの席はスタンドの比較的上のほうだったが、双眼鏡を覗いていると、一万メートルのラスト二周あたりで先頭集団にいたエチオピア人選手同士が「駄目だ、スパートできない」「無理か？」という感じで言葉を交わしているのが見えたりして、臨場感を味わえた。

三回目の観戦は、陸上競技のトラック最終日、八月十一日だった。この日は、男子五〇〇〇メートルの決勝があるので、大枚七百二十五ポンド（約九万二千円）を入場券にはたいた。席は、第二コーナーを出たところの一五〇〇メートルのスタート地点付近で、トラックまで一五メートルほどの距離だった。

午後七時二十分から男子槍《やり》投げの決勝が始まり、目の前を早大競走部の後輩、ディーン元気《げんき》君が他の出場者たちと一緒にリュックサックを背負って通り過ぎ、早稲田の臙脂《えんじ》の校旗を持ってくればよかったと後悔した。出場する選手十二人が一人一人紹介され、ディーン君のときは「お父さんが北東イングランド出身で、日本を代表しています！」とプレゼンターがいうと、ひときわ大きな拍手と歓声が湧いた。結果は七九メートル九五で十位だったが、世界の十位というのは凄いと思う。

午後九時からは男子四〇〇メートル・リレーの決勝があり、競走部OBの江里口匡史《えりぐちまさし》君が目の前から走り、再び校旗を持ってこなかったことを悔やんだ。あとでテレビで見ても分からなかったが、第一走者からバトンをもらうところでほんの少しもたついたのがスタンドから見えて、臨場感を味わった。

一番楽しみにしていた男子五〇〇〇メートル決勝は、勝負にこだわったスローペースで、途中ほとんどジョギング状態に陥り、最後の一周まで日本の高校総体のほうがマシというひどいレースで、「金返せ！」と心の中で絶叫した。結局、地元英国のモー・ファラが十三分四十一秒で優勝したが、北京五輪のケネニサ・ベケレ（エチオピア）の優勝タイム十二分五十七秒からは程遠く、五〇〇〇メートル十二分台のスピードを一目《ひとめ》の当たりにしたいという望みは、無情にも打ち砕かれた。五輪は皆勝負にこだわるので、長距離種目は要注意である。

パラリンピックは一度、陸上競技を観に行った。八万人収容のスタンドは満員だったが、入場券はぐっと安く、三十ポンドだった。席はトラックから二列目で、選手の汗が飛んできそうなほど近かった。女子一〇〇メートル決勝に、片足が義足の大学二年生、高桑《たかくわ》早生《さき》さんが出場し、七位に入賞した。あとで調べて驚いたが、彼女は慶応大学の競走部に所属しているという。慶応は早稲田の競走部と違って、推薦で入る選手も少なく、したがって早稲田より競技力は劣る。しかし、彼女の姿を見て、慶応の運動部の哲学を垣間見たような気がした。ある意味で、早稲田よりも高い理想を追求しているのではないだろうか。

「早稲田学報」二〇一二年十二月号

イスラム国問題と米国のウラ事情

わたしがロンドンに住んでいる理由の一つは、自分の専門分野の一つである中近東に近いことだ。同地域は英国の裏庭であり、客観的でいい情報が手に入る。金融マン時代から親しんだエジプトなど、アラブ諸国にも気軽に足を延ばすことができる。

ところがイスラム国の出現で事情は一変した。シリア、イラク、レバノンはおろか、エジプトですら過激派による外国人の誘拐事件が発生するようになり、極めて危険な土地になった。

「イスラム国は、あと五年はもつでしょうね。下手すりゃ十年いきますよ。だってあれは誰にとっても都合のいい存在ですから。この辺の事情は現地では常識ですけど、日本人は意外と知らないみたいですね」

中近東の専門家で、今もペルシャ湾岸に駐在している日本人商社マンの言葉である。

資金源も乏しく、空軍力や近代兵器も持たない盗賊集団のようなイスラム国を、なぜアメリカは殲滅《せんめつ》しないのか？　疑問に思っている人は多いだろう。アメリカの軍事力をもってすれば、そんなことはいともたやすいはずである。その理由についての有力説は、中近東にイスラム国という不安定要因を残したままにして、イランなど周辺国が彼らとの恒常的な戦いで消耗する状態を継続させるのが真の狙いだというものだ。

二〇〇六年三月に、シカゴ大学とハーバード大学の研究者が発表した「イスラエル・ロビーとアメリカの外交政策（The Israel lobby and U.S. foreign policy）」という論文（二〇〇七年に書籍化され、同名の邦訳版もあり）を読むと、その辺の事情がよく分かる。アメリカの中東政策は、正義のためでも、人道のためでもなく、イスラエル・ロビーによって決められているという内容だ。そして彼らイスラエルの狙いは、周辺アラブ諸国（特に、イスラエルが最も警戒するイラン）を弱体化し、国の安全保障を確保することだ。

「泣く子も黙る」最大・最強のイスラエル・ロビーは「アメリカ・イスラエル広報委員会」（略称ＡＩＰＡＣ《アイパック》）だ。ワシントンの国会議事堂近くに百人以上の職員と全米に十万人以上の会員を有し、年間二千回以上国会議員と会い、百以上の親イスラエル法案を支援している。

日本では創価学会や日本医師会、日本遺族会などが収票力によって、政治に影響力を行使する。ＡＩＰＡＣも、親イスラエル議員には資金援助や投票を呼びかけ、反イスラエル議員を徹底的に攻撃する。かつてキッシンジャー国務長官が中東和平を画策したとき、イスラエルが非妥協的で協力しなかった。これを共和党のチャールズ・パーシー上院議員（イリノイ州）が厳しく批判したところ、たちまち彼の事務所に親イスラエル選挙民から四千通の抗議文と二千通の抗議電報が届き、各地で追い落とし集会が相次いで開かれ、一九八四年の選挙でついに落選させられた。

アメリカがイスラム国を好ましいと思う理由はもう一つある。軍需産業である。大規模な紛争があることは、アメリカの軍需産業にとって常に望ましく、中近東では一九四八年に勃発《ぼっぱつ》した第一次中東戦争以降、第二次〜第四次中東戦争、イラン・イラク戦争、湾岸紛争、イラク戦争と、十年に一度は大きな紛争が起き、軍需産業が売り上げを伸ばす機会を提供してきた。戦闘機から発射されるミサイルは一基数千万円〜一億五千万円、軍艦・潜水艦から発射されるトマホークミサイルは一基一億五千万円くらいする。イスラム国が存在する限り、彼らは商売繁盛なのだ。そしてイスラエル・ロビー同様、軍需産業はアメリカの議員に多額の献金をしている。

イスラム国との戦闘において、アメリカは二〇〇三年のイラク戦争のときのように陸上部隊を派遣せず、主に空軍による支援をしている。これは軍需産業から見ると、陸上部隊の駐留経費に莫大《ばくだい》な税金をかけてもちっとも儲《もう》からないのと違い、空軍がミサイルや爆弾をどんどん投下してくれるので、理想的なパターンである。

イランを弱体化しておきたいのは、イスラエルだけでなく、サウジアラビア、クウェート、ＵＡＥなどＧＣＣ（湾岸協力会議）六ヶ国も同じである。一九七九年にイスラム革命で成立した現在のイランは、シーア派革命の輸出を目論《もくろ》む地域の大国で、人口や軍事力もはるかに小さく、宗派も異なるスンニー派の湾岸諸国は常にその影に怯《おび》えてきた。そもそも、一九八一年にＧＣＣが設立された際の主要目的の一つが対イラン防衛だった。ＧＣＣ六ヶ国は表向き対イスラム国有志連合に参加しているが、（政府か個人かは定かではないが）それらの国々からスンニー派のイスラム国に相当な資金援助が流れていると現地ではいわれている。

さらにトルコにとってもイスラム国は都合のいい存在である。こちらはクルド人問題の関係からだ。トルコは国内に千数百万人のクルド人を抱え、一九二三年の共和国建国以来、シリアやイラクのクルド人と連携した分離独立運動やテロに頭を悩ませてきた。男子皆徴兵制を持ち、六十五万人の兵員を擁する中近東屈指の軍事大国であるトルコが本格的に参戦すれば、イスラム国など簡単に壊滅できるが、アメリカ主導の有志連合に名前を連ねてはいるものの、先月まで空爆に参加せず、国内の基地使用も許可していなかった。それはクルド人問題があるからだ。シリア北部でイスラム国と戦っているのは、アメリカなどが支援するクルド人組織・民主連合党（ＰＹＤ）だが、彼らが勝利してイラク北部のように自治権を獲得したりすると、クルド人が多く住むトルコ南東部の分離独立運動に発展しかねないとトルコ政府は警戒しており、むしろ彼らがイスラム国との戦いで疲弊するのを望んでいる。

以前、山口組系暴力団後藤組（静岡県富士宮市）の後藤忠政元組長の著作を読んだとき、警察が暴力団を殲滅しようと思えば簡単にできるが、あえてそれをやらないのは、暴力団の存在が警察にもメリットがあるからという趣旨のことが書いてあった。イスラム国とアメリカ・中近東諸国も、実は似たような関係なのだ。

ただし去る七月に、トルコ南東部でイスラム国によると見られるテロが起き、連立政権に対するクルド人有権者からの批判も強まったことを契機に、トルコ政府は空爆参加と有志連合に対する基地使用許可に踏み切った。戦闘地域から逃れて来た難民が欧州に大量に押し寄せれば、EUが危機感を強めて、イスラム国を本気で壊滅させようとするかもしれない。このように、この種の〝均衡〟は様々な要因の変化で崩れるものであることは留意を要する。

「東洋経済オンライン」二〇一五年八月十六日

【追記】

これを書いた翌年の二〇一六年十月、イラク軍が、イラク領内のイスラム国最大の拠点で、同国第二の都市モスルの奪還作戦を開始した。米軍を中心とする有志連合の空爆支援を受け、翌二〇一七年七月に同市を奪還し、イラクのアバディ首相が勝利宣言をした。同じ頃、シリアでクルド人主体の民兵組織「シリア民主軍」がやはり米軍の支援を受け、イスラム国が首都と称したラッカに突入。同年十月に完全に制圧した。一時シリア領の六割、イラク領の四割を支配下に置いたイスラム国は、同年末には、ほぼすべての支配地域を失った。

しかし、イラク領内には今も六千人以上のイスラム国の戦闘員が残っているといわれ、広大な砂漠地帯を有する同国西部のアンバール県、バグダッドの北のサラーハッディーン県、クルディスタン地域に隣接するニナワ県、ディヤーラ県、キルクーク県など各地で散発的に殺戮を行なっている。イラク軍やクルディスタン地域政府軍（ペシュメルガ）は、米軍と合同で掃討作戦を行なっているが、彼らの活動は最近活発化しており、シリアとの国境付近では空爆を伴う激しい攻防戦が続いている。シリアにはそれ以上の戦闘員が残っているといわれ、去る（二〇一八年）七月二十五日には、同国南部のスワイダ県で自爆テロと町や村への襲撃を行い、民間人や兵士二百二十人超を殺害した。

日本ではあまり報道されなくなったが、イスラム国との戦いは依然として続いているのである。

第三章　作品の舞台裏

福島第一原発ヘリコプター取材

福島第一原発三号機が大爆発を起こした翌日の二〇一一年三月十五日、免震重要棟二階の緊急時対策本部に必要最小限の約七十人を残して東電職員と協力企業の作業員たちが退避した頃、東京からヘリコプターで飛び立ち、復旧の要《かなめ》として福島第一原発へ向かった東電の技術者たちがいた。このエピソードを話してくれたのは、ごった返すJヴィレッジ（当時、福島第一原発への前線拠点）の人ごみの中で防護服を着用していた彼らに偶然会い、「これから1F（福島第一原発）に行くんです」と聞かされた人だった。これは是非とも作品の中で書きたいと思った。

幸い連載していた雑誌が「週刊朝日」で、朝日新聞社は取材用のヘリコプターを持っている。編集部に要望を話すと、同社の航空部に頼んでくれて、ヘリコプターで東電の技術者たちが飛んだ飛行ルートを辿《たど》ってくれることになった。事前に注意事項の紙を渡され、事故に備えて一億円の保険に入らされた。編集部は航空部に社内管理会計で費用を払ったらしい。

飛んだのは二〇一四年の十月下旬だった。朝日新聞の航空部は羽田空港に事務所と格納庫を持っている。格納庫内には、ヘリコプターや軽飛行機など、二、三機が駐機していた。操縦士は航空部運航課長の肩書を持つ田中さんという男性で、事務所で簡単な打ち合わせのあと、全員で滑走路に駐機していたヘリコプターに向かった。白い機体に赤や青のラインと朝日新聞社のマークが入ったマクドネル・ダグラス社製で、全長約一〇メートル。乗員二名と、六名までの乗客を乗せることができる。

操縦士と整備士が前方に並んですわり、わたしは、朝日新聞出版のカメラマンと編集者、「週刊朝日」の記者と一緒に後部座席にすわる。シートベルトを肩と腰にかけ、騒音避《よ》けのヘッドセットを頭に着けると、音が急にくぐもって聞こえる。ヘッドセットには小さなリップマイクが付いており、これで話すと、ヘッドセットをつうじて全員に聞こえる仕組みになっている。

午前十時過ぎにウィーンと音を立ててプロペラが回転し始め、操縦士、整備士、管制官のやり取りがヘッドセットから聞こえる。「エイヴィオニクス（航空用電子機器）、マスタースイッチ・オン」、「フライトインストルメンツ（航行用機器）・チェック」、「東京インターナショナル・エアポート・インフォメーション……」。操縦士の手元の、丸い計器類、緑の数字を映し出すモニター画面、赤・緑・黄色のインジケーターなどが、様々な数値を示している。あとで訊《き》くと、エンジンのトルク（回転力）、ローター（羽根）回転数、タービンの燃焼温度などだそうである。

午前十時十分、機体はふわりと垂直に浮き上った。まるで江戸時代の駕籠《かご》にでも乗っているような感じである。五〇メートルほどの高さでUターンし、北の方角に針路をとる。東電の技術者たちが飛んだとき、福島第一原発で防護服が足りなかったので、柏《かしわ》崎刈羽《ざきかりわ》原発で防護服を受け取ってから福島に向かおうとしたけれど、新潟県の苗場《なえば》付近で霧が出て、いったん東京に引き返し、防護服を諦《あきら》めて福島を目指したと聞いていたので、そのルートを辿ってくれるようお願いしてあった。

眼下に広がる東京の街は、戦争でいったん完全な焼野原になり、戦後、二階建て民家が絨毯《じゅうたん》のように覆い尽くし、やがて高層ビルができたのが分かる。あちらこちらにあるビル群の形で、あそこは新宿、あのあたりは六本木、こっちは飯田橋・大手町方面と判別できる。間もなく右手にレインボーブリッジが灰色っぽく見え、左手彼方には、関東山地の青い峰々が雲の上に浮かんでいるように見える。

十時十八分、ヘリコプターは皇居上空に差しかかった。宮殿の青銅色の屋根が木々の中に垣間見え、九段寄りに日本武道館の八角形の屋根があり、お濠《ほり》の水が鏡のように陽光を反射している。ヘリコプターが皇居を迂回《うかい》するように飛ぶので、リップマイクで操縦士さんに「皇居の上空は飛んじゃいけないんですか？」と訊くと、「飛んじゃいけないという規則や法律はないんですが、（皇室を敬って）みんな飛びませんね」。間もなく眼下に「ビッグエッグ」（東京ドームの愛称）が見える。名前のとおり白く巨大な卵のようで、地上でかなり目立つ。

ヘリは高度約六〇〇メートルでゆらゆらと駕籠のように揺れながら進んで行く。速度は時速二〇〇キロメートルほど出ているが、高度のせいか、あまり進んでいないように感じられる。わたしは見えるもの、聞こえるもの、匂いがするもの、すべてを書き留めるべく、シャープペンシルを走らせる。メモ用紙はA4判のコピー用紙で、人に会って話を聞くときも同じ用紙を使う。これだとホッチキスで留めれば、ファイルに整理しやすく、執筆のとき見るのにも便利なのである。

上空から見ていると、高層ビル群の目印以外には、どこを飛んでいるのかあまり分からない。眼下に、矩形《くけい》のビルの屋上が見え、緑色の四角の中に大きな黄色い文字で「大塚ろう学校」と書いてあったので、ああ、山手線を越えるあたりかと分かる。

十時二十二分、埼玉県川口市上空に到達。東京外環自動車道が地平線上を這う白蛇のような姿を現し、JRの上越・東北新幹線の線路と十字に交わっていた。一分後、二時の方角に大宮の町。駅周辺に高層ビルが集まっていて、大きな町だと分かる。操縦士さんによると、都内からこのあたりまでは空が混み合っているので、気を使うそうである。

そこを過ぎた頃から、都心から切れ目なく続いていた住宅地が途切れ、畑、林、住宅造成地などが姿を現す。十時二十八分、左手に川越の町。都心とは打《う》って変わって、心が癒されるようなのどかな田園風景で、江戸時代の宿場町の面影を留めている。

十時三十分、右手眼下にホンダ（本田航空）の軽飛行機専用飛行場である桶川《おけがわ》のホンダエアポートの滑走路が見える。

「朝日東京、こちら『はやどり』」

田中操縦士が羽田の航空部と交信を始める。「はやどり」はこのヘリコプターの名前である。

「はい、『はやどり』」

「桶川オペレーション、ノーマルです」

左手には、相変わらず関東山地の濃い青色の山々が、雲の上に浮かんでいるように北の方角に延びている。

十時三十五分、JRの熊谷《くまがや》駅が右手に見える。ヘリの進路とずっと並走するように延びている荒川もだいぶ細くなった。ここから苗場までは一〇〇キロメートルで、ちょうど中間点まで来た。熊谷を過ぎたあたりで荒川に別れを告げると、右手に利根川が見えてくる。

三分後、右手前方に赤城山《あかぎやま》や足尾《あしお》山地が黒い影になって姿を現す。赤城山の山頂はのこぎりのような形をしている。空には雲が浮かび、ヘリコプターは目視で位置を判断する「有視界飛行」が原則なので、雲の下を這うように飛ぶ。高度は変わっていないが、山地なので、地上が近づいてきたかのように錯覚する。

若い女性の声で飛行機か何かと交信しているようなやり取りがヘッドセットのスピーカーから聞こえてきた。操縦士さんに尋ねると、航空自衛隊と交信している警察の無線担当者の声だと教えてくれた。

視界の正面を遮るように、越後山脈の二〇〇〇メートル級の峰々が黒く尖《とが》った姿を現す。右手に赤城山が近づいてきて、山頂が紅葉し始めているのが見える。麓には畑や水田地帯が広がっている。三月十五日に飛んだときは、一面の雪景色だっただろうなと思い、それもメモする。取材のときは、当時の情景や状況を想像・推測し、それも記録する。実際にその場に来てみると、情景だけでなく、あのときはたぶんこんなふうに考えたんだろうなと、登場人物の気持ちを推測しやすいし、作品の中で使える気のきいたセリフを思いついたりもする。

眼下の越後山脈の山々の尾根伝いには、新潟県方角から幹線と思《おぼ》しい送電線の大きな鉄塔が点々と立っていて、柏崎刈羽原発や北信越地方の水力発電所から首都圏に電力を送るためのものと思われる。右手遠くには赤谷《あかや》湖の凪《な》いだ湖面が宝石のように青く光っている。

折り返し地点の苗場上空に到着したのは、午前十一時十分頃だった。上空から見ると箱庭のような風景で、筍山《たけのこやま》（一七八九メートル）、天丸《てんまる》木山《きやま》、向山《むこうやま》に挟まれた谷底に、ウエハースを横に並べたようなプリンスホテルや三十階建ての高層マンションが建ち、急斜面のスキー場があり、山々は紅葉し始めていた。当時は、未曾有の震災時であるにもかかわらず、ゲレンデでスキーを楽しんでいる人々もいたそうだ。

空は晴れていたが、景色を眺めながら当時の状況を想像し「雲は煙幕のように一帯を覆い尽くし、低空を這うように流れて行くものもある。飛行が難しくなった」とメモに書く。実際に作品の中でそのまま使うわけではないけれども。

操縦士さんが何度か苗場上空で大きく輪を描いて飛んでくれたあと、空中で機体を斜めに倒すようにして急旋回し、来た方向に引き返す。ヘリコプターというのは、ずいぶんと小回りがきくんだなあと感心する。いったん高度を落とし、山肌を舐《な》めるような低い高度でふわりふわりと山を越えて行くので、觔斗雲《きんとうん》に乗って空を飛ぶ孫悟空になったような気分である。東電の技術者らが乗ったヘリコプターはその後、群馬県沼田市にあるヘリポートにいったん降りたそうだが、そこは新日本ヘリコプター（東電と中部電力が折半出資しているヘリコプター会社）の私有ヘリポートのため、我々の機は栃木県宇都宮市の東約一〇キロメートルほどの場所にある栃木ヘリポートへと向かう（後日、沼田市まで別途電車で取材に行った）。

途中、群馬と栃木の県境にある皇海山《すかいさん》（二一四四メートル）のそばをぶつかりそうなほどの近さで飛び、中禅寺湖の青い湖面や宇都宮の大きな市街地を眼下に見ながら栃木ヘリポートに近づく。

「こちら朝日東京『はやどり』、宇都宮の北五マイル。着陸します」

操縦士の田中さんが栃木ヘリポートの管制官にいった。

「二番スポットにお願いします」

「栃木ヘリポート、ローカル、ゼロツー」

「了解」

羽田の朝日新聞航空部の担当者が答える。

ヘリコプターはぐるぐると旋回しながら高度を落とし、地上を這うようにして位置を調節し、ゆっくりと衝撃もなく着陸した。

栃木ヘリポートは駐機スポットが五つの小さなヘリコプター専用空港で、空港ビルは青い屋根のプレハブふうの二階建て。周囲には収穫が終わった畑が広がり、工場などが見える。

三十分ほど給油と休憩のために滞在したあと、再び離陸。南南東の鹿島灘《かしまなだ》方面へと向かう。東電の技術者たちが乗ったヘリコプターは、その日、いったん新木場の東京ヘリポートに引き返し、その後、鹿島灘に沿って北上し、茨城県の日立市に向かったということなので、ほぼ同じコースを飛んでもらう。

前方左手に八溝《やみぞ》山地、右手に筑波山《つくばさん》を見ながら飛び続けると、やがて霞ヶ浦《かすみがうら》の大きな茶色がかった湖面が正面に見えてきた。周囲にたくさんのゴルフ場があり、バブルの時代に造られたやつだなあ、と思う。わたしが邦銀の日本橋支店で外回りをやっていたのがちょうどバブル期の一九八六〜八八年で、同支店でも茨城ではないが、真里谷カントリー倶楽部という千葉の木更津でゴルフ場を経営している会社と取引があった。同社はその後破たんし、ゴルフ場は今、オリックスによって管理運営されている。

霞ヶ浦を過ぎると太平洋沿いに鹿島工業地帯が姿を現した。白い石油タンク、新日鉄住金の高炉、赤白の煙突などが埋立地に広がっている。立ち並んだ風力発電機の白い羽根が風を受け揃《そろ》って回転し、高い建物や煙突に取り付けられた銀色の航空障害灯がチカッ、チカッと規則正しく点滅している。海岸線には白い浪が打ち寄せ、沖には貨物船が浮かんでいる。

二〇一一年三月十五日は、比較的被害が少なかった鹿島灘沿いも、一見して大変な事態になっているのを実感させたという。その光景を作品の中で再現すべく、三〇〇メートルの高度から目を凝らしてじっと地上を見詰めたが、三年七ヶ月が経った今は痕跡《こんせき》も少なく、流されたと思しい家の基礎部分が少しあったりする程度である。白い泡を立てて海岸に打ち寄せる緑色の波間で、何十人もの黒いウエットスーツ姿のサーファーたちが見え隠れしながら、波乗りを楽しんでいて、南アフリカのケープタウンで見たアザラシの群れみたいだなと思う。

海岸沿いに北上し、午後一時三分に、東海村の上空に到達すると、眼下に東海第二原子力発電所や日本原子力研究開発機構の施設群が見える。白を基調とした近代的な建屋群は一見無傷だ。しかし、東海第二原発は東日本大震災のとき外部電源を喪失し、波高五・四メートルの津波によって、ディーゼル発電機一台と海水ポンプ一台が冠水し、非常用炉心冷却装置（ECCS）も一系統が使えなくなり、運転員が注水と主蒸気逃がし弁の開閉操作を繰り返し、通常の倍以上の時間をかけて冷温停止状態にもっていった。福島第一原発の大惨事の陰に隠れてあまり報道されていないが、津波があと少し高かったら、ここも福島第一と同じ大惨事になっていたところだ。

それから約二十分後、日立市の市街が眼下に現れた。日立製作所の企業城下町である。

初めて見たが、すぐ西側に山々が迫っている独特の景観だ。彼方の黒っぽい青色の山々は八溝山地、その手前の緑の山々は阿武隈《あぶくま》高地の南端である。福島県在住者は、阿武隈高地を見ると、ああ福島に帰ってきたんだなあと思うのではないだろうか。

東電の技術者たちはここでヘリコプターを降り、車でいわき市まで行って、そこのビジネスホテルで一泊し、翌日、Jヴィレッジ経由で福島第一原発入りしたそうである。そのときのいわき市内は、人々が避難して、火が消えたように人気《ひとけ》がなく、歩道の敷石が波打って飛び出し、古い建物の外壁は剝《は》がれ落ち、チェックインしたビジネスホテルでは、水がないのでトイレは一回分しか流せないと告げられ、夕方と夜に震度三くらいの地震があったという。

ヘリコプターはさらに北上を続け、午後一時半過ぎに小名浜《おなはま》港上空に到達した。福島県最大の港で、九つの埠頭《ふとう》を持ち、石油タンク、貯炭場、石油化学製品貯蔵施設、クレーン、倉庫、海産物直売所、レストランなどが東西約六キロメートルにわたってあり、物流と観光の一大拠点であるのが実感される。港には、商船三井の大きなフェリー「さんふらわあ」が停泊していた。東日本大震災のときはここに三月二十一日から独立行政法人航海訓練所が用船する航海練習用大型帆船「海王丸《かいおうまる》Ⅱ世」が停泊して、福島第一原発で働く人々や被災者に、温かい食事、風呂、寝場所を提供した。福島第一原発の故吉田昌郎所長もそこで食事をして風呂に入ったが、マスコミが待ち構えていてインタビューされて「あそこに行くと、インタビューされてやだね」といっていたそうである。

小名浜港の少し先の塩屋崎《しおやざき》は津波の被害が大きかったところで、かなり復旧は進んでいたが、付近の木々や建物は根こそぎなくなっていた。このあたりまで来ると、震災の爪痕《つめあと》が残っており、緑色のシートに覆われた汚染土なども見られる。

午後一時五十分頃、いよいよ福島第二原発上空に到着。白い原子炉建屋やタービン建屋がきれいに無傷で残っている。震災時に波高九メートルの津波に襲われ、免震重要棟一階や海水熱交換器建屋などが浸水したが、外部電源が辛うじて一回線生き残ったので、運転中だった四基の原子炉は大きなトラブルもなく冷温停止した。原子炉建屋やタービン建屋は海際にあるが、敷地の後方にある職員用の運動グラウンドは、小高い丘の上の天守閣のようで、このあたりの土地の元々の高さが分かる。

ヘリで福島第二の上を二周ほどして、一二キロメートルほど北にある福島第一原発に向かう。途中は高さ三〇〜三五メートルの切り立った断崖《だんがい》である。数分後に上空に到着した福島第一原発は、三号機の原子炉建屋は五階部分が吹き飛んだままで、二号機原子炉建屋のブローアウトパネルも開いていて、傷跡が生々しかった。福島第二原発と最も違っているのは、敷地の半分ほどに円筒形の汚染水タンクが林立していることで、復旧作業の困難さを窺《うかが》わせた。地上だけでなく空も放射能汚染されているため、三キロメートルまでのところしか近づけず、福島第二と違って敷地の上を飛ぶことはできない。沖合には、テロを警戒する白い巡視船が停泊していた。

福島第一にも第二にも、取材に応じてくれた東電の人たちが今も働いている。二つの発電所を空から見下ろしながら、取材のときの光景が脳裏によみがえった。なかなか取材に応じてくれる人がいない中、親切に話を聞かせてくれた人たちには感謝してもしきれない。ある方は、取材を受けてもよいと知らせてきたメールの中で「昨日は吉田昌郎さんの命日でした。吉田さんからも宜《よろ》しくといわれているような気がします」と書き、「知っている限りのことはすべてお話しします」と貴重な話を聞かせてくれた。取材をさせてもらった日の感激は今も心に残っている。

「それじゃあ、黒木さん、写真をお願いします。メモを取りながら、原発のほうを見ている感じで」

福島第一原発近くの上空で、朝日新聞出版の若いカメラマンにいわれ、シートにすわったままメモとシャープペンシルを手に、写真を撮ってもらう。「週刊朝日」で記事にするそうである。ヘリは斜めになったり旋回したりしながら、窓の外に原発が写るように空中で位置を変える。あとで出来上がった写真を見ると、窓の外の原発を見詰める姿が国際的なノンフィクションで一世を風靡《ふうび》した落合信彦ふうだった。

福島第一原発をあとにし、津波の被害を受けた原発の北側の地区を飛ぶ。家がきれいさっぱり流されていて、土台の部分が古代の遺跡のように残っているだけである。墓地の墓石はすべて倒れ、打ち上げられた漁船が何隻も取り残されていた。付近一帯はローラーでもかけられたように、だだっ広い原っぱと化し、遠くに黒い林や阿武隈高地の山々が見える。

福島第一原発の取材を終えると、ヘリは福島空港に向かった。同空港は福島市ではなく、南の須賀川《すかがわ》市の近くにある。途中、ずっと阿武隈高地の上空を飛んだが、木々が紅葉し始めていた。午後二時三十八分、小雨降る福島空港に着陸。ヘリを降り、濡れた滑走路を真新しい三階建ての空港ターミナルへと向かう。二階にある「シャロン」というレストランで全員で遅めの昼食。羽田を発ってからずっと取材メモを書き続けていたので、「週刊朝日」の若い男性記者に「何を書いてるんですか?」と訊かれる。「あとで作品の中で何が使えるか分からないので、見えるもの、聞こえるもの、匂い、感じたことなんかをすべて書き留めておくんです」と答えながら、(きみは取材のときメモをとらないの?)と思う。開高健さんのように、記憶に残らないものは意味がないと、取材に行っても一切メモをとらない作家は例外で、城山三郎さんや吉村昭さんもノートと鉛筆を手に歩き回っていた。

ご飯の上にキャベツの繊切りと大きな豚カツが載っている豪快なソースかつ丼を食べながら、操縦士の田中さんに震災当日や直後の様子を教えてもらう。当時、羽田空港は滑走路が閉鎖されて飛行機が飛べなかったが、ヘリは飛べたので、記者を乗せて東北方面に何度も取材で行ったそうである。お台場、品川、木更津方面では火事が起き、東京湾上空が煙で真っ黒だったという。

福島空港に一時間弱滞在し、東京に向けて離陸。さすがに疲れて、居眠りをする者もちらほら。

一時間ほど飛ぶと、東京スカイツリーが見えてきた。周囲を圧するような高さだ。上空から見た東京は、県境を越えて周辺の町を飲み込んでいく巨大アメーバで、山手線の内側とその周囲は摩天楼が建ち並んでいるが、外側は二階建て民家中心の住宅地がどこまでも広がっている。西の方角に見える多摩川は表面がつるつるの黒っぽい鏡のようである。朝日のカメラマンが東京五輪関連の別の取材写真を撮るため、機は国立競技場上空に向かう。林立する摩天楼を見下ろしながら都心を飛ぶと、まるで遊覧飛行をしているようだ。途中の青山墓地の広大さが印象的。国立競技場付近に来ると、カメラマンが窓を開けて大砲のような望遠レンズを構え、バシャッ、バシャッとシャッターを切り始める。灰色の都会の風景の中で、国立競技場のタータン・トラックの煉瓦色やそばの神宮球場の緑の芝生やスタンドの青いベンチが美しい。

午後四時四十五分、羽田空港に帰着。七時間弱の取材で書いたメモは、A4判の用紙十一枚だった。いったんホテルに戻り、夕食は赤坂の割烹《かっぽう》「石島」で、銀行員時代にドイツ語学校で知り合った大学の先輩と。昔料亭だっただけあり、料理は焼き物に赤いもみじが添えられていたりして見た目も美しく、贅沢な気分になれる。特別に仕入れたという獺祭《だっさい》の「寒造早槽《かんづくりはやぶね》純米大吟醸」（五合瓶）を二人で空け、大事な取材が終わってほっとしたこともあり、かなり酔っぱらった。

「いやあ、僕もこの前、ベトナムへ出張で行ってね。今度、是非会いましょう」

銀行の日本橋支店でわたしの上司だった男から、妙に親しげな声で電話がかかってきたのは、証券会社の事務所を開設するために、ベトナムの首都ハノイに駐在していたときだった。

（何か魂胆があるな……）

わたしが銀行を辞めてから二年半の間、一切連絡がなかった人物で、一見当りはソフトだが、気が小さく、窮地に陥ると他人を踏みつけて逃げるタイプだ。

世間話のあと、元上司は、彼が日本橋支店の外国為替《かわせ》課長時代に手がけた融資の件で、債務者から訴えられそうになっているのだといった。

「それでまあ、融資の経緯なんかに関して、法務室のほうでいろいろ訊きたいことがあるときなんかに、ご協力を頂けないかと……」

しかし、わたしがその債務者と関わりがないことを最もよく知っているのは、当の元上司だ。

「あのう、僕らが立ち会ったのは、あの人が病院に入院してね、えー、五月くらいでしたかなあ」

（何をいい出すんだ、この男は⁉）

病院で立ち会いをしたなどという経験は生涯に一度たりともない。

頭の中で警報が大音響で鳴り始めた。

「五月って、いつの五月ですか？」

「うーん」

「何年の五月ですか？」

「えーっとねー、これはー、だからー、平成の何年だ……平成じゃない、昭和六十二年か」

「ふーん、そりゃあもう、まったく知らないですね」

「ああ、そう」

「だって僕は担当者じゃないですからね。ご本人に会ったこともないし、融資がされたってこと自体まったく知らないですしね」

「ああそう、うーん……。だから五月のときのあれだよな。業者へ支払ったときの」

相手はなおも「五月の融資」にわたしが関与したという言質を取ろうとする。何となく会話を録音されているのではないかという気もした。

（ふざけるなよ。こっちはもう銀行の人間でもないし、あんたの部下でもないんだ）

「銀行っていうのは、辞めた人間とか、多少立場の弱い人間に全責任をおっかぶせようとしますよね。そういうの、非常に嫌ですね」

強い口調で、突き放すようにいった。

「まあ、あのう、だから当時の記憶が、あるかどうかということで……」

「この件に関しては、まったく知らないですね。記憶にないってことじゃなくて、まったく知らないですね！」

怒りを込めていい放つと、相手は、言質を取ろうとする試みをようやく諦《あきら》めた。

受話器を置くとすぐに銀行の法務室と人事部に電話をし、元上司から変な問い合わせの電話があったことを伝え、必要があれば、いつでも連絡してもらって構わないと、自分の連絡先を口頭とファックスで伝えた。


不快な電話のことなどすっかり忘れた六年後、見知らぬ女性から、ロンドンの自宅に電話がかかってきた。

「東京地裁の裁判で、銀行は、融資をしたのはみんなあなただと主張しているんですが」

電話の主は、件《くだん》の債務者の妻だった。

「いったい、どういうことなんですか⁉」

六十歳を過ぎた夫人によると、外資系証券会社の東京支店長だった夫が重度の脳梗塞《のうこうそく》で倒れ、知的判断能力に疑義があったにもかかわらず、銀行は夫人に知らせることもなく、合計十八件・総額二十四億千七百万円の融資を行い、しかもそのかなりの部分を大蔵省（現・財務省）の通達で禁止されている両建預金《りょうだて》にしたのだという。そして債務者が返済不能になったことを理由に、大田区田園調布の自宅を競売にかけようとしているという。

銀行側は、一連の融資の実行者はわたしで、わたしは十四年前から行方不明で、連絡がつかないと主張し続けているという。これには唖然《あぜん》とした。わたしは退職後も銀行の厚生年金基金への住所変更届や、前記の法務室と人事部への電話とファックスなどで常に所在を知らしめていた。しかも、総合商社の英国法人のプロジェクト金融部長として、銀行のロンドン支店の支店長、国際金融担当次長、日系企業担当次長をはじめとする日本人行員たちとは日常的に付き合いがある。

さらに奇怪なことに、債務者の口座から大量の金が引き出されているという。

戦慄で全身が粟立《あわだ》った。

かつて勤務した銀行が、不祥事を無関係の元行員のせいにするという小説のような事態が、現実に自分の身に降りかかっているのだ。

電話を終えると、慌てて自宅の屋根裏に上がった。そこにはベトナム駐在時代の電話を録音したカセット・テープが保管してあった。証券会社は口頭で取引を締結することが非常に多いので、社内の電話は原則録音されている。

翌週、債務者側の弁護士から厚さ五センチほどの裁判関係の書類が届いた。原告（債務者側）と被告（銀行）の準備書面、銀行の伝票や融資契約書、債務者の預金口座の入出金明細書、元上司の法廷証言記録などのコピーだった。

二十四億千七百万円の融資は、定期預金と相殺されたり、外資系証券会社の株式を売却した代金などで十八億円が返済され、残っているのは六億円の住宅ローンだけだった。このローンの抵当権が田園調布の債務者の自宅に設定されていた。

一連の書類は、銀行による様々な違法行為の疑いをくっきりと示していた。

まず両建《りょうだて》預金である。これは融資した金を定期預金にすることである。融資の金利は当然定期預金の金利より高く、顧客は損をするだけという理不尽な取引で、場合によっては詐欺や恐喝といった刑事犯罪だ。

また、債務者の妻の普通預金が勝手に作成され、本人が見たこともない印鑑で印鑑届が作られ、その筆跡は紛《まぎ》れもなく元上司のものだった。六億円の住宅ローン契約書の保証人欄の妻の署名・捺印《なついん》や、妻の通名届の署名・捺印も偽造だった。

さらに裁判では、元上司の男が偽証を繰り返していた。陳述書や東京地裁での法廷証言で、当時の状況に関し「記憶がないんで何とも申し上げられない」、「ちょっと記憶にないですね」、「もうこの辺のやり取りはほとんど、余り詳しく覚えてません」等々、「記憶がない」を連発する一方、ありもしないわたしの関与を実に積極的に「証言」していた。

「最初の三億円の融資の返済原資を債務者から確認したのは金山（わたしの本名）」、

「(同融資の) 具体的な時期や金額を詰めてきたのは金山と記憶しています」、「(同融資に関し) わたしがそのお話を受けた後に、記憶としては金山につないで」、「(同融資に使用された借入手形は) 病院に多分担当の金山が伺って (中略) 頂いてきたんだろうというふうに思います」、「六億円の住宅ローンの返済原資を確認したのは金山」と、わたしが確信を持てる点に関してだけでも、実に二十七回も嘘をついていた。さらに銀行も同様に、「(六億円の) 住宅ローン契約等の調印時に立ち会っていたのは金山である」、「金山の所在を調査したが、銀行が把握していた最後の住所は、銀行のいわゆる社宅であり、その後外国に転居した後の所在はわからなかった」等々、わたしを問題の融資の実行者に仕立て上げた上、堂々と行方不明であると述べていた。そもそもわたしが杉並区の銀行社宅を出たのは、同行のロンドン支店に転勤するためで、その後、ロンドン支店に六年間勤務したのだから、「外国に転居した後の所在は分からなかった」というのは、いったいどういうことかと呆《あき》れるほかない。

怒り心頭に発し、これらの嘘について、「銀行の嘘一覧表」、「元上司の嘘一覧表」として作成し、東京地裁に提出した。銀行は相当慌てたようである。

五ヶ月後、わたしはロンドンから一時帰国し、東京地裁で三時間にわたって証言した。それは、銀行との裁判闘争と融資の謎解きの始まりだった。事件は過剰融資の債務者救済に尽力していた民主党の現役国会議員Y氏を巻き込み、Y氏が国会質問で事件を取り上げてくれたりしたが、同氏がタイで女性の殺人事件に関与したという「週刊文春」の根拠のない記事が突然出たために議員辞職を余儀なくされた。記事が出たのは銀行の策略ではなく、Y氏が地元の市長選に出馬するという噂があり、彼を好ましく思っていなかったジャーナリストが陥れようとしたのだった（のち、Y氏は名誉棄損の裁判を起こし、「週刊文春」に全面勝訴）。

結局、問題が解決したのはわたしの証言から一年半後だった。銀行も司法も無力な中、天が問題を解決したというべき運命的な結末で、債務者側は長期にわたる裁判による心労は別として、経済的には損失のない形で銀行との争いを終えた。

「この事件、本当に腹が立ったんで、銀行と元上司を訴えるか、あるいは本に書こうかと思うんだけど」

「お気持ちは分かりますが、怒りを堪《こら》えて、是非とも作品に昇華して下さい」

事件の決着が着いた直後に、ある出版社の編集者と交わした会話である。

わたしはそこから三年間の「熟成期間」をかけて作品の構想を練り、ぶり返す怒りを堪《こら》えながら原稿を書いた。千二百五十枚に昇華した金融ミステリーには、当時、銀行で使っていた強引な押し付け融資を意味する『貸し込み』というタイトルを付けた。

「ミステリマガジン」二〇一四年五月号

【追記】

元上司の男は慶応大卒で、訴訟が提起された当時、銀行で役員一歩手前の「理事」という社内資格だった。しかしこの事件のせいか、取引先の運輸関係の会社に部長として出された。その後、外資系の投資会社が同社を買収してバラバラに切り売りしたため居場所がなくなり、六十歳を少し過ぎたときに辞め、一人でコンサルタントのようなことを始めた。間もなく胃がんを患い、六十半ばで世を去った。彼が亡くなったと銀行の関係者から知らされたのは、死去からしばらく経ってからのことだ。

『トリプルA　小説格付会社』と障害児の父

小説のテーマは、新聞、雑誌、インターネットの記事などを読んでも分からないことを、自分自身知りたいという気持ちから選ぶことが多い。

格付けは、日本国債がボツワナ以下に格下げされたとき日本国内で轟々《ごうごう》たる議論を巻き起こし、二〇〇八年のリーマン・ショックを引き起こした金融危機の最大の原因でもあった。しかし、格付会社の内部でどんな議論や手続きをし、どういう動機で格付けを決めているのか、外からは見えない。

取材は、格付会社の固いガードを少しずつ崩していくところから始まった。格付会社の顧客である金融機関の人や、かつて格付会社に勤務したことのある人々にコンタクトし、徐々にネットワークを広げ、最終的に、ムーディーズとスタンダード&プアーズの関係者二十人以上を含む、四十五人ほどに話を聞くことができた。

あまり期待せずに会った日本語ぺらぺらの外国人から、「ムーディーズにひどい目に遭わされた日本企業の人を紹介してあげましょう」といわれ、教えられた人に連絡を取ると、話術の才能がある人で、当時の経緯を事細かに、まるで物語のように話してくれて、作品を書くに当って大きな助けとなった。

ある外資系格付会社の元社員に会ったときは、「守秘義務があるので、仕事の話はできません。その代わり、わたしの身の上を話します」といわれ、いったいどんな話をするのかと思っていたら、「わたしの子どもは障害児なんです」と淡々と切り出した。子どもが生まれて間もなく、赤ん坊のわりにあまり笑わず、身体も硬い感じがするので医者に診せたら障害があるのが分かって衝撃を受けたこと、それでも頑張って二人で育てていたが、仕事にかまけて徐々に妻や子どもと疎遠になっていったこと、上司に家庭の事情を訊《き》かれ、子どものことを打ち明けて転居を伴わない転勤を希望したら、本店に異動させてもらえたこと、あるとき妻といい合いになって「お前はいつも何考えてんだ!?」と怒ったら、「わたしがいつも考えているのは、わたしたちが死んだあと、この子がどうやって生きていくかってことよ!」と反論され、頭を殴られたような衝撃を受け、家族とより多くの時間を過ごすことができるように日系の格付会社に転職したこと、子どもが養護学校に入学することができ、少しは将来にも希望が持てるかなと思って期待に胸を膨らませて最初の授業参観に行って先生と面談したら、「こういうお子さんたちは学校を出ても、空き缶を踏んづけて潰《つぶ》すような仕事しかありません」といわれ絶望の底に叩《たた》き落とされたこと、ならば自分は外資に転職して、死に物狂いで働いて、死ぬまでに子どものために貯められるだけ金を貯めようと思って外資系の格付会社に転職したこと、ヤマト運輸の創業者・小倉昌男の自伝を読んで、障害者でも自立できる道があると知って勇気づけられたことなどを話してくれた。圧巻の人間ドラマで、物語の核となった。

また別の人からは、山一証券が破綻《はたん》したとき、格付会社同士の息詰まるような戦いがあったことも聞かされた。それらのエピソードは作品のリアリティを増す格好の材料となった。

書き上げて思うことは、格付けも所詮《しょせん》、生身の人間がやっていることであり、様々な欲望に影響されて歪《ゆが》められ、間違っているケースも少なくないということだ。本書に対して、ムーディーズの日本支社長がいたく立腹しているという話を聞いた。筆者としては、迫真性を認めてくれたのだと思っている。

「公明」二〇一〇年八月号

【追記】

障害児を持つ元外資系格付会社の人は、その後、障害者を雇用するパン屋「スワンベーカリー」を開いた小倉昌男にならって、妻や友人たちと障害者を雇用する「ショコラボ」というチョコレート工房を立ち上げた。美しいウェブサイト(http://chocolabo.or.jp)には、全ての人々が物心両面で豊かに共生できる社会の実現に貢献したいという企業理念が記されている。

〝ぺんぺん草〟の真実

近代日本産業史を学ぶと、必ず出てくるエピソードに、川崎製鉄（現・JFEスチール）の「ぺんぺん草」事件がある。まだ日本が占領下の昭和二十五年に、同社の西山弥《や》太郎《たろう》社長が、世界最新鋭の巨大製鉄所を千葉市に建設すると発表したところ、日銀の一《いち》万田尚登《まだひさと》総裁が「建設を強行するなら、敷地にぺんぺん草が生えることになる」と猛反対したという話だ。

高炉を持たない資本金五億円の平炉メーカー・川崎製鉄が、百六十三億円を投じて、一高炉メーカーになろうとする野心的な計画に対し、既存の高炉メーカー、マスコミ、一部の保守的通産官僚などが「暴挙」「二重投資」と散々批判し、一時は四面楚歌の状態だった。しかし、紆余《うよ》曲折《きょくせつ》を経て計画は認可され、昭和二十八年、第一溶鉱炉に火が点《とも》り、日本の高度経済成長の起爆剤となった。

官に逆らって信念を貫いた経営者の成功例として、よく引き合いに出されるこのエピソードだが、どうも事実と違うらしいと気付いたのは、西山弥太郎伝『鉄のあけぼの』を書いたときだ。

一万田総裁の新聞インタビューを読んでみると、「勝手にやると、敷地に雑草が生えるようなことになるよとは言ったが、ぺんぺん草はマスコミの創作で、自分はそんな文学的表現はできない」とある。当時の「読売新聞」（昭和二十六年十月四日付）の記事も、過剰投資抑制という政策論の中で、「とくに鉄鋼については現在行われている設備拡張の継続資金も打ち切るべきで、この結果その工場が工事なかばで雑草が生えるようになっても仕方がないと思う」と総裁が述べたと報じている。

西山弥太郎は、千葉製鉄所の建設計画を発表した直後、一万田総裁を訪ねて計画を説明していた。突き出た頬骨の上の眼鏡から鋭い眼光を放つ一万田は、高インフレ下の日本経済建て直しのため、財政や資金の配分にまで及ぶ強大な権限を与えられ、「法王」と恐れられる存在だった。西山の話をじっと聞くと、「君の考えはいいけれども、全部一気にやるのは無理だ。日本経済の現状は、まだどうして、なかなか大変なんだ。（計画を分割し）一つ一つ仕上げていって、先々、不況が起きても、投下資金が生きるようにしてほしい。それなら俺は賛成だ」といった。

ところがその約一年後に「ぺんぺん草」騒動が持ち上がる。ことの真相は、昭和五十六年八月五日に川崎製鉄が開いた、当時の関係社員の座談会の速記録に残されている。

原因は、かつて西山が仕えた元川崎重工社長で、豪放磊落《ごうほうらいらく》な性格の鋳谷正輔《いたにしょうすけ》だった。鋳谷が、日銀に一万田を訪ね、西山君の計画をよろしく頼むと言ったところ、一万田は、従前どおり、分割して計画を実行することを勧めた。これに対し、一回り年上で、戦時中軍需融資をふんだんに受け、銀行家を見下していた鋳谷が、「こういう計画は一挙にやらないと駄目なんだ！　ならば君の世話になどならん！」と怒鳴りつけ、「法王」の機嫌を損ねた。

慌てた川崎製鉄は、金融界のフィクサー・大橋薫（常盤《ときわ》経済研究所）や政治家の広川弘禅《こうぜん》、河野一郎らに仲介を頼み、関係修復を図った。一方、一万田のほうも不快感を燻《くすぶ》らせながらも、私情を排して論理的に対応したようで、計画の命運を決する日銀の政策委員会の少し前に、西山とメーンバンクである第一銀行の酒井杏之助《きょうのすけ》頭取を呼び、第一銀行の支援と銀行から人を派遣することを確認し、「自己資金と民間融資で資金の大半を賄うのなら、反対はしない」と伝えている。

川崎製鉄の計画が大筋で認可されたのは、昭和二十七年三月四日と七日に開かれた日銀政策委員会においてである。両会議の議事録は、二〇〇一年に情報公開法が施行されたせいか、すんなり開示してもらえた。そこには、一万田総裁は、計画は自己資金が多いし、鉄鋼業界が反対しないのなら、認めてもよいだろうと意見を述べ、鉄鋼連盟の三鬼隆《みきたかし》会長（八幡《やわた》製鉄社長）も、将来川崎製鉄が窮地に陥っても見捨てることはしないと明言したことが記録されている。若手官僚たちの熱気に押された通産省の鉄鋼局長と企業局長も賛成を表明した。強く反対したのが、政策委員の宮島清次郎（元日清紡社長）で、「日本の鉄は米国に太刀打ちできないと思う。そもそも資金の目処《めど》が立たないまま、建設を強行するのは経営者として失格」と西山を厳しく叱り付けたが、最終的には、資金計画を保守的に見直すことを条件に矛を収めた。

誰かが面白おかしく言い換えた、「ぺんぺん草」という言葉のおかげで、すっかり悪役にされた一万田総裁だが、川崎製鉄の計画にはむしろ好意的だったようだ。同い年の西山と一万田は、その後、親交を深め、西山の没後に編纂《へんさん》された『西山弥太郎追悼集』には一万田が追悼文を寄せている。

事実関係がきちんと確認されないまま、インパクトのある言葉だけが独り歩きし、史実として語られることがある。雑草かぺんぺん草か、一万田が支持したか反対したかは、些細《ささい》なことかもしれないが、大学の産業史や経営学のクラスで教えられているとすれば話は別だ。また、そこにこだわって調べていくうちに、関係当事者たちの生身の姿が見えてくる。それを描くのが経済小説の役割だと思うし、書き手としての楽しみである。

「日本経済新聞」二〇一四年七月十三日

西山弥太郎、人を動かす

「どんな逆境でもくじけることなく　人をうらやむこともなく　いつも謙虚で　いつも笑って　家族を大切にし　自分に厳しく　人に優しく　信じた道をひとすじに　西山弥太郎のように生きよう」

川崎製鉄（現ＪＦＥスチール）初代社長西山弥太郎の生涯を描きながら心に浮かんだ言葉である。

日本人がまだ敗戦の虚脱感の中にあった昭和二十五年、西山弥太郎は、戦後初の臨海製鉄所を千葉市に建設する計画を発表した。戦後の資金不足・物不足の中で、高炉を持たない資本金五億円の一介の平炉メーカー（煉瓦製加熱炉でスクラップを溶かして鋼《はがね》を生産する製鉄メーカー）が百六十三億円を投じて銑鋼一貫製鉄所を建設するという計画に対し、「暴挙」、「二重投資」といった激しい批判が湧き起り、日銀の「法王」一万田尚登総裁からも一時は冷たい扱いをされた。

しかし西山は「だれが反対しようと、やると決めたらやるんだ。わたしに金を貸さん人がいても、協力せん人がおっても、日本一立派な従業員を持っているのだから、絶対にやれるよ」と、毫《ごう》も怯《ひる》むことなく、給料を遅配するほどの資金不足に喘《あえ》ぎながら、千葉製鉄所建設を成し遂げ、日本の高度経済成長の扉を開いた。

神奈川県二宮《にのみや》町の旧家に生まれ、金物屋などでの丁稚奉公を経て、大正八年に東京帝国大学工学部冶金《やきん》科を卒業し、神戸の川崎造船所に就職した西山は、鉄ひとすじの生涯を生きた「鉄のパイオニア」である。産業の基礎となる鉄の大量生産方式を日本で初めて導入したその功績は絶大で、たとえば「週刊現代」の「立派だった日本人ベスト100人」の財界部門で松下幸之助、本田宗一郎、井深大《いぶかまさる》、土光敏夫に次いで五番目にランクされている。しかし、自己宣伝が嫌いで、「日経新聞」の「私の履歴書」執筆も固辞し、勲章も辞退しようとし、書の類《たぐい》も残さず、それゆえ世間に知られていない。わたしが西山弥太郎の存在を初めて知ったのは、ある経済誌で製鉄業に関する特集記事を書いた二〇〇七年のことで、こんな偉大な人がいたのかと驚き、これはすべての日本人のために書き残したいと思った。

西山の人生は、実に六十歳近くまで苦難の連続だったが、それを不屈の闘志と使命感で乗り越えて行った。たとえば昭和二十年六月五日、神戸市葺合《ふきあい》区（現中央区）の川崎重工製鈑工場（川崎製鉄の前身）は米軍の徹底した焼《しょう》夷《い》弾《だん》攻撃に遭い、木造の建物がほとんど焼失し、工場内に焼夷弾がごろごろ転がり、保管してあった米や薬などがすべて灰になった。翌日、心配して様子を見にやって来た脇谷寅治（平鋼課班長）が惨状を目の当たりにして打ちひしがれ、無人の廃墟《はいきょ》と化した工場で、国民服にゲートル姿の西山（当時製鉄所長）に「所長、会社もとうとうやられましたな」とうなだれると、西山は「やられてないよ」と答えた。脇谷が聞き間違えたと思って、「会社もとうとうやられましたな」と繰り返すと、西山はまた「やられてないよ」という。脇谷は、西山がショックのあまり頭がおかしくなったのではないかと思い、「事務所も建屋もありませんよ」というと、西山は「鉄屋が鉄をつくるのに事務所なんか要るか。現場の隅に机一つもあれば十分だ。工場の機械類は一つもやられていない。人と電気系統と燃料さえあれば、今すぐにでも操業できる」と答えた。その言葉を聞いて脇谷は、（何とこの人は偉いのだろう！）と胸がいっぱいになり、現場で鍛えた岩のような西山の身体にすがりついて男泣きに泣いた。西山は、「もし戦争に敗れて占領されても、敵はこの優秀な工場を廃物にはすまい。いずれ誰かの手でこの機械を動かすだろう。それを我々の手でやりたい。工場の再建は必ず我々の手でやろう」と脇谷を励ました。それから八年後の昭和二十八年六月、戦後初の臨海型銑鋼一貫製鉄所・川崎製鉄千葉製鉄所で行われた溶鉱炉の晴れの火入れ式で、祭主を務める西山に続き、脇谷も会社の労組を代表して玉串《たまぐし》を奉《ほう》奠《てん》している。逆境を乗り越え、葺合工場の再建はもとよりさらなる飛躍を遂げた、まるでドラマのような展開である。

西山の偉業は、もちろん一人だけでできたものではない。従業員、取引先、政財官界の多くの人たちを動かすことによって成し遂げられたものだ。千葉製鉄所建設に着手した頃、川崎製鉄は同業他社比給料が少なく、本社がある花の神戸から、街灯もなく、夜は真っ暗闇になる未開の地・千葉に転勤すると、社宅は病院や遊郭を買い取ったしもた屋だった。しかし、一万人あまりの従業員たちは歯を食いしばり、現場以外では太陽を見ないほど働いて、建設に邁進《まいしん》した。それを可能ならしめたのが、同社社長西山弥太郎のリーダーシップだった。

川崎製鉄（二〇〇二年の粗鋼生産量千二百八十八万トン）は二〇〇三年に日本鋼管（同千三百六十万トン）と合併し、JFEスチールとなった。今日、粗鋼生産量約二千九百九十万トン（二〇一一年、世界鉄鋼協会統計）で日本第二位、世界第九位。成長著しい中国の製鉄会社を除けば、世界第四位の巨大製鉄会社である。しかし、一介の平炉メーカーにすぎなかった川崎製鉄（粗鋼生産量四十四万トン、昭和二十五年）は、西山がいなければ、戦後の混乱期の中で消滅していたかもしれない。

西山がその職業人生で最も影響を受けたのは、明治二十九年から昭和三年まで川崎製鉄の前身である川崎造船所の社長を務め、同社を日本屈指の造船所に育て上げた松方幸《まつかたこう》次郎《じろう》だろう（西山弥太郎は大正八年に同社に入社した）。大蔵大臣や総理大臣を歴任した明治の元勲・松方正義《まさよし》の三男で、西洋美術を蒐集《しゅうしゅう》した「松方コレクション」で知られる人物だ。足が悪く、いつも杖《つえ》を突きながら現場を歩き回る松方は、工員に声をかけては新たな改善のヒントを探していた。また、米国エール大学で育んだリベラルな思想の持ち主で、日本で初めて八時間労働制を導入したり、社内においては肩書に関係なく自由に議論を戦わせ、常に最善の選択を目指していた。おそらく西山は松方に可愛がられていたのだろう。その後の西山の行動を見ると、松方の影響を色濃く受け継いでいることが窺《うかが》える。西山弥太郎の人の動かし方は、以下のように、現代においてそのまま通用するものである。

部下に限りない敬意と愛情

西山弥太郎は東大冶金科卒で、業界最高の栄誉とされる服部漸賞《すすむ》も受賞した超一流の鉄鋼技術者である。しかし若い頃から汗と火傷《やけど》にまみれて現場で働き、七十三歳で亡くなる直前まで、日に数回現場に顔を出し、工員たちに声をかけ、技術者たちと激論を戦わせ、責任者にこまごまと注意をした。

彼が他の経営者とまったく違うところは、従業員に対して限りない敬意と愛情を抱き、それを形に表していた点である。

西山は製鉄所内の現場を見回っているとき、従業員に挨拶をされると、どんなに目下の工員でも、必ず自分も帽子を取って「やあ、ご苦労さん」、「しっかり頼みますよ」とにこやかに答えた。互いに頭を下げて挨拶したとき、平の工員が頭を上げても、社長の西山が頭を下げたままだったこともあった。

転勤が嫌で、直訴してきた工員に対しては、「所属長をとおしていってこい」などとはいわず、「すまない。家族の人にもすまない。けれども、会社の計画に協力してほしい」と、辞を低くして説得し、相手が感激して転勤に応じたこともあった。

労働組合の役員たちが挨拶に来たときは、彼らがソファーで待っている応接室に「大変お待たせしました」と明るい笑顔で入って来て、「いつもご協力を頂きまして有難うございます。皆さんのおかげで会社も順調に発展しております。今年もご苦労をおかけしますが、宜《よろ》しくご協力をお願いします」と深々と一礼してから着席した。

当時、従業員数が二万数千人になった大会社の創業社長が末端の社員に対してもこれだけの敬意を払っていたのだから、人々がついていかないはずがない。

雷落とすだけが能じゃない

西山弥太郎はいつも従業員に対してにこにこしていただけではなかった。役員、部長クラスには特に厳しく、烈火のごとく叱責することもあり、社長室には常にぴりぴりした緊張感が漂っていた。しかし、どんなに厳しく叱られても、従業員たちは、慈愛や温情を感じ、心服したという。そのコツは何か？『鉄のあけぼの』を執筆するため、様々な資料を読んでいて気付いたのは、西山は決して相手の人格攻撃をせず、あくまで仕事の内容について叱っていたということだ。

また、厳しい口調で叱ることもあったが、たいていは「こんなことしとっていいのか」という嘆きや悲しみで、怒鳴られるより、ずっと心に響いたという。

たとえば、重要取引先である石川島造船所（現ＩＨＩ）向けの鋼材の寸法を間違えて、先方からクレームを受けた現場の責任者と検査担当者が、悄然《しょうぜん》として西山のもとに出頭したことがあった。てっきり雷を落とされ、始末書を取られると思っていたところ、西山は静かな口調で「柱に一度打った釘《くぎ》跡は絶対に消えない。今後二度とこのような誤検があってはいけない」と諭し、「夜勤勤務ご苦労であった」と励ました。二人は感激し、この日のことを胸に職務に励んだという。

また、叱るときは短く、一度だけ叱った。たとえば、鉄鉱石を精錬するときに出るノロ（鉱滓《こうさい》）を入れるノロ・バッグに砂利が入っていたのを厳しく叱ったことがあった。しかし、次に来たときは、二度とそのことはいわなかった。「同じことを何度もいわれないだけに、かえってこたえた」と叱られた人間は述懐している。

勤務時間中に忘れ物を取りにロッカーに戻り、ついでに靴を磨いていたのを西山に見つかった外園という工員は「外園、靴を磨くより、腕を磨くことだな」と一言いわれ、縮み上がった。

千葉製鉄所の設計室で、勤務時間中に二人の技師が碁を打ち、ほかの技師たちがまわりで観ていたとき、西山がぬっと部屋に入って来たことがあった。全員が冷や汗を流して凍り付いたが、西山は一言「この部屋は和気藹々《わきあいあい》としていていいなあ」と皮肉をいって去って行ったという。

現場を熟知しているからこそ従業員はついて行った

西山は現場を最重視し、技術者たちには「改善のヒントはすべて現場にある」と常々話し、亡くなるまで作業服姿で日に数回現場に足を運んだ。

製鋼課長時代には、銑鉄とスクラップを溶かす平炉の具合が悪かったので、部下に

「炉を止め、（燃料のガスを送り込む）煙道の中に入って原因を調べろ」と命じた。部下たちが煙道の蓋《ふた》を開けると内部の壁は真っ赤で、到底入れるような状態ではなかったので、しばらく放置して冷やすことにした。二、三時間経ってから行ってみると、壁の色こそ黒くなっていたが、まだ熱くて入れず、一人が「こんな熱いのに入れるかよ！　弥《や》太公《たこう》呼んで来いよ！」といった。そのとき、「おーい、呼びに行かんでも、俺はここにいるぞー」という声が煙道の中から聞こえ、真っ赤な顔をした西山がごそごそと這い出て来たので、一同は大変恐縮したという。

　また、西山に仕事の希望を訊かれた中谷という給仕係の若い従業員が、「僕は起重機の運転工になりたいです」というと、西山は「よし、じゃあ、ついてこい」と工場の中を歩きだし、高さ一三・五メートルのデッキの下まで来ると「さあ、ここを上るぞ」と、壁に取り付けられた猿梯子《ばしご》をもの凄いスピードで上り始めた。中谷も必死で上ったが、途中で怖くなって足が竦《すく》んでしまった。「そんなことでは起重機に乗れんぞ」と西山が現場で鍛えた大きな手を差し出し、中谷の手を取って引き上げた。デッキの上に立った中谷は、そこから下の作業がすべて丸見えなのに驚いた。西山にしょっちゅう細かいことを注意されるので、工員たちは、「いったいどこで見ているのだろう？」と不思議がっていたが、その理由が分かって感心したという。

キャメルとジョニ黒

西山の現場の従業員とのコミュニケーションの道具はタバコだった。作業が一段落するのを見計らって、「どうだ、一服せんか？」とタバコを差し出した。自分は質素な暮らしをしていたが、従業員にふるまうタバコだけは外国産のキャメルだった。そしてタバコをふかしながら「日鉄（日本製鉄）がいい銑鉄をくれんからなあ。よそから買った銑鉄では品質が一定せん。いくらニッケルクロームばかり同じに入れても同じ鋼にはなりゃせん。高炉（溶鉱炉）を持って、銑鉄を自給しなけりゃ駄目なんや」と経営について語り、末端の工員にまで自分の考えを浸透させた。だからこそ、西山が千葉に溶鉱炉を備えた鉄鋼一貫製鉄所を建設すると発表したとき、従業員たちは一丸となって立ち上がり、労働組合は鉄鋼労連を脱退してまで、建設に協力したのである。

西山はまた、工員たちの宴席に呼ばれるのを何よりの楽しみにしていた。家に工員や会社の幹部、取引先などが訪ねて来たときは、普段彼らの口に入らないジョニ黒で歓待し、岩手県久慈市などの地方の工場を訪ねる際も、ジョニ黒を手土産に持参した。

名誉を求めず質素な暮らしに徹した

西山に従業員たちがついて行ったのは、自分を誇ることがなく、業績については必ず「すべて従業員の努力のたまもの」と感謝を口にしていたことも大きい。「自分がやった」とは口が裂けてもいわなかった。

ある工員は、朝鮮戦争で鋼材価格が上昇する少し前に、工場付近に山と積み上げられたスクラップのところに西山に手を引かれて連れて行かれ、「こんなにスクラップを買ったよ。これは会社が買ったのではない。皆が稼いで買ってくれたのだ」と非常に喜んでいわれた。工員は感激して涙が先に出て言葉が出なかったという。

西山は、世間的な名誉に対して徹底して距離を置いた。何度懇請されても鉄鋼連盟の会長職は引き受けず、「日経新聞」の「私の履歴書」の執筆も固辞した。企業経営に関するシリーズ本を出していたダイヤモンド社の社長から「なぜ川崎製鉄がこのように発展したのか、後世の日本企業のために書き遺《のこ》しておきたい」と迫られたときは、しばらく考えてから「わたしが語るのではなく、あなたの質問に答える形にしてもらえるなら」と渋々同意した。

西山は藍綬褒章《らんじゅほうしょう》を受章しているが、受章は、東大冶金科の一年後輩で部下の桑田賢二のほうが二年先だった。おそらく「俺は勲章なんていらないから、桑田にやれよ」といったものと思われる。勲二等を受章したときは「勲章なんてものは、会社の規模と年齢だよ」と淡々としていたという。

また、公私の別には非常に厳しかった。川崎グループの病院である神戸の川崎病院に行ったとき、病院の職員から「社長、お先にどうぞ」といわれても、一般の患者たちにまじってきちんと順番待ちをした。千葉製鉄所で仕事を終えた週末、伊藤忠商事の社員に嫁いでいる娘と孫に会うため、北浦和の伊藤忠の社宅に行くときは、一人で総武線や京浜東北線を乗り継いで行った。西山の家族も公私の別には厳しく、西山が亡くなる前に川崎病院に入院したときは、川崎製鉄から「会社の車を使って下さい」といわれても、電車やタクシーで見舞いに通った。この姿勢は二代目社長の藤本一郎も同様で、出張で駅の立ち食い蕎麦を食べたときに同行の部下が代金を払おうとしたところ、「これは俺が食べたのだから、会社の金で払うべきものではない」と叱り、社長になってから社用以外でゴルフに行くときは、一人でゴルフバッグを担いで阪神電車に乗っていた。

西山は、会社を私物化するなどという発想は皆無で、最後まで自分を一従業員と考えていた。癌で亡くなる前年頃から、帰宅すると「疲れた」「しんどい」と漏らすようになったので、ミツ夫人が「それなら休まれたらどうですか」というと、「いや、会社から給料を頂いている間は、そんな身勝手はできないよ」と答えたという。

従業員たちは、こうした姿を知っていたからこそ、ついて行ったのである。

有無をいわせぬ決めゼリフ

西山は部下の話を聞くときは、決して途中で遮ることなく、最後までじっと耳を傾けた。その際、手元に資料があれば、それに○を付けたり、×を付けたりしながら聞くので、説明をする上司にくっついて行った下の人間は、西山の手元を覗きこんで、考えを推し量った。そして話を聞き終えると、「話は分かった。お前のいうことはもっともだ。

しかし会社には金がない。半分（あるいは三分の一）でやれ」とずばりといったという。「話は分かった。しかし会社には金がない」が決めゼリフで、社長にずばりといわれ、反論できない部下は、知恵を絞り、寝る暇もなく働いて、経費や工期を半分とか三分の一でやらざるを得なくなる。感心するのは、部下たちが「最初は無茶だと思ったが、西山さんに命じられたとおりにやると必ずできた」と述懐していることだ。西山弥太郎は前もって熟考し、できるという見通しがあってはじめて命じていたのだ。

天皇の下で人材が育った

西山は四十四歳で製鉄所長になってから七十三歳で亡くなるまで会社のトップにあり、業界では「天皇」と呼ばれた。しかし、西山亡き後も、二代目社長藤本一郎をはじめとする多彩な人材が輩出し、会社は繁栄を続け、今日世界第九位の製鉄会社となった。その理由は、西山が何事も徹底した議論をした上で、決めていたからだ。西山が出席する「御前会議」では、役員や部長が意見を述べた後、西山が後ろのほうに控えている平社員たちに「お前らはどう思っているんだ？　遠慮なくいってみろ」と発破をかけると、若手社員が「部長はこうおっしゃいましたが、わたしはそうは思いません」と口火を切って、侃侃諤諤《かんかんがくがく》の議論が始まるのが常だった。そういうときは西山も一技術者として議論に参加し、平社員と対等な立場で議論を戦わせた。こうして他社から「野武士集団」と恐れられる力強い企業文化がつくられたのである。

人のいいところだけを見て使う

社員の個性は様々で、欠点のある社員も少なくないことは、川崎製鉄も他社と変わりがなかった。わたしは資料を読みながら、なぜ西山はここまで部下たちに対して辛抱強く寛大なのだろうと思ったが、その疑問は、清野良民先生という、西山を看取《みと》った医師を取材したときに氷解した。清野先生は、西山が亡くなる五年くらい前から付き合いがあり、激務で疲労が蓄積した西山をよくマッサージしていた。そういうとき西山は、戦争中に腹膜炎で亡くした長女のことなど、心の奥深くにあることをぽつりぽつりと語ったが、あるとき当時三十歳過ぎの清野氏に「あなたもいずれ人を使う立場になるだろうけど、その人のいいところだけを見て使うといい」と話したという。わたしはこの話を聞いて、西山弥太郎の人使いの神髄はここにあったのかと思った。

「サンデー毎日」二〇一二年八月十二日号

世のため人のため

昨今、外資で億単位の金を稼いでアーリー・リタイアしたいと考える若者が多いと聞く。

そんな彼らにぜひ知ってほしい人がいる。西山弥太郎さんと温かくも厳しい交渉を繰り広げ、茫漠《ぼうばく》たる葦《あし》の原に世界最大級の川崎製鉄水島製鉄所を誘致し、地元に一万三千人の雇用をもたらした当時の岡山県知事三木行治《みきゆきはる》さんである。

明治三十六年生まれの三木さんは、岡山医科大学を卒業後、岡山簡易保険健康相談所の医師として勤務した。金がない患者には、処方箋に自分の金を添えて渡し、自分も金がないときは腕時計を差し出した。物欲が皆無で、ポケットに五円以上の金があったためしがなく、服はいつも紺サージで、靴はつま先が丸くなったはき古しだった。

三十五歳のときに、請われて東京の厚生省の外局で働き始め、戦後は同省公衆衛生局長にまで昇進した。

昭和二十六年、三木さんの人柄を知る地元の人々に担ぎ出され、岡山県知事に出馬し、当選した。選挙中、昔の処方箋を握り締めて「この地区の票は引き受けましたぞ」と激励しに来た元患者が十人以上いたという。

知事に就任後は、岡山県の発展と県民の生活水準向上のために、文字通り寝食を忘れ、馬車馬のように働いた。公私の別に厳しく、知事選の論功行賞的な昇給や人事は一切やらず、県の部長級の送別会の会場はいつも県庁内の会議室で弁当屋の弁当を食べながらだった。

ある県議から、施設の子どもたちにオルガンを買ってほしいと陳情を受け、趣旨に感動したが、県の予算も自分の金もなかったので、黙って共済組合から金を借りてオルガンを贈った。

昭和三十九年に心筋梗塞《しんきんこうそく》のため六十一歳で亡くなったとき、残ったものは共済組合への借金四十万円だけだった。角膜は二人の失明女性に移植され、劇的な開眼の喜びをもたらした。死後、編纂《へんさん》された追悼文集名は『私なき献身』である。

「神戸新聞」二〇一二年七月三十日

本当に救国の英雄だったのか？　東電・吉田昌郎元所長の功罪

東京電力福島第一原発の所長だった故・吉田昌郎氏は、官邸にいた東電武黒《たけくろ》フェロー（元副社長）からの命令を無視して、独断で原子炉への海水注入を継続し、脚光を浴びた。親分肌の人柄や、首相や東電本店にも物怖じしない豪胆さも相まって、一躍「英雄」になった。一方で、彼を神格化し、批判を許さないメディアや国民の肩入れぶりにはいささかの違和感も覚えた。

わたしは、今般上梓《じょうし》した『ザ・原発所長』の中で、彼の生い立ちと人間形成の過程を明らかにし、功罪を論じるための材料を読者に提供したいと考えた。

本質はお金持ちのお坊ちゃん

メディアで報道されている吉田氏の経歴は大阪教育大学附属高校天王寺《てんのうじ》校舎以降である。わたしはツテを辿《たど》って、幼少時を知る人々に会って話を聞いた。

彼は、菓子・人形・紙器などの商店や問屋が軒を連ねる大阪の松屋《まつや》町筋に近い中央区瓦屋《かわらや》町の出で、金甌《きんおう》小学校（現在は統合され、大阪市立中央小学校）に通っていた。明治六年に開校された小さな小学校で、生徒は瓦屋町の商売人の子弟が大半である。吉田氏の父親は、新商品や営業のアイデアを企業に提供する企画会社「パープルライト」を経営し、のちに六甲山の水を使った飲料水をプロデュースするなど、事業は順調だった。自宅は、金甌小学校のすぐそばの「オートセンタービル」のモダンな公団住宅の最上階で、部屋には当時の金持ちの子弟の象徴であるレーシングカーがあった。両親は一人息子の教育には並々ならぬ力を入れ、当時は珍しい家庭教師も付けていたようである。吉田少年は勉強は非常にでき、また親分肌で、我が強い面もあったという。豊かなコミュニケーション能力や礼儀正しさ、組織や社会への忠誠心、大人になってからの仕事への厳しさなどは、瓦屋町の文化である「商家の躾《しつけ》」によるものだろう。（ちなみに作家の開高健がこの近くの出で、著作に吉田氏が子供時代に遊んだ高津《こうづ》神社などが出てくる。）

その後、吉田氏は大阪教育大学附属天王寺中学校、同高校に進んだ。同校は関西地区でも屈指の難関校だが、受験勉強をまったくさせずに、生徒の自由な発想と議論する力を伸ばすというユニークな教育方針を追求している。同校OBにはiPS細胞でノーベル賞を受賞した山中伸弥氏がおり、吉田氏の同学年には村上世彰《よしあき》氏の兄の村上世博氏（元三菱商事勤務）がいた。同級生によると吉田氏がバンカラに振る舞うのは、一人っ子でお坊ちゃんに見られることへの反発があったのではないかという。また吉田氏は仏教に造詣《ぞうけい》が深く、高校時代から般若心経をそらんじ、旅先では必ずその地の寺を訪れるほどだったが、仏教への興味は、中学・高校が寺田《てらだ》町という、その名の通りお寺が多い地区にあったことと無縁ではないだろう。

現役で東工大に進み、学部で機械物理、大学院で原子核工学を専攻した。東工大の元教授によると、教室内では取り立てて目立つ学生ではなかったという。大学時代に吉田氏の人間形成に影響を与えたのは、むしろボート部での活動だろう。ちょうど東北大漕艇《そうてい》部OBの二人のコーチ（うち一人はローマ五輪代表）を迎え、東工大が低迷期から脱する時期だった。吉田氏は長身を生かしてエイト（八人漕ぎ）の漕手となり、大学二年のときはオックスフォード盾レガッタという全日本学生選手権に準ずる大会で活躍した。その後、腰を痛め選手としては今一つだったが、後輩の指導や相手チームの情報収集役を務め、持ち前の賑《にぎ》やかさとリーダーシップで上下を束ねていた。

また読書家で、中国の古典にも通じており、吉田調書の中で部下から西暦八六九年に東北の太平洋岸を襲った貞観《じょうがん》津波のことを聞いたとき、中国の古典の『貞観政要』を思い出したと話している。

大学院を卒業し、通産省（現経済産業省）の内定を辞退し、東京電力に就職するが、採用面接をした元東電役員によると、当時からスケールが大きく、訊きづらいような質問でもさらりと嫌味なく切り出す話術を身につけていたという。

多趣味で人望もある優秀なサラリーマン

昭和五十四年に東電入社後は、福島第二原発二号機の建設事務所、本店原子力保修課、福島第一原発五・六号機保修課、本店技術部電源計画課、福島第一原発一・二号機保修

課長、電気事業連合会原子力部出向、福島第二原発発電部長、原子力管理部グループマネージャー、福島第一原発一〜四号機ユニット所長などを経て二〇〇七年四月に原子力設備管理部長（五十二歳）、翌年、執行役員原子力設備管理部長、二〇一〇年六月福島第一原発所長（五十五歳）と歩んだ。

仕事ができ、社内での信頼は篤《あつ》かったようである。上からも下からも「吉《よし》やん」と呼ばれ、現場を掌握し、彼に心酔していた社員たちもいた。一見豪放磊落《ごうほうらいらく》に振る舞ってはいたが、内面は繊細で、重圧がかかるとよく下痢をし、見た目ほど体力がないというのは複数の人から聞いた。趣味は競馬、麻雀、ゴルフ、読書、仏教研究と幅広く、競馬も麻雀も玄人跣《くろうとはだし》で、亡くなったあとのお別れの会（二〇一三年八月二十三日）の後で、東電の社員たちがお茶を飲みながら「あのとき吉やんに麻雀でこんなふうにやられた」という話で盛り上がったそうである。組織や業界の論理、上下関係には忠実で、ゴルフに行くときは先輩を後ろに乗せて車で送り迎えしていた。一方で、いうべきことはいう人柄で、資源エネルギー庁の役人に啖呵《たんか》を切って、一時出入り禁止になったこともあるという。

命令無視の五十五分間の海水注入の意味

吉田氏を一躍有名にした一号機への海水注入のエピソードだが、炉心の溶融を防ぐという意味では、まったくの手遅れだった。一号機は緊急用炉心冷却装置の一つであるイソコン（非常用復水器）が動かず、前日（三月十一日）の真夜中頃には原子炉の水が完全に空になって、燃料棒が全部剝き出し状態になり、水を入れた時点で、燃料被覆管のジルコニウムと水が化学反応を起こして、即、炉心溶融した。また二号機は、三号機が爆発したあと九時間ぐらい注水が止まって、炉心溶融。三号機のほうは、三月十三日の午前二時四十四分に緊急用炉心冷却装置の一つであるＨＰＣＩ（高圧注水系）が停まってからベント（減圧）に手間取って、注水するまでに六時間強を要し、炉心溶融した。吉田氏らが必死でやったことは、溶融したあとに水をかけたということだ。

ただし、溶融後もデブリ（溶融物）が崩壊熱を発し続けて、ほうっておくと格納容器の下のコンクリートや鉄筋を溶かして放射性物質を外界に撒き散らすから、冷やして水没させることは必要で、その限りでは海水注入継続は正しい判断だった。

むしろ吉田氏がやったことで意味があったのは、現場に踏みとどまったことだろう。部下たちも「親分」の吉田が迷うことなく、死を覚悟して踏みとどまったので、浮足立たなかった。復旧に必要なバッテリーその他の資機材や防護マスクや食料も極端に不足している中で、彼らが踏みとどまってベントや電気の復旧をしていなければ、原子炉は六つとも爆発し、燃料プールも全部溶融し、東日本が壊滅していた可能性がある。ただし、吉田氏でなくても、当時の武藤栄副社長、横村忠幸柏崎刈羽原発所長、増田尚宏福島第二原発所長らが同じ立場だったら、おそらく吉田氏と同じような行動をとっていたはずだ。

蛇足だが、ヘリまで持っている東電本店がなぜもっと物資や食糧の補給をしなかったのか、首をかしげる関係者は多い。この点を現場の社員が非難すると、本店の担当者は、「被災者も飲まず食わずなんだから、お前たちも飲まず食わずでやれ」といったそうである。

吉田氏への二つの批判

吉田氏は原子力設備管理部長だった二〇〇八年六月に、社内の土木調査グループから、福島第一原発の敷地南側で一五・七メートルの津波が発生する可能性があるという報告を受けた。

しかし、それは三陸沖の波源モデルを福島第一原発に最も厳しくなるように置いて試算したもので、実際にはこのような津波はこないだろうと考え、特段の対策は採らなかった。また部下に対して、原子力安全・保安院からはっきりと試算結果の説明を求められない限り、試算結果を説明する必要はないと指示していた。社団法人土木学会に対して地震調査研究推進本部の予測についての評価を依頼し、福島県沿岸で津波堆積《たいせき》物の調査も実施したが、東京第五検察審査会などから、これらは津波対策をやらないための時間稼ぎであるとの指摘がなされている。かつて資源エネルギー庁と原子力安全・保安院で統括安全審査官を務めた高島賢二氏は「吉田所長は、本社で津波想定をつぶした一人だ」と話している（添田孝史著『原発と大津波　警告を葬った人々』）。

政府事故調の聴取で、東電が大津波対策をしなかったことに関して尋ねられ、吉田氏が「貞観津波（同津波を含む過去の大津波と同等のものに東電・福島原発は備えるべきだと一部の研究者が指摘していた）の波源のところに、マグニチュード九が来るといった人は、今回の地震が来るまで誰もいないわけですから、それをなんで考慮しなかったんだというのは無礼千万だと思っています」「今回（の震災で）二万三千人死にましたね（実際の死者・不明者合計は約一万八千人）。これは誰が殺したんですか。マグニチュード九が来て死んでいるわけです。こちらにいうんだったら、あの人たちが死なないような対策をなぜ打たなかったんだ」と反論しているのは東電と口裏を合わせているように感じられる。

さらに取材の過程で聞いたのだが、吉田氏は原子力設備管理部長時代に、福島第一原発の現場から上がってくる補修や保守点検作業を、コスト削減のために大幅に切り詰め、もしそうしたことがなければ、原発事故も少しはマシだったのではないかという声がある。

吉田氏は頭が切れる上、本店と福島の原発を往復してキャリアを積んで、福島第一を熟知しているため、現場との議論では優位に立っていた。また、吉田調書を読むと、当時は二〇〇七年七月の新潟県中越沖地震で損傷を受けた柏崎刈羽原発の修繕費用に約四千億円、福島の二つの原発の耐震工事にも約一千億円がかかって、経営陣から風当たりが強く、自分でも「わたしは結構銭には厳しくて」と発言するなど、コスト管理に厳しかったことが窺われる。東電の技術者たちの一部からは「亡くなった人を悪くいいたくはないが、安全設計を自分でゆるがせにしておいて、事故が起きたら想定外だといい逃れ、悲劇のヒーローになっているのは許せない」という声がある。

吉田氏が部長時代に却下した安全対策は、防潮堤の建設、地下にあった非常用DG（ディーゼル発電機）の高い場所への移設、冷却用の海水を取り込むポンプの水密化（防水化）などだった模様である。ただし、吉田氏が進めた非常用DGの多重化や海水系ポンプの海水侵入防止工事は津波に対して効果のあるものだった。

吉田昌郎とは何者だったのか？

二〇一三年七月九日に享年五十九（満五十八歳）で亡くなった吉田氏の墓は、板橋区内にある。場所は、都営三田線の駅を降りて徒歩七、八分のところのビル式墓地の三階である。同駅から内幸町《うちさいわい》の東電本店までは一本で行けるので、生前の吉田氏も通勤に使っていたものと思われる。

胸の高さほどの黒御影《みかげ》石の墓は、洋子夫人が建立したもので、「吉田家」と彫られている。同じ墓に、吉田氏が亡くなった七ヶ月後に一人息子の後を追うように八十代後半で亡くなった父親と、今年（二〇一五年）三月に八十代半ばで亡くなった母親の遺骨も納められている。吉田氏の親族は大阪におり、墓もそのあたりにあるはずだが、両親は可愛がっていた息子と一緒に葬られることを望んだのだろう。

二年前の青山葬儀所でのお別れの会には安倍首相、菅《かん》前首相らも参列したが、今は訪れる人も少なく、先日わたしが詣《もう》でたときには、缶ビール一缶と宮崎県の焼酎が一本供えられていた。記帳用のノートを見ると、東工大ボート部OBたちや生前親しくしていた人々が時おり墓参に来ているようだった。フロアーは窓がないオープンエアーで、涼しい夏の風が吹き抜け、外には青空が広がっていた。

『ザ・原発所長』執筆のための二年間の取材を通して見えたのは、社畜でも英雄でもなく、原子力ムラと東京電力の論理の中で忠実に生き、その問題点と矛盾を一身に背負って逝った、一人のサラリーマンの姿だった。

「現代ビジネス」二〇一五年七月二十二日

赤い資源パラノイアvs日の丸油田

中国は、日量三百七十四万バレル（二〇〇七年）を生産する世界第五位の産油国で、かつては石油を自給していた。しかし、一九九一年以来毎年一〇パーセント近い経済成長率とそれに伴うモータリゼーションで、一九九三年に石油製品、一九九六年に原油の純輸入国に転じた。そのため中国政府は経済成長に必要なエネルギーの確保を五輪の金メダル以上に重要な国家目標とし、血眼になって油田やガス田の権益獲得に邁進《まいしん》している。

中国の三大石油会社である中国石油天然ガス集団公司（CNPC）、中国石油化工集団公司（SINOPEC）、中国海洋石油総公司（CNOOC）は、三十数ヶ国で百三十以上の開発権を獲得している。それらは、中国政府の経済援助や武器供与と抱き合わせである。政府首脳による資源国への訪問も活発で、政治局常務委員らによる頻繁な資源国への訪問の他、二〇〇六年には、温家宝《おんかほう》首相が八日間で南アフリカなど七ヶ国、二〇〇七年二月には、胡錦濤《こきんとう》国家主席が、サブサハラの八ヶ国を歴訪した。

ハイリスク地域を席巻《せっけん》する「アンゴラ方式」

中国の資源外交は、国際紛争地帯や国際社会との折り合いが悪い国々で特に活発で、ミャンマーでは、中国海洋石油総公司が二〇〇四年から二〇〇五年にかけて、計六鉱区の石油・天然ガス試掘権を相次いで取得し、アフリカ屈指の産油国スーダンに対する油田開発契約と経済支援は、同国西部ダルフール地方の紛争で約二十万人が虐殺されて国際社会が批難する中で行われ、欧米への債務返済を滞らせるアンゴラに対しても国際援助規範を無視して、二〇〇四年に二十億ドルの借款供与に踏みきった。

借款供与は、実際に資金を融資するのではなく、代金の延払いで、鉄道や道路、橋といったインフラ工事を請け負う形が多い。ある中国の大手建設会社の社長は、米国で開催されたプロジェクト・ファイナンスのセミナーで、「中国はインフラ工事を請け負うと、三千人くらいの労働者を連れて行く。労働者の中には囚人もまじっていて、安全管理はなきに等しいので、一回の工事で百人くらい死ぬ」と話している。死んだ分は新たに補充して、また別の国に行き、工事をする。中国がアフリカで利権を得ているのは、スーダンやアンゴラの他、アルジェリア、リビア、モーリタニア、チャド、ナイジェリアなどの国々である。ただ同然の労働力と引き換えに、石油やガスの利権を手に入れるやり方を「アンゴラ方式」と呼ぶ。

先進国の民間企業は、政治リスクや商業リスクが高いアフリカ諸国では、おいそれとプロジェクトに手を出せない。金融機関も融資ができない。そこに中国がやってきて、人権問題や環境問題にうるさいこともいわず、どんどんインフラを造ってくれるのだから、相手国にとっては、実に有難い話である。そうした国々に恩を売り、借款で縛り付けることで、中国は国連における支持も取り付け、国際社会での発言力を増そうと目論んでいる。

レアメタルなど鉱物資源の獲得についても、中国政府は明確な世界戦略を持ち、積極的に取り組んでいる。二〇〇六年には、青海省《せいかい》とチベットを結ぶ全長一一四五キロメートルの青蔵《せいぞう》鉄道を建設したが、これはチベット付近に存在する大量の銅、鉄鉱石、鉛、亜鉛などの鉱物資源を手に入れるためだ。コンゴ民主共和国に対しては、二〇〇七年に五十億ドルの借款供与に合意し、見返りとして、銅、コバルト、金、ニッケルの採掘権などを得た。ザンビアでは、銅鉱山に巨額の投資を行なっている。その他、南アフリカ、ナミビアと銅や鉄鉱石の買い付け契約を結び、ニジェールでウラニウム探鉱活動を行い、ジンバブエで炭鉱やクロム鉱開発に合意、ガボンで鉄鉱石開発に合意している。

さらに海洋の石油、ガス、鉱物資源もフルに生かすために、東シナ海などで活発に探査活動を行っている。

イランで独走していた下位総合商社トーメン

グローバルな戦略を立て、しばしば人権や国際ルールを踏みにじり、資源獲得に邁進する中国に対し、日本はどうか？　日本政府がかつて海外で推進していた大型プロジェクトに、イランのアザデガン油田開発があった。総額約二十六億ドル（約二千六百億円）という大型案件だ。同プロジェクトは日本のエネルギー政策の問題点ないしは負けパターンを象徴的に示しているので、拙著『エネルギー』の中で、主要なテーマの一つに扱った。

アザデガン油田が発見されたのは一九九九年で、イラン南西部フゼスタン州にある推定埋蔵量二百六十億バレルという超弩級《ちょうどきゅう》の油田だった。これに飛びついたのが、通産省（二〇〇一年一月から経済産業省）である。当時、主要な天下り先であるアラビア石油が保有するサウジアラビアとクウェートにまたがるカフジ油田の権益延長交渉が難航し、同省は「日の丸油田」喪失という失態の瀬戸際にあった（結局、カフジの権益は、サウジ側が二〇〇〇年二月に、クウェート側が二〇〇三年一月に失効した）。また、長年の天下り先だった石油公団の一兆円を超す不良資産が明らかになり、公団は清算される方向にあった。

新聞などでは、アザデガン油田の権益獲得のために、荒井寿光通産審議官や河野博文資源エネルギー庁長官などがイラン入りして話し合いをしたと報じられている。しかし関係者の間では、案件をキャッチし、通産省のためにお膳立《ぜんだ》てをしたのは、イラン・ビジネスで圧倒的な実績を誇っていたトーメン（現豊田通商）であるのは周知の事実である。

二〇〇〇年十月から十一月にかけて、当時のハタミ大統領が来日したときの経済協力案件として、アザデガン油田の優先交渉権が日本側に与えられた。その際に、イランの石油大臣と平沼赳夫通産大臣との間で共同声明が調印され、油田開発における協力が謳《うた》われたほか、圧縮天然ガス自動車の導入促進も挙げられたが、これは、トーメンが東京ガスと組んで進めていた案件である。

優先交渉権の見返りとして、原油の輸出代金を担保とする、三十億ドルの国際協力銀行の融資（オイル・スキーム）が行われることも合意されたが、これもトーメンの得意技だ。同社はイラン政府の意向を受け、過去三回（一九九三年八百六十億円、九四年二千六百億円、九八年六百億円）の取りまとめ実績がある。なお、この三十億ドルのオイル・スキームについては、鈴木宗男議員が、融資した金が北朝鮮からミサイルを買うのに使われるとして反対した。今にして思うと、慧眼《けいがん》というべきだろう。また、イランの油田開発に日本が参画することに対し、米国政府は不快感を示した。

優先交渉権獲得を受け、日本のメディアは「日本の自主開発で最大級」、「荒井通産審議官、メジャー横目に極秘交渉」といった報道をしたが、実は、アザデガン油田は「犬も食わぬ」代物だった。①地層の構造が複雑で、油層も上下数層に分かれており、開発が一筋縄でいかない、②ガソリンや灯油の留分が少ない重質油、③場所がイラクとの国境に近く、油脈がイラクのマジュヌーン油田とつながっている可能性がある、④イラン・イラク戦争の際に埋められた地雷が無数にある、という悪条件が重なっていた。

しかも、イランとの契約が、通常の利権契約や生産物分与契約ではなく、「バイバック」という、外国側にとって妙味の薄い契約だった。これは、油田の開発に投じた機器や人件費のコストに一定の利幅を上乗せし、それに見合う量の原油を受け取るものだ。

資金の回収は十二年半という短い期間で行わなくてはならず、それが終わると日本側は用済みとなり、生産設備をイラン側に引き渡して撤退する。利権契約というよりは、単なる機器とサービスの販売契約で、通産省のいう「日の丸油田」とはほど遠いのが実態だった。

契約の細目は公表されていないが、契約書を実際に見た人によると、「一定の利幅」というのは、金利を含むIRR（内部収益率）でだいたい一〇パーセント程度だという。二〇〇二年十二月に発行されたイランのユーロ建て債券（総額三億七千五百万ユーロ、期間五年）の利回りは七・七五パーセントなので、コストオーバーランが認められず、各種のペナルティが科されるリスクまで負ってやる油田開発と、何もしなくても利子が入ってくるユーロ債の利回りが大差ないという奇妙なことになっていた。

トーメンとともにアザデガン油田の開発を担うことになったのは、通産省系の石油開発会社であるインドネシア石油（現国際石油開発帝石）だった。同社の松尾邦彦社長（当時）は、中小企業庁長官や石油公団理事を務めた元通産官僚だ。下位商社のトーメンと従業員四百人程度のインドネシア石油に、二十億ドルを超える開発資金を調達する力はなく、また、イランの油田開発に反対する米国の盾にするため、インドネシア石油は、松尾社長自ら陣頭指揮をとり、シェル（英蘭）、トタール（仏）、ペトロナス（マレーシア）などの外国大手石油会社に軒並み声をかけた。また、地方国立大学出身で功名心にはやる資源エネルギー庁の石油・天然ガス課長が、日本の商社などを参加させようとして、圧力をかけたといわれる。しかし、「犬も食わない」油田に参加する企業は皆無だった。

「それは依頼ですか、命令ですか？」

そのトーメンが、二〇〇〇年三月からの時価会計導入で債務超過陥落の瀬戸際に立たされた。同社は、ＵＦＪ銀行などから債務免除を受けたほか、トヨタ自動車グループの専門商社・豊田通商から出資を受け、辛うじて生き残った。ところが二〇〇三年になって、フロリダ州選出の共和党の女性下院議員で親イスラエル・反イランのイリアナ・ロス＝レーティネンが、「イラン・リビア制裁法」（イランまたはリビアの石油開発部門に二千万ドル以上投資した者に制裁を科す法律）に違反している可能性のある企業のリストを作り、議会に提出しようとした。その草案の中にはトーメンが入っていた。これがトヨタの奥田碩《ひろし》社長（当時）の耳に入った。

トヨタ自動車にとって北米市場は「トヨタの北米依存の一本足打法」と揶揄《やゆ》されるほどの重要市場であり、貿易摩擦や米国内での批判を回避するため、長年懸命のロビー活動を展開してきた。傘下に入ったトーメンがブラックリストに載るなどという事態になったら、どんな非難を受けるかわからない。ご存じの通り米国企業やその支持者たちは、仮に間違った情報であっても、外国企業にとってマイナスの話であれば直ちに飛びつき、世論をあおり、嵐のような攻撃を仕掛けてくる。

奥田社長は直ちに、イランで「影の日本大使」の異名をとり、アザデガン油田を推進していたトーメンの専務執行役員に連絡をとり、プロジェクトから撤退するよう要請した。この時、トーメンの専務は、奥田氏に「奥田さん、それは依頼ですか、それとも命令ですか?」と訊《き》いたという。当時、トーメンに対するトヨタ自動車グループの持株比率はまだ三割程度で、法律的には経営権はトーメン役員会にあった。当然、依頼であるという返事を予想していた。ところが奥田氏は「これは命令だ!」と答え、トーメンはプロジェクトからの撤退を余儀なくされた。前後して、ブラックリストの草案からトーメンの名前を削除するために、元伊藤忠常務で米国政府とのパイプを持つ近藤剛《たけし》氏(のちバーレーン大使)や外交コンサルタントで当時総理大臣補佐官だった岡本行夫氏が、親日派のアーミテージ国務副長官などを通じて働きかけをしたといわれている。

二〇〇五年のイランの大統領選挙で対外強硬派のアフマディネジャドが当選し、「イスラエルは地図から抹消されるべき」と発言したり、国連による核開発中止要請を拒絶したりしだすと、欧米諸国との関係は急速に悪化し、油田開発を進めようとする日本に対する風当たりが一段と強くなった。一方で、原油価格が上昇し、国際石油開発(旧インドネシア石油)が世界各国(インドネシア、カスピ海沿岸、オーストラリア、中東、南米等)で手がけていた開発案件が儲《もう》かり出し、同社の株主から「なぜ、あんなリスクばっかり大きくて儲からないイランのプロジェクトをやるのか?」という声が上がり始めた。

結局、イラン側からは開発着手時期の遅れ（契約違反）を通告され、すでに開発に投じた九十四億円の回収の目処《めど》が立たないまま、同社は二〇〇六年十月に、七五パーセントを保有していた開発権（残り二五パーセントはイラン側が保有）を一〇パーセントまで引き下げる（六五パーセントをイラン側に譲渡）と発表し、実質的にプロジェクトを棚上げすることになった。アザデガン油田は、経済産業省の焦り、トーメンの商魂、エネ庁の石油・天然ガス課長など関係者の功名心などに推し進められた「省益油田」であり、挫折《ざせつ》するべくして挫折したといえる。

経済産業省の官僚によるスタンドプレーと同省の省益追求第一の姿勢が、資源開発だけでなく、原子力を含む日本のエネルギー政策全般の問題なのである。

「プレジデント」二〇〇八年十月十三日号

【追記】

「アンゴラ方式」の延長線上にあるのが中国主導のＡＩＩＢ（アジアインフラ投資銀行）だろう。中国が日本を何としてでも同行に参加させたいのは、高い信用格付けを得て、ＡＩＩＢの資金調達（債券発行）をやりやすくするのが狙いだ。日本は参加し、欧米諸国とともに拒否権を行使できるグループを形成し、ガバナンスを向上させるべきだという意見もあるが、わたしは当面、距離を置いた方がいいように思う。世銀やＥＢＲＤ（欧州復興開発銀行）のケースでも目の当たりにしたが、多国籍国際金融機関は、参加各国の利害が衝突し、運営は容易ではない。しかもＡＩＩＢは中国が自国の影響力を行使しようと思って創る、動機からしてまともではない組織で、運営で揉《も》めないはずがない。また国際機関は案件の入札条件が厳しく、元々世銀その他の国際機関のプロジェクトで日本企業の受注は少ない。日本には国際協力銀行や日本政策投資銀行のような立派な政府系金融機関があるのだから、アジア開銀とともに、そちらに血税を使ったほうがましだろう。

『法服の王国』を生きた人々（講演録）

わたしが『法服の王国』（産経新聞出版）を書いたのは、十一年前に、思いもよらない裁判に巻き込まれたことがきっかけでした。

「脳梗塞患者だった夫に融資をしたのはあなただと、銀行側は裁判で主張している。本当ですか？」

ある日かかってきた電話で、こう尋ねられたのです。それは、わたしが総合商社の英国法人に勤務していた四十五歳のときで、ＵＦＪ銀行と裁判で争っている方の奥様から、ロンドンの自宅に電話があった。わたしはその債務者の方に会ったことすらありません。仰天して話を聞くと、ＵＦＪ銀行の法務室長とわたしの上司だった元外国為替課長が結託して、融資を行なったのは退職以来「消息不明」のわたしであるということにして、六年にもおよぶ裁判を切り抜けようとしているという。

ここで簡単な自己紹介を致しますと、わたしは、大学卒業後に三和銀行（二〇〇二年に東海銀行と合併し、ＵＦＪ銀行となる）に入社し、そこで十四年間働いたのち、証券会社の英国現地法人で四年、総合商社の英国現地法人に五年あまり勤め、四十六歳から作家専業になりました。銀行を辞めたあとも、住所変更のたびに銀行の年金基金事務局に住所や電話番号を届け出ていましたし、電話のあった当時は、仕事でＵＦＪ銀行ロンドン支店と日常的にコンタクトもあった。にもかかわらず、元上司たちは裁判で、わたしの行方が分からないといい続けていたわけです。

そもそもいったいどんな融資をしていたのかと思って、債務者の方の弁護士に送ってもらった訴訟資料を読むと、これが実に出鱈目《でたらめ》というか滅茶苦茶なことをやっている。まず重度の脳梗塞患者に六億円もの住宅ローンを融資している。さらに、別途十八億円の融資は、いわゆる両建て預金でした。これは債務者が銀行から借り入れた資金をすぐに定期預金にするものです。借入利息と定期預金の金利では、当然、借入利息のほうが高率ですから、顧客はかならず損をする。イギリスやアメリカであれば、こんな融資をした銀行員や銀行経営者は即刻刑務所行きですし、日本でも大蔵省（現財務省）の通達によってかたく禁じられています。

銀行員が、脳梗塞患者の病床に赴いて、医師や家族の立ち会いもなしに、借入手形に署名させた——。この事実を知ってわたしは怒り心頭に発し、二〇〇三年の三月、ロンドンから東京に戻って、原告側証人として東京地裁の証言台に立ちました。

結論からいえば、裁判は、銀行側の全面勝訴に終わりました。確かに債務者側も、銀行から送られてきた取引明細書をチェックしていなかったとか、色々な落ち度があり、債務者の意思能力の有無については、原告・被告双方で争いがありました。

しかし、たとえば住宅ローン契約書の保証人欄の署名捺印《なついん》は偽造でした。これは銀行側も認めています。けれども判決は、「奥さんはご主人から頼まれたら保証していたはずなので、保証債務はある」という理解不能の論理で、妻に連帯保証履行義務があるとした。両建て預金については何のお咎《とが》めもなしです。銀行側の証人たちが「債務者は両建て預金をすると銀行が喜ぶのを知っていて、自分から作ってくれといってきた。重要な顧客だったので、我々は拒否できなかった」と証言して、それを裁判官が鵜呑《うの》みにしたわけです。欧米であればれっきとした犯罪です。

このときの裁判官は東大法学部卒で、最高裁調査官や司法試験考査委員の経験もある、裁判官の中でもエリートコースを歩んできた方です。この裁判に関わったあと、地裁の所長を二つやって、東京高裁の部総括判事を最後に定年退官し、今は一流法科大学院の教授をしています。証人尋問の最中、それも肝心な場面で居眠りをしていたので、裁判中から不信感を持っていましたが、出てきた判決は、ほとんど事実を吟味せず、判断の根拠も明確に示さない、要するに銀行側の主張をつまみ食いした代物だった。

血も涙もある裁判官との出会い

この裁判の一部始終は、『貸し込み』(角川文庫、日経文芸文庫)という小説に書きましたが、こんな裁判がまかり通るのか、日本の司法はどうなっているのかという思いはずっと残りました。それで、「産経新聞」から連載小説の話があったとき、裁判官の世界に徹底的にメスを入れてみたいと申し上げました。

さて、大風呂敷《おおぶろしき》を広げてみたものの、知り合いに裁判官は一人もいません。新聞記事などを読み進めていく中で、強く興味を惹《ひ》かれたのが、大阪高裁の裁判長をしていた竹中省吾《しょうご》さんのことでした。竹中さんは、医療過誤や日照権、難民認定をめぐる訴訟などで人権重視の画期的な判決を数多く出された方ですが、住基ネット訴訟で住民側勝訴の判決を出した三日後に自殺されたという方です。

その竹中さんと司法修習同期の伊東武是《たけよし》先生という元裁判官の弁護士さんが、幸いにも取材に応じて下さり、わたしは初めての裁判官インタビューということで、非常に緊張して神戸に出かけて行きました。伊東先生は竹中さんのことをはじめとして、非常に率直に色々なお話を聞かせて下さって、今思い出しても感謝の気持ちで胸が一杯になります。取材の後半、竹中判事の話から少しそれて、「裁判官をされて、特に記憶に残っていることはどんなことですか？」と訊いてみると、定年退官の少し前に関与された、少年による強盗殺人事件をずっと心の中で引きずっているという。求刑どおり無期懲役判決をい渡したが、このごろはなかなか法務省も仮釈放を認めないので、あの少年を五十、六十の高齢まで刑務所につないでおくのか、本当にそれ以外に判決のありようがなかったのか、今でも考えているとおっしゃったのです。こんな血も涙もある人が裁判官をやっているのかと、目から鱗《うろこ》が落ちた気分でした。

裁判官の生き様や仕事を表現するには、具体的な裁判事件を通じて描くのが一番分かりやすい。そこで、竹中さんが担当された事件の中でも最も有名な、尼崎《あまがさき》公害訴訟を調べることにしました。国道や高速道路の排気ガスに苦しんでいた兵庫県尼崎市の住民が、国と阪神高速道路公団を相手に損害賠償などを求めて訴えた裁判で、二〇〇〇年一月に、竹中さんが神戸地裁の裁判長として、損害賠償と浮遊粒子状物質（ＳＰＭ）排出の一部差止を命じた。国の行政権限に裁判所が踏み込んでストップをかけたのは、大阪空港訴訟の控訴審で、大阪高裁が午後九時以降の航空機飛行を禁止する判決を出して以来、二十五年ぶりのことでした。

ところが、公害訴訟を詳細に描くとなると、昭和四十年代、五十年代を舞台にする必要がある。読者は厳しいですから、昔のことを書くと読んでくれない。資料を抱えて頭を悩ませていたところに、3・11の大震災が起き、原発の建設や運転差し止めを求めてきた一連の裁判に大きな注目が集まった。原発訴訟は、ご存知のように、国や電力会社が勝つと相場が決まっていて、これまで原告の住民側が勝ったのはもんじゅの控訴審と志賀《しか》原発2号機の一審だけ。その二つも上級審で覆されています。いったいどうしてそういう判決になるのか？　一度徹底解明してみようと考えました。

原発訴訟を描く

立教大学の「共生社会研究センター」は、当時、池袋キャンパスの片隅にある小さな研究所でしたが、伊方原発の訴訟記録がほぼすべて保管されています。ここに通って、原告団による訴訟ニュースを読んでいくと、傍聴人が証人尋問で「わしら田舎もんはどうなってもええんちゅうんかい!?」とヤジを飛ばしたり、裁判長に「検事さんも権力の代表じゃなしに、国民の代表として尋問されるんですから、ああいうような意地の悪い質問なんかさせんように、裁判所が命令すべきじゃないですか」と注文を付けたりする様子が、こと細かに記録されている。裁判長が原発事故の確率に関して「百万に一つは当たるような感じがするんですけどね。私の理解が足りないのか……」とぼやいたことまで書かれています。実際の裁判が目に浮かぶようで、これは面白いと思いました。

同時に、資料をひも解くうち、日本の裁判所の問題点を端的に表すようなエピソードにも遭遇しました。一九七七年、松山地裁での一審の結審直前に、裁判長と左陪席が二人一度に異動になったことです。四年におよんだ伊方原発訴訟では、原発の危険性と安全審査の経緯が網羅的に争われ、相当な数の証人尋問もされました。国が敗れれば、すでに提起されていた福島第二原発や東海第二原発訴訟のみならず、国の原発推進政策に大きな影響を与えることは確実だった。そういう重要な場面で、裁判長と左陪席が揃って代えられたわけです。原告側は激しく反発し、『法服の王国』にも書いたとおり、藤田一良《かずよし》弁護団長らは最高裁まで出向いて抗議しました。

けれども、この人事異動がどういう経緯で発令されたのかは分からない。日弁連の前事務総長で、原発訴訟に詳しい海渡雄一《かいどゆういち》弁護士に取材させていただいたとき、「もしも原告勝訴の判決を書こうとしていて交代させられたんなら大スキャンダルになるよ」とけしかけられ（笑）、わたしもこのあたりの経緯を追ってみることにしました。当時の裁判に関与した裁判官のうち、ただ一人ご存命の八十二歳の右陪席の方が、電話で取材に応じて下さいましたが、少なくともその方にとっては、最高裁事務総局で明らかな企《たくら》みがあったようには感じられなかった、ということでした。

しかし、事務総局が伊方原発訴訟で何とか国を勝たせたいと考えていたことは、二人の異動の半年前の一九七六年十月に中央協議会（裁判官会同）を開いて、これまで深刻な原発事故は起きていないから、住民側を「原告適格なし」で門前払いしても不都合はない、との見解に誘導していることからも分かります。その右陪席の方も、結審直前に元裁判官の国側の訟務検事が訴えを棄却しろといい出したので驚いた、その意見は最高裁事務総局にも行っていたはずだと仰《おっしゃ》っていました。

その前後に、最高裁事務総局の人事局に勤務されていた方にも、この異動について訊いてみたところ、「伊方のときは長沼ナイキのような判決（一審判決で、自衛隊は憲法九条のいう「戦力」にあたり違憲であるとした）が出ないように、慮《おもんぱか》りが働いていたのではないか。大事な裁判の結審直前に裁判長を代えるようなことは普通やらない。石田和外《かずと》や矢口洪一《やぐちこういち》の時代は、裁判所も自信を持っていたから、そんなのへっちゃらだったのかもしれない」といっておられました。

これとは別に、右陪席の方への取材からはっきり分かったのは、裁判官が、原発の危険性や安全審査の経緯を十分に理解できないまま、判決を書いていたということです。これは、人事異動に関する経緯より、重大な話であるように思います。

その方が何とおっしゃったか。「判決を書くなら早くやらなくてはいけないということで、所長室の隣りの部屋を専用の作業部屋にして、夏休みを返上して作業にあたった。しかし、原告・被告双方から論文のような書面が山ほど出てきて、目を通すのがやっとだった。左陪席の判事補も週に一回くらい手伝ってくれたが、東大の物理学教室の論文みたいなものばかりで、自分には理解できなかった。一方で、裁判長と、原告適格なしで門前払いにするかどうか話したけれども、文書提出命令で高松高裁に二回も迷惑をかけているので、それはできないといわれた」ということでした。

高裁に迷惑をかけたとは、原告側から、安全審査資料の文書提出命令の中立がなされて、それを松山地裁で認めたので、国側が即時抗告し、結果として高松高裁が地裁決定を支持したということが二度あったのです。要は、本訴を門前払いにすると、高松高裁が一から事実審理をしなくてはならなくなる。それは地裁としては避けたいと。その右陪席の方は、家のどこかから当時の判決文も引っ張り出してきてこういわれたので、この辺りの経緯は間違いないと思われます。結局のところ、彼らの忠誠心は裁判の当事者ではなく、高裁のほうを向いていたということです。

わたしはすべての原発訴訟について調べたわけではありませんが、裁判所にマンパワーがない状況で判決が出されていた、あるいは最初から結論ありきで判決が書かれたケースが少なくないのではないかという感触を持っています。

戦後司法界の巨人

『法服の王国』では、原発訴訟が一つの大きな柱になっていますが、立場の違う三人の主人公の生き方を交錯させて、裁判官の世界を立体的に描こうと思いました。

主人公の一人は、気骨のドサ回り裁判官・村木健吾で、竹中省吾さんを幹《みき》にして、志賀原発2号機の一審の裁判長を務められた井戸謙一《いどけんいち》先生や、裁判官懇話会で世話人をされた方々の要素を入れて人物像を作りました。これに対してエリート司法官僚の道を歩んでいく同期の津崎守という、もう一人の主人公を作ったのですが、こちらは特定のモデルはいません。頭が切れて性格が激しいところなどが竹崎博允《ひろのぶ》最高裁長官にたまたま似ているので、「竹崎長官は高校時代に両親を亡くされているのですか？」と訊くような方がたまにいて、竹崎さんには申し訳なく思っています。

また、この津崎の義理の伯父として、辣腕司法官僚で、最高裁長官になる弓削晃太郎という登場人物も作りました。モデルが誰かは一目瞭然ですので、あえて申し上げませんが、人物造形の資料として一番役に立ったのは、元最高裁長官矢口洪一さんのオーラルヒストリーでした。これは東大名誉教授の御厨貴《みくりやたかし》先生が中心になって聞き取ったもので、全部で三百ページほどあります。このオーラルヒストリーを読んでみますと、矢口さんの思想には、裁判官至上主義への反発、そして裁判所内の刑事裁判官の派閥に対する反発が色濃く見られる。「多少は法律を知っていなければいけないが、裁判なんてものは良識の問題だ」というような発言が繰り返し出てきます。

その矢口さんは、一九九九年十一月、御茶ノ水の専修大学で開かれた全国裁判官懇話会に出席して、講演をしています。青法協（青年法律家協会）・裁判官懇話会弾圧の張本人である矢口さんを呼ぶかどうかについては、懇話会の内部でも様々な議論があったそうです。そのときの記録（判例時報社刊『自立する葦《あし》』に収録）を読むと、双方とも感情を抑え、質疑応答は淡々と進んだようですが、非常に緊迫感のあるやり取りが行なわれていたことが覗《うかが》える。

この講演の日に矢口さんの送迎係をされた懇話会の世話人の裁判官の方にも話を伺いました。会のあと、矢口さんのマンションがある日赤病院跡の広尾ガーデンヒルズに向かう帰りのタクシーで、その方は「矢口さんは裁判官としてどういう立場を貫いてこられましたか？」と、乾坤一擲《けんこんいってき》の質問をされたそうです。それに対する答えはただ一言、「俺はずっと野党だった」というものだった。裁判所の保守本流を歩いてきた人物から、意外な言葉が返ってきたので、非常に興味をかき立てられたそうです。

わたしは、矢口さんに仕えたことのある元裁判官の方に、この「野党」発言の真意について質問をしてみました。そうしましたら、メールで、次のような内容のお返事をいただいた。
①矢口氏が目指したのは、三流官庁と見られていた裁判所を、他の行政庁と肩を並べ

るものにするということだった。裁判官を裁判所内で養成していても駄目だ、裁判至上主義の裁判官の指導を受けても何にもならない、行政庁で研修を受けるのがよい、外で勉強するのがよいという考えだった。

②矢口氏が民事局長になった頃は、裁判所の主流派は、石田和外、岸盛一《せいいち》、矢崎憲正《のりまさ》といった「刑事閥」だった。「刑事閥」も裁判所の権限を強めたいとの思いは同じだったが、そのために自民党の政治力に頼り、予算編成の際には、自民党の治安維持関係の議員に陳情して、裁判官や法廷警備員の増員に丸印を付けてもらう、通称「丸政《まるせい》」ということをやっていた。その結果、政治家につけ入られ、宮本康昭《やすあき》判事補再任拒否問題も起きた。矢口氏は宮本問題のような対処の仕方にも反対で、自ら権力を握ると、「丸政」を止《や》めさせた。

③「刑事閥」に限らず、民事系の裁判官の中にも、矢口氏の、裁判など誰にでもできるという思想には反発する者が多い。矢口氏は、裁判員制度の導入にあたっても、終始裁判所内部から反対を受けた。そういう意味で、彼は長官になってからも野党だった。

一九七一年の宮本康昭判事補の再任拒否問題に関しては、矢口さん自身が「宮本問題がなかったら、自分は民事局長止まりだったと思う」と話していたそうです。刑事閥の力を削《そ》がない限り、自分は権力を掌握できない。今は、刑事閥の意向にしたがって宮本判事補を切るが、いずれ裁判所の運営を自分流に変えていこうとの思いを持っていたのだと思います。

ちなみにこの頃の『佐藤榮作日記』(朝日新聞社刊)を見てみますと、同じ一九七一年四月六日の欄に、阪口徳雄《とくお》修習生罷免問題と宮本判事補再任拒否について、次のように書かれています。

〈十時から定例閣議、後、春の叙勲の打ち合せ。閣議では問題の判事の任命の件。この方は最高才《ママ》の長官の進達通り発令。而《しこう》して青法協の問題で一名を再採用しない事と、も一つは青法協の為資格を与へぬ事とした例の研修終了《ママ》を認めない事。当然問題となる事と思ふが、今日の問題にして明確な態度を打ち出す事、後者に於《お》いては小生の叙勲の問題もあるが、此《こ》の際は明確にしないで何《いず》れあらためて確認の予定。〉

青法協だから宮本判事補を再任しない、青法協だから阪口修習生を罷免する、それによって自分の勲章に影響が出るかもしれないのが気にかかる、とこういうことです。

裁判官の世界に望むこと

私は大学を出て以来二十三年と四ヶ月、金融の世界におりましたので、根っこは金融界の人間です。そこで「金融マンは見た」という観点から、『法服の王国』を執筆して感じたこと、これからの「裁判官の世界」に望むことを五点ほど申し上げます。

まず、裁判所と金融機関の違いとして、裁判所では、明確な形で結果に対する責任を問うということが、あまり行なわれていないのではないか。

私がおりました銀行では、焦げ付きが出ると通称「バッテン・シート」が作成されました。これは横書きの大きな用紙に、融資をした経緯や、焦げ付き・回収不能にいたった際の対応状況が時系列で書かれるもので、各時点での直接の担当者、融資課長、支店次長、副支店長、支店長が内容を確認して、判子をつかされる。私もサダム・フセインがクウェートに侵攻したおかげで、クウェート向け融資が一時焦げ付いて、判子をついたことがあります。

このシートが出来上がると、それを本店の審査部と人事部が詳細に吟味して、どの時点で誰にどういう落ち度があったかを評定する。その後、葉書くらいの大きさの通称「赤紙」が賞与通知書と同じ封筒に入ってきて、あなたはこの焦げ付き案件に責任があるので、ボーナスをこれだけ減らしましたと通告されます。焦げ付きが多いと左遷か降格です。

こういうシステムは、裁判官の世界には見られない。一方、足利事件を始め、誤判や冤罪は、結構起きているわけです。裁判官の独立の問題もありますので、「バッテン・シート」を作れとは申しませんが、無実の人を罰してしまった、あるいは誤判をした原因の究明と対策は、しっかりなされるべきだと思います。それから各地の弁護士会は、再任候補の裁判官に関するアンケートで、数多く詳細な評価を書き込み、それらを再任の是非に確実に反映させてほしい。

二点目ですが、やはり裁判官は過剰労働状態にあるのではないか。木谷明《きたにあきら》さんとか原田國男《くにお》さんのような、無罪判決を三十件くらい出された著名な裁判官がおられますが、このお二人だけに無罪の事件が行っているわけではないはずです。とすると本来、無罪になってしかるべき事件の数は、裁判官の数にたとえば三十件を乗じた数のはずで、膨大な数の冤罪事件が生み出されている可能性もある。取材の中で、ある元裁判官の方は「無罪判決を一つ書くには膨大なエネルギーがいる。そんなエネルギーがあるんなら処理件数を上げたほうがいい」と、わりとさらっといわれた。よく考えると恐い発言です。限られた時間の中、処理件数という評価基準に追われていると、有罪にして事件を処理してしまおうという誘惑にかられるのかもしれない。最近、長野地裁飯田支部の裁判官が民事訴訟の被告に対して「あなたの審理が終わらないので、上司から怒られている。左遷の話まで出ている」と法廷で発言して、その被告の方から訴えられて慰謝料三万円の支払いを命じられるという事件もありました。

取材でお会いした裁判官の方々に、仕事量の問題について尋ねると、「今より少なかったら税金の無駄遣いになる」という方もいましたが、大多数はやはり忙しすぎるとおっしゃっていました。いくら頑張れといっても、過剰労働状態ではいい仕事ができるはずがない。精神論に限界があるのは第二次世界大戦の敗北で実証済みです。裁判官の増員が必要だと思います。

法曹一元とディスカバリー

三点目として、やはり裁判官には、四十歳以上の人がなってほしい。すなわち法曹一元です。私の住むイギリスでは、裁判官は原則四十歳以上の法律実務家の中から選ばれています。ブレア元首相の兄・ウィリアム・ブレア氏も六年前までは売れっ子の弁護士でしたが、今は裁判官になっています。「ザ・タイムズ」紙の東京支局長リチャード・ロイド・パリー氏も、日本の裁判官の印象について「経験豊かな法廷弁護士から裁判官が選出されるイギリスとは異なり、日本の裁判官はそれ自体が専門職である。つまり、大学を卒業したばかりの若者（ほとんどが男性）が裁判官となり、定年を迎えるまでほかの職業を経験しないケースさえあるのだ。西洋人の眼から見ると、そんな新人裁判官——柔和な顔つきで、ふっくらとした顔にニキビが残る若者——はあまりに若く、裁判官として適任とは思えなかった」と、二〇〇〇年に起きた英国航空元客室乗務員のルーシー・ブラックマン殺害事件に関するノンフィクション『黒い迷宮』（早川書房刊）の中で書いています。

どんなタイプの訴訟でも、裁判官には、人の心の動き、人情を理解することが求められるはずです。外の世界と接触の少ない世界で、裁判の当事者よりも、内部の勉強会のことばかり気にして生活していると、世間と感覚がずれてくるのではないか。内向きの組織にいると、組織の上だけを見るようになるのは、裁判官だけの話ではありません。

わたしは銀行、証券会社、総合商社、作家と転職しましたが、職場を変わるたび、業界や会社ごとに考え方や価値観が異なるということを身をもって感じました。作家になってからは、特にそう強く感じます。大傑作を書いたと自信満々で出版した途端に、いきなりアマゾンで一つ星の評価を付けられたりして（笑）、本当に世の中には多様な価値観があると痛感します。

四点目ですが、効率的で公正な裁判の実現のためにも、また裁判官の負担軽減のためにも、ディスカバリーという強制的な証拠開示制度を導入してほしい。

アメリカやイギリスでは、訴訟を提起すれば、当事者は相手方の持つ文書を広範囲に閲覧できる。これは稟議《りんぎ》書その他の企業内文書に限らず、たとえば従業員が個人的に保管する文書やEメール、会議の非公式メモなど、関連するすべての記録が対象とされます。裁判が始まる前に一年〜一年半かけてこうした証拠開示を行ない、証人尋問は比較的短期間で集中的に済ませている。

発光ダイオードの特許をめぐって、昔の勤務先の日亜化学と争った中村修二さんも、二〇一一年十一月の日弁連のシンポジウムで次のように発言しています。「日亜化学側が証拠を持っているのに、日本の裁判では、出せといっても『嫌です』で終わりである。素晴らしい日本ですよ。焼却処分オーケーだし、証拠書類でまずいのは全部『嫌だ』でとおす。それで自分らに都合のいい証拠書類だけ出して裁判です」、「日本の裁判に弁護士は要らないんじゃないか。裁判長の判決のやり方は、足して二で割る落としどころ判決で、どちらを勝たせたら、どれだけ多くの人が利益を得るかの利益衡量判決である。正義を追求したいから裁判を起こすのであって、誰もそんな落としどころ判決や利益衡量判決なんか期待していない」と。

日本では、文書提出命令を出したがらない裁判官が多い。事務総局の課長をへて、本庁の判事をされている方にインタビューした際も、「文書提出命令を出さないのは、不服申し立てをされて最高裁まで行ったりすると、それだけで一年くらい訴訟の進行が遅れるから」とおっしゃっていた。わたしもＵＦＪ銀行との裁判で、銀行はどういう証拠書類を持っていて、その書類が何を明らかにするのかを説明する陳述書を何度も書きましたが、結局、裁判官は命令を出しませんでした。

しかし、ディスカバリーの制度があれば、個人でも、銀行や大企業に太刀打ちできる。しかもこれは裁判所外の手続きですから、マンパワー不足の日本の裁判所にも負担がかかりません。ディスカバリーの過程で、勝敗の帰趨《きすう》が見えてきますので、当事者間で和解の交渉が始まったり、裁判所から和解勧告があったりして、事件がトライアル（法廷での審理）まで行くケースは少ないそうです。アメリカの訴訟では、弁護士はエネルギーの八割をディスカバリーに費やすといわれます。弁護士の数が過剰気味とされ、予算の制限で裁判官を急速に増やすのが難しい日本の現状にも適しているのではないでしょうか。

矢口洪一さんはかつて、当事者が納得せざるを得ないような法曹界の長老を裁判官にするとよい、長老に負担をかけないように、弁護士が事前に整理作業をして、その上で判決を委ねるべきだと、本音がどこにあるのか今一つ分からない法曹一元論を唱えていました。しかし、ディスカバリーの制度を導入すると、結局、矢口さんが主張していたタイプの法曹一元制度になるわけで、これはなかなか面白い符合だと思います。

五点目、私が日本の裁判を経験してみて驚いたのは、日本の裁判は嘘のつき放題であるということです。証拠開示との関連でいえば、ＵＦＪ銀行は争点に関わる書類でも、紛失したとか、見あたらないと平気で主張した。先ほどの中村修二さんのケースのように、これはほかの大企業とか役所でも同じことです。しかも、自分たちに都合がいい状況になってくると「たまたま見つかった」といって書類を出してくる。そもそも日本の銀行などは、書類の管理システムが恐ろしくきちんとしていますから、失《な》くすということなどあるわけがないのです。

ロンドンの金融街シティでは、my word is my bond というシティの精神を表す言葉があります。「私の担保は私の言葉」という意味です。ロンドン証券取引所の紋章にもこの言葉が dictum meum pactum というラテン語で刻み込まれています。一度口にしたことは命を懸けても果たす。それほど言葉の持つ意味が重い。あちらの新聞を読んでいますと、perjury とか perverting the course of justice という言葉をよく目にします。偽証と司法妨害罪です。法廷で嘘をつくと、たちどころにこれらの罪に問われる。作家で国会議員だったジェフリー・アーチャーも、自分の買春疑惑を報じた新聞を名誉棄損で訴えた裁判で、偽のアリバイを作ったとして、懲役四年の実刑判決を受けました。ディスカバリーを忠実に実行しないと厳罰ですし、文書提出命令にしたがわないと、その文書が関連している争点については相手方の主張を認めたものとみなされる。

嘘は刑罰の対象である、という意識が根付いていて、それが公正な裁判を担保しているのだと思います。日本は近代化以降、欧米の裁判制度を取り入れましたが、実質的に嘘を許しているので、制度が「ざる」になっている。嘘について厳しく対処すれば、裁判の効率が上がって、裁判官の負担もぐっと少なくなるはずです。

〝親であり、友人である〟憲法

最後に、『法服の王国』の取材で多くの裁判官や弁護士さんにお会いするなかで、一つ、強く感じたことをお話しします。それは日本国憲法ができた当時の人々の喜びと、これを護《まも》っていかなくてはならないという思いが、今とは比べものにならないほど強かったことです。戦前、また昭和二十年前後に生まれた人の多くは、本当に熱い思いを、憲法に対して持っていた。そういう真摯《しんし》な思いから、青年法律家協会に入り、全国裁判官懇話会で活動していた方々がたくさんいた。竹中省吾さんの同期の伊東武是先生に、「青法協や裁判官懇話会を辞めようと思ったことはありませんか？」と尋ねましたら、「どんなに迫害されても、私も竹中さんもそういうことは一度も考えたことはありません！」と決然としておっしゃった。

『法服の王国』にも書きましたが、一九八〇年代、誤解や偏見のために若いメンバーが集まらず、また会自体の活動が不活発になったために、青法協の裁判官部会だけ分離独立をするという話が持ち上がった。この話し合いの場で、これまで中心的メンバーだった修習十期の裁判官の方は、「きみたちは日本国憲法をどう考えているのか？　自分にとっては親であり、友人である。きみたちは観念でしか戦争を知らない」と語っておられたそうです。空襲、また戦後の極端な食糧難の時代をへて、その方が中学生になった頃、ようやく対日講和条約が発効し、日本が独立した。それと同時に、憲法改正の動きが見られるようになり、後の安保改定騒動でも、平和憲法が踏みにじられるのではないかと、つねに懸念を抱いていたそうです。昭和二十一年の春、神職の資格を取るために勉強していた京都から北海道に戻るとき、食べ物がなくて死にそうな思いをしたわたしの父も、やはり戦争の悲惨さを身をもって体験しています。

今、別の作品の取材で、終戦直後にＧＨＱ（連合国総司令部）で働いていた川本稔《かわもとみのる》さんという九十三歳の日系三世の方を取材していますが、日本国憲法を始めとする様々な法律が、戦後の混乱と流動的な国際情勢の中で作られていったということがよく分かります。川本さんによると、我妻栄《わがつまさかえ》さん（民法学者、東大法学部長）が呼び出されてＧＨＱに初めてやって来たとき、「My name is my wife」と自己紹介して、幹部たちの大笑いを取ったそうです（笑）。それでＧＨＱのアメリカ人スタッフが我妻さんに「primer of democracy」すなわち民主主義についての入門書を書くよう話すと、我妻さんは「民主主義とは何ですか？」と訊《き》かれ、「書けといわれても自分は民主主義を知らないので書けない」とおっしゃったそうです。一緒にいた文部省の局長も「民主主義とはだいたいこういうものらしいけど、我々は詳しくは知らないから、これから何年間かかけて研究しようと思っている」と答えたという。

アメリカの対日政策は、一九四八年の秋頃までは、日本を二度と欧米に逆らえないような農業国にするというもので、日本国民の生活水準は、日本が侵略したアジアの国々以下に留《とど》めるべきだという意見まであった。そうした状況下で日本国憲法が作られ、一九四七年五月三日から施行された。軍備は一切持たせないように憲法九条の規定も設けられました。ところが共産主義勢力が強まると、アメリカは対日政策を転換して、アジアの防波堤として日本の産業復興と再軍備を強く促すようになった。そのために憲法九条の文言が現実と明らかに矛盾するようになって、混乱を引き起こしたわけです。わたしは改憲論者ではありませんが、こうした経緯をふり返れば、憲法改正の議論が出て来ても、それ自体はおかしくないと思います。

しかし、ただ一つ忘れてはいけないのは、戦争の悲惨さと、戦後、日本国憲法ができたときの人々の滾《たぎ》るような喜び。そして、ようやく手に入れた自由と平和を護っていこうという固い決意であると思います。改憲とか法律改正の議論をするにしても、この原点を忘れての議論はあってはならないと思います。

（＊本稿は、二〇一四年二月十五日に行なわれた「法曹一元連続シンポジウム（第三回）原発訴訟は何故勝てなかったのか？　法服の王国から考える」（京都弁護士会主催）における講演録を抜粋したものです。）

「世界」二〇一四年五月号

第四章　作家になるまで、なってみて

父のおやつ

わたしの故郷は北海道北西部、旭川から留萌《るもい》に行く途中にある秩父別《ちっぷべつ》という小さな稲作の町である。明治二十九年に曾祖父（ただし血は繋がっていない）が家族四人を連れて徳島県から屯田兵として入植した。当時、鬱蒼《うっそう》とした森林に覆われ、冬は零下三十度を下回る極寒の地で、熊、狐、狸の棲家《すみか》だった。

曾祖父のあとを継いだ祖父は、米、麦、ジャガイモなどを作っていた。秋になると、収穫物を売った金を腹巻に入れ、春先にツケで買った日用品の代金を払って歩くと、いくらも残らなかったという。食えないので農家を諦《あきら》め、隣町の役場の職員になり、その後、神主の資格を取り、秩父別に戻って神社の宮司になった。

わたしの父は十八歳だった昭和二十一年の春に、京都の國學院で神主の資格を取り、祖父と一緒に神社を運営していた。わたしは二五キロメートルほど離れた赤平《あかびら》市で生まれたが、生みの両親が離婚したため、生後七ヶ月で父にもらわれた。

元々農家だった祖父は、社務所の周りに四分の一ヘクタールくらいの畑を作り、父に教えながら、野菜を作っていた。種類は、トウモロコシ、大豆、小豆、ソラマメ、大根、スイカ、トマト、カボチャ、キャベツ、人参、キュウリ、茄子《なす》、瓜《うり》など、実に多岐にわたっていた。庭にはブドウ棚があり、そのそばにイチゴ畑もあった。肥料は人糞《じんぷん》で、よく父が肥桶《こえおけ》を担いで畑に撒いていた。当時お尻は新聞紙で拭《ふ》いていたので、風のある日は、人糞と一緒に撒かれた使用済みの茶色い新聞紙が土埃《つちぼこり》と一緒に畑で舞っていた。

「お前たち、お父さんが美味いもの食わせてやるからな」

わたしが小学生だった頃、ジャガイモを収穫した父がいった。

(何が美味いものなんだ?)

半信半疑のわたしの目の前で、父は、直径が二、三センチほどのできそこないのジャガイモばかりを選び、包丁で皮を剝き、天ぷら油を沸騰させて、その中に放り込んだ。そして狐色に揚がったジャガイモを皿に盛り、塩と粉チーズを振りかけた。

妹たちと一緒に、それを一口食べたわたしは驚愕《きょうがく》した。

(この世に、こんな美味い食べ物があったのか!)

ほくほくと甘いジャガイモの上で、チーズが鼻腔《びこう》を刺激する香りを立て、塩がきりりと味を引き締める。昔から食い意地の張っていたわたしは夢中で食べた。

今、住んでいる英国も、ジャガイモをよく食べる国だ。スーパーで冷凍食品のジャガイモを買って来て、オーブンで焼き、塩と粉チーズをかけて食べるたびに、「父のおやつ」を思い出す。

八十六歳になった父は、ずいぶん前に神職を引退し、札幌近郊の町に引っ越した。家のそばに十坪ほどの畑を作り、今も趣味で野菜を作っている。かなり本格的な野菜作りで、近所で評判らしい。

「朝日新聞」二〇一四年四月十九日

【追記】

このエッセイを読んで喜んだ父は、七ヶ月後に八十七歳で亡くなった。その直前まで畑の手入れをしたり、いつもと変わらぬ暮らしをしていたが、ある朝「息がしづらい」といって病院に行ったところ間質性肺炎で、付き添っていた妹は医師から「覚悟をして下さい」と告げられ、驚いたという。報《しら》せを受けたわたしは、週刊誌で連載していた『ザ・原発所長』があと二回分残っていて、大量の資料を抱えて帰国するわけにもいかず、母や妹に電話やメールで病状を聞きながら執筆を続けた。父はなんとか保《も》ち、連載の最終回を書き上げて、週刊誌の編集部に原稿をメールで送信した十六分後に亡くなった。入院から八日後のことだった。わたしは翌日の飛行機でロンドンを発ち、通夜と葬儀に出席した。父は昔から大酒飲みでタバコも吸い、てっきり六十代で死ぬと思っていたが、ずいぶんと長生きしたものだ。故郷の我が家で食べていた野菜のほとんどは、父が人糞を撒いて育てたものだったので、あのオーガニックの野菜が効いたのかもしれない。

秩父別町と「十六歳の原点」

〽流れ流る、　雨竜川
歴史尊き　秩父別
拓きし父祖の　勲《いさお》しを
共に頌《うた》わん　いざわれら
（秩父別小学校校歌）

わたしが秩父別町に住んだのは、高校を卒業する十八歳まででした。そのため思い出といえば、子どもの目線からのものばかりです。特に記憶に残っていて、折にふれて思い出すのは、豊かな自然です。

小学校時代の夏休みは毎朝のように、実家である秩父《ちっぷ》神社の裏の林に出かけて、蟬やクワガタムシ獲《と》りをしました。水田や池、川の上にはオニヤンマ、ギンヤンマ、シオカラトンボなどが飛んでいて、捕虫網を左右に振り続けると、不思議なことにトンボが寄ってきて捕まえられるのです。秋になると、たくさんの赤トンボがとまって軒先や竹竿《たけざお》が燃えるように真っ赤になっていたのを思い出します。三条の山では、トノサマバッタやキリギリス獲りをしました。夜、寝床に入ると、近くの農業用水路の水音が聞こえ、開拓時代の名残を留《とど》める自然に包まれた暮らしでした。

秩父神社は子どもの眼から見ると大きな神社でしたが、大人になって見た全国各地の立派な神社に比べれば、いかにも開拓民たちがつくった感じの簡素な木造の神社です。父と祖父は、一年中、境内の草刈りをしたり、倒木を処理したり、神社の屋根の雪下ろしをしたり、参道の灯籠《とうろう》を直したりと、自然と戦いながら神社を守っていました。特に、広い境内の草刈りは大変で、夏の間中、二人で境内のあちらこちらにすわって、いつ果てるともなく鎌を動かし続けていました。わたしが大学一年のときに祖父が亡くなり、それから約二十年間、父は母に手伝ってもらいながら神社を守っていました。大変な重労働だったと思います。

わたしは秩父別中学校の二年生になる前後から本格的に陸上競技（長距離走）を始めました。当時の練習日誌は今も持っていますが、冬はまだ真っ暗ならちに起きて、ゴルフ帽、耳あて、ヤッケ、手袋、自分で作った雪道用のシューズという完全武装で、自宅である社務所を出て、国道二三三号を深川《ふかがわ》市境界のあたりまで走っていました。今振り返ってみると、零下二十度とか二十五度といった、凍てつく寒さや雪が降りしきる中で、よくああいうことをやっていたものだと感心します。だいたいいつも真っ暗な雪道の左側を走っていましたが、しょっちゅう大型ダンプに追い越され、当時は轢《ひ》かれるはずがないと勝手に思い込んでいましたが、今考えると冷や汗が流れます。

道立深川西高校に進学し、一年生のときに岩見沢《いわみざわ》市で開催された全道高校陸上の五〇

○○メートルで三位に入り、三重県伊勢市で開催されたインターハイに出場しました。結果は予選落ちで、本州や九州の高校生たちにまったく歯が立たず（相手が二、三年生だったので無理もない面もありますが）、悔しい思いをし、やはり何事も全国レベルで戦えなくては駄目だと痛感しました。これがわたしの「十六歳の原点」です。会場の三重県営陸上競技場は、近くを五十鈴《いすず》川の清らかな水が流れ、第一コーナーからバックストレートの背後には伊勢神宮の森が迫っている独特の景観で、わたしの人生は不思議と神社に縁があります。

そこまではよかったのですが、高校一年の冬に左足の土踏まず付近の骨端線《こったんせん》を痛め、それから三年間の競技歴はまったくの空白になりました。どこの病院に行っても怪我を治してもらえず、運命を呪い、毎日泣いて暮らしました。

走れない悔しさを受験勉強にぶつけ、早稲田大学法学部に進学しましたが、走ることは諦められませんでした。毎年四月に札幌で開かれていたタイムス・ロードレース（一〇マイル）か夏の北海道選手権で入賞してカムバックしたいという虚仮《こけ》の一念で、大学の体育の先生に第三北品川病院というスポーツ障害に強い病院を紹介してもらいました。六週間ギプスを着け、その後は歩く練習から始め、少しずつ走り、距離を伸ばしていき、一年生の終わり頃になって、ようやく走れるようになりました。

二年生になる直前に体育局競走部（陸上競技部のこと）の門を叩《たた》くと、中村清監督と瀬古利彦選手がいました。一年間は準部員という条件で入部を許され、皆と一緒に練習を始めました。

当時六十三歳の中村監督はベルリン五輪に出場したこともある一五〇〇メートルの元日本記録保持者で、戦後は早稲田のコーチとして昭和二十七年と二十九年に箱根駅伝優勝に導き、東京五輪のときには東京急行の監督として九人の選手を五輪に送り込んだ人物です。負けん気が強く、すぐに人と喧嘩《けんか》し、「お前ら選手が弱いのは、この中村が悪いからだ」と自分で自分の顔を何十発も殴ってシャツの胸元を血染めにしたり、「監督が土を食えといったら、こうやって食うんだ」と土を自分の口の中に入れる極端な人でした。早稲田は前年の箱根駅伝では予選会落ち、その年の正月は十三位というどん底で、中村監督は立て直しのために前年十一月に監督に就任したばかりでした。

監督の情熱と狂気と恫喝《どうかつ》に引っ張られ、私たちは徐々に力をつけて行きました。わたしは大学三年のとき脱水症状で関東学生選手権（三〇キロメートル）を棒に振り、監督に怒られるのがほとほと嫌になって退部を申し出たりしましたが、何とか最後まで競走部に留まり、箱根駅伝は三年で三区、四年で八区と二度走らせてもらいました。チームの総合成績は三年のときが四位、四年のときが三位です。

また四年のときに二〇キロメートルで一時間一分五十八秒八の道路北海道新記録を出すこともできました。北海道にいた頃は、全国レベルで競い合うとか、北海道新記録を出すなどというのは遥か彼方の夢物語でしたが、日本一とか世界一を目指す集団の中で鍛え、限界ぎりぎりまで努力をすれば、何事においても人の能力は相当なところまで伸びるものだと知りました。

大学卒業後は、関西系の都市銀行に就職しました。北海道の小さな町を飛び出して、広い世界で生きてみたいというのが子どもの頃からの潜在的な願望であったような気がします。最初は千葉県の津田沼《つだぬま》支店に配属され、その後半年間東京都三鷹市のアジア・アフリカ語学院でアラビア語の研修、横浜支店（融資課）、一年弱のエジプト（カイロ・アメリカン大学）留学、日本橋支店で外回りと、二十代は語学研修と国内銀行業務に明け暮れました。

三十歳でロンドン支店国際金融課に転勤し、六年間国際協調融資の仕事で中近東やアフリカを飛び回り、その後証券会社の英国現地法人に転職して四年、総合商社の英国現地法人のプロジェクト金融部で五年四ヶ月働き、四十六歳で作家専業になりました。

三十七歳のときに購入した自宅は、ロンドン中心部から電車で北へ三十分くらい行った場所にあり、庭に古いりんごの木があります。英国を生活拠点にしようと思ったのは、北海道と気候がよく似ていることも理由の一つでした。夏の涼しい風に吹かれていると子ども時代のことを思い出します。冬の雪が降った日に壁をとおして寒さが伝わってくると、ああ、秩父別の家もこんな感じだったなあと懐かしく思い出します。神主だった父は、冬になると家々を回ってお札配りをするために、毎朝零下二十度とか三十度といった寒さの中を出かけていきました。今でもその後ろ姿が目に焼きついています。

小説家としてのデビューは、四十三歳のときに出した『トップ・レフト』という自分の体験をもとにした国際協調融資の攻防を描いた作品で、これまで『アジアの隼《はやぶさ》』、『巨大投資銀行』、『排出権商人』といった経済小説を書いてきました。

一冊だけ自分のランナーとしての半生を綴った『冬の喝采《かっさい》』という経済小説ではない作品があり、その中には、秩父別をはじめとする道内の風景がたくさん出てきます。故郷に対する自分の思いを凝縮した作品です。

現在は、ロンドンの自宅を拠点に生活し、取材の必要に応じて日本やその他の国々に出かけています。今後も経済小説・社会派小説を中心に書いて行くことになると思いますが、いつか秩父別を舞台にした純文学的な作品も書いてみたいと思っています。何事も全国レベルで戦えなくては駄目だという「十六歳の原点」はいつも心の中にあります。

「札幌秩父別会会報」二〇一一年三月二十五日

【追記】

この原稿は、当時八十三歳だった父が、札幌秩父別会（札幌にある秩父別町出身者の会）の幹事の方から「黒木先生に原稿を書いて頂きたい」と頼まれ、安請け合いしたものである。もちろん原稿料はない。「雅之《まさゆき》（わたしの本名）、書きますすっていっといたから」というので、（四百字詰め）原稿用紙二、三枚の話かと思って聞くと、八枚くらいだという。プロの作家の原稿執筆を勝手に決めるとは何事か、よそでこれだけ書いたらいったいいくらになるか分かってるのか、と憤慨した。そのうち出版社から父に電話がかかってきて、「黒木先生に書き下ろしを書いて頂きたい」といわれ、「ああいいですよ。息子に書かせますよ」というんじゃないかと心配したが、その父も亡くなった（注・書き下ろしは毎月の原稿料が入らないので、連載に比べると金銭的メリットが少ない）。

わたしは神社を継がなかったが、幸い中学校の同級生の男が神主になってもいいといって、何年か修行をし、資格を取って継いでくれた。先日、その同級生から、神社を大規模修繕するために奉賛会を立ち上げ、三千五百万円を目処《めど》に寄付を募っていると連絡があったので、いくらかの寄付をした。父と祖父が守っていた神社に、少しは金を出すことができ、よかったと思っている。

運命に導かれて

人はなにかを選択するとき、自分の意思で選び取ったと思うけれども、大きな運命に導かれて、想像すらしていなかった長い長い道のりを歩まされることもあると思う。

十八年あまり育ててくれた両親が、実の親ではないと知らされたのは、大学に入学する直前のことだった。入学手続きに必要な戸籍の写しを北海道からもってきた父が、「これを見て、驚くなよ」と青ざめた顔でいった。見ると、自分の名前のすぐ横に、実父母として見知らぬ男女の名前が書いてあった。

驚きはあったが、人生にはこういうこともあるんだろうなとも思った。両親はなんの不自由もなく育ててくれたので、感謝こそすれ不満はなかった。だから実の親に会いたいとは思わなかった。ただ一つだけ、長距離走が速い人ではなかったのかという気がして、いつか真実を知りたかった。

わたしは子どものころから運動が苦手だったが、長距離走だけは不思議と速かった。中学二年になる少し前から自己流で練習を始め、夏の放送陸上（現・全日本中学校通信陸上競技大会）の二〇〇〇メートルで全道三位、中学三年で全国中学ランキング五位（二五〇〇メートル）、地元の道立高校に進学後は一年で全道三位（五〇〇〇メートル）になり全国高校総体に出場した。

しかし、マッサージの知識がなかったので、疲労をためて左足の土踏まず付近を痛め、それ以降の競技歴は空白になった。走れないので、高校三年の初夏まで、体育館の片隅で一人で筋力トレーニングを続けた。祈るような気持ちで地元の病院を訪ね歩いたが、怪我はとうとう治らなかった。

大学は一般入試で、早稲田と慶応に合格した。慶応は文学部で、卒業後の進路が限られていそうだったので、早稲田の法学部を選んだ。大学には入ったが、ランナーに戻れない限り、自分は自分ではないと思い詰めていた。

教養課程必修科目の体育で選んだ陸上競技の授業で、早大競走部OBで走り幅跳びの選手だった阿部《あべ》馨《かおる》教授に出会った。競技を諦《あきら》めきれないわたしは、授業の後で怪我のことを相談した。阿部先生は、第三北品川病院はどうかと勧めてくれた。

京浜急行北品川駅の近くにある病院を訪ねると、円谷《つぶらや》幸吉《こうきち》選手の手術もした院長の河野稔先生が診てくれた。怪我からもう二年以上が経っているので、原因も、治るか治らないかも分からないけれど、ギプスを着けてみるかと訊かれ、うなずいた。

六週間後にギプスが取れ、そこからリハビリ、歩行、ジョギングを経て、年明けには高校一年のときぐらいの力は回復した。もっと強くなりたくて、競走部の門を叩いたのは二年生になる直前である。東伏見《ひがしふしみ》にあった早大グラウンドに行くと、中村清監督と、わたしと同学年の瀬古利彦がいた。

当時競走部は前年の箱根駅伝で予選会落ちし、この年の正月は十三位だった。OBたちが危機感を抱き、「猛毒のある男だが、地に堕ちた部を立て直せるのは、中村しかいない」と監督に招いたところだった。強烈な個性が災いし、陸上界から十一年間追われていた老人だった。

当時の早稲田は弱くて、練習は朝練習を入れても月に四〇〇キロメートル強で、病み上がりのわたしにはちょうどよかった。長距離陣の最大の目標は箱根駅伝で、監督もOBたちも目の色が変わっていた。北海道の主要な大会でカムバックしたいという思いしかなかったわたしは、駅伝には興味がなく、なぜみんなこんなに執念を燃やすのか不思議だった。しかし、中村監督によって、わたしを含む選手たちは二〇キロメートル専門のランナーにつくり変えられ、翌年には、月に七〇〇キロメートル近くの練習をこなし、年明けの箱根駅伝で四位に躍進した。

監督の罵詈雑言《ばりぞうごん》に耐えかねて退部を申し出たこともあったが、なんとか卒業まで競技を続け、大学三年のときは三区、四年のときは八区と二度箱根駅伝を走らせてもらった。それぞれ往路と復路だが、走った場所は同じ戸塚・平塚間の二一・五キロメートルである。

練習の一環で参加した大会で二〇キロメートルの道路北海道新記録を出した以外は特筆できる成績もなく、入部したときの思いとはまったく裏腹に、箱根駅伝一色で大学生活を終えた。

四年の箱根駅伝を最後に競技を辞め、銀行に就職し、ロンドン支店転勤の内示をもらったのは三十歳のときだった。海外で暮らせば事故に遭うかもしれないし、一度実の親に連絡だけはしてみようと思い、戸籍をたよりに居場所を捜しあて、ロンドンに赴任してから手紙を書いたら、すぐに返事が来た。Mのマークの入ったシャツを着て箱根駅伝を走っている選手の古い写真が同封されていた。

実の父親は、明治大学の駅伝主将、田中久夫だった。箱根駅伝には四年連続出場し、三年は三区、四年は八区である。わたしは実父が走ったちょうど三十年後に、その足跡をなぞるように同じ区間を走っていた。四年のときチームは三位で区間順位が六位というのもぴたりと同じである。

実父母に初めて会ったのは、三十九歳のときだった。実父は、北海道岩見沢市で長年陸上競技の審判員をつとめ、高校一年のわたしが走るのを目の前で見たり、各校OBが集う箱根駅伝六十周年のパーティーでもわたしを見たりしていたが、名乗れなかったという。

毎年、箱根駅伝を見ると、走りながら見た新春の陽光にきらめく相模湾《さがみ》を思い出す。わたしを早稲田に進ませ、阿部馨先生、河野稔先生、落ち目の競走部、中村清監督というくつもの出会いを用意し、北海道の秩父別という小さな町から、戸塚・平塚間の二一・五キロメートルへと導いたのは、確かに運命だった。

「日本経済新聞」二〇一二年一月十五日

〝不器用な闘将〟中村清

高校陸上界の有力選手がスポーツ推薦で多数入学するようになった近年を除いて、早稲田が箱根駅伝で強かったのは、中村清が指導した時代だけだったといわれる。伴走のジープ上で、選手を力づけるために歌う「都の西北」は、新春の箱根路の風物詩だった。

中村清は昭和二十一年から昭和三十四年まで早大競走部のコーチを務め、その間、チームを二回の優勝と三回の二位に導いた。しかし、部の有力OBで農林大臣や建設大臣を歴任した河野一郎と対立し、昭和三十一年から四年間、箱根駅伝で常に五、六位と低迷したことを理由に解任された。

その後、東京五輪に向けて選手強化に力を注いでいた東京急行陸上部の監督に迎えられたが、五輪で入賞者を出すことができず、同社のワンマン社長五島昇《ごとうのぼる》とも対立して五輪の翌年に退任し、「浪人」生活を余儀なくされた。

一方、早稲田は長い凋落の時代を迎え、昭和三十七年の箱根駅伝では十二位でシード落ち、さらに昭和四十五年、四十七年、五十一年と、三度の予選会落ちの憂き目をみた。

危機感を抱いた競走部OB会が「猛毒のある男だが、もはや部を再建できるのはあの男しかいない」と、昭和五十一年の秋に、二年間という期限付きで中村を監督に起用。同じ年に、超高校級の長距離ランナー、瀬古利彦が入学した。中村は、選手たちに頭を坊主刈りにすることとグランド整備をさせることから始め、年が明けた昭和五十二年の箱根駅伝で十三位。翌年は一挙に六位と息を吹き返させ、五十四年に四位、同五十五年に三位に躍進したあと、昭和五十九年に三十年ぶりの優勝を果たした。前回の優勝は、三十年前の昭和二十九年で、そのときチームを率いたのも中村だった。

箱根駅伝優勝を花道に、中村は早稲田の監督を退き、四年前から兼任していたSB食品陸上部の監督に専念したが、その年八月のロサンゼルス五輪のマラソンで愛弟子の瀬古は惨敗（十四位）。中村は翌年、早稲田の箱根駅伝二連覇を見届けたあと、五月に新潟県の魚野《うおの》川で好きな釣りをしている最中に心臓発作を起こし、七十一歳で世を去った。

わたしは昭和五十二年の春に早大競走部に入部し、中村清が部を再建する過程を体験した。果てることのない叱責《しっせき》と罵倒《ばとう》に堪えかねて、大学三年の夏には鬱《うつ》に近い状態にまで追い込まれたが、大学二年の秋にはどうしても一時間八分三十秒を切れなかった二〇キロメートルのタイムが、大学四年では一時間一分五十八秒まで伸びた。確かにチームは中村の指導で急速に強くなった。

当時の早稲田の選手たちがどんな練習メニューをこなし、どんな競技生活を送っていたのかを、指導者や若い競技者たちのために書き残したいと思って、『冬の喝采《かっさい》』を上梓《じょうし》したのは、二〇〇八年のことである。

本を書くにあたって、同期生の石川海次《みつぐ》（愛知県中京高校出身、箱根駅伝一区で区間賞）に「中村監督の練習方法って、どう思った？」と訊いたところ「ありゃあ、練習方法なんてもんじゃない。中村教だ」という苦笑まじりの答えが返ってきた。また、生前の中村清から四百通にも上る手紙をもらうほど親交があり、瀬古利彦をはじめとする早稲田とSB食品のランナーたちの面倒を長年みてきたある人物は、「あんたの本は、あのしょうもない中村清がよう書けとる。あの男は本当にあのとおりのしょうもない男だった」と愉快そうに笑った。「しょうもない」という言葉は、子どものような自己顕示欲、嫉妬心、意地っ張り、負けん気、寂しがり屋といった煩悩にまみれた人柄を指している。中村は人の好き嫌いが激しく、いわゆる大人げない性格だったため、常に周りは敵だらけだった。

昭和二十一年に早大競走部のコーチになって以来、中村清の指導法でもっとも特徴的なのは、長い訓話である。選手たちは練習前に整列して、普段は三十分から四十分、長いときには一時間半にも及ぶ話を聴かなくてはならない。内容は陸上競技だけに限らず、宗教の話（キリスト、道元、親鸞、内村鑑三等）、宮本武蔵、エリザベス・サンダースホームを創設した澤田美喜《さわだみき》さんは偉いという話、軍隊時代や戦後の焼け跡時代の思い出、銀座の女の股を一万円札で撫《な》でてやると喜ぶといった類《たぐい》の下ネタ、自分が教えた選手たちの話、他の陸上競技指導者たちの悪口など、ありとあらゆることに及び、「若い頃流さなかった汗は、年老いて涙となって流れる」、「勝つと思うな、思えば負ける。負けると思えばなお負ける」、「過ぎたるは及ばざるよりなお悪し」といった自ら考案した格言も飛び出す。同じ話の繰り返しが多く、まさに説法だった。

中村清は動物的な勘の持ち主で、試合の展開を予言してしばしば的中させたり、選手の心理や状態を見抜いたりした（間違いや誤解もよくあったが）。技術的なものは自分で経験したこと以外はあまり持ち合わせていなかったようで、練習方法はかつて日本陸連が東京五輪に備えて導入したリディアード方式で、それに箱根駅伝用など多少のアレンジを加えたものだった。国内外の最先端技術や他の有力選手たちの練習方法を知るために文献を漁《あさ》ったり、情報を集めている様子はなかった。読んでいた本は『旧約・新約聖書』、『正法眼蔵』、『般若心経』、『五輪書』などで、赤や青の傍線を無数に引きながら、繰り返し読み、自分の考えに合う部分を引用して、選手たちに語って聞かせていた。多数の書物を読んでいれば思考や知識に客観性や科学性が出てくるが、限られた書物を繰り返し読む読書法はしばしば思い込みをもたらす。その最たるものが、瞬発力は素質だが持久力は努力で何とでもなるという考え方で、脚が丸太ん棒のような走り幅跳びの選手などにいきなり長距離転向を命じたりしていたが、成功するはずもなかった。また中長距離の練習は箱根駅伝一本に絞ったもので、本来八〇〇メートルや一五〇〇メートルをやるべき選手たちはほぼ全員芽を摘まれた。

こうしたクセのある指導者だったため、心服して従う選手が三分の一、適当に距離を置き、つかず離れずが三分の一、反発ないしは退部する選手が三分の一といったところだった。中村は、自分への絶対的な帰依を求めた点でも宗教的で、選手たちには自分を「先生」と呼ぶように命じた。選手が指示に従わなかったり、自分を尊敬していないと思うと、烈火のごとく怒りだし、数ヶ月間にわたって容赦のない罵詈雑言を浴びせた。長距離選手を殴ることは戒めていたが、手元にあった電気スタンドを滅茶苦茶に叩き壊したりして、怒りを表した（短距離選手や投擲《とうてき》選手はたまに殴っていたらしい）。ただ、怒るというのは、スポーツの指導者であれば、チームを引き締めるために大なり小なり行なっていることである。英国のプロ・サッカーチーム、マンチェスター・ユナイテッドのアレックス・ファーガソン監督も、決して選手に手を出すことはないが、しょっちゅう檄《げき》を飛ばしたり、怒鳴り散らしたりする（二〇〇三年二月に同チームがFAカップで負けたとき、デイヴィッド・ベッカム選手のプレーに不満だった同監督が怒りにまかせてそばにあったサッカー・シューズを蹴り上げ、それがベッカムの眼の上に当り、取っ組み合いの喧嘩になりそうなことはあった）。

興味深いのは、昭和十六年から十九年にかけて、三十歳前後の中村が日本の支配下にあった朝鮮の訓戒《クンジュ》という小さな町で憲兵隊の分隊長をやっていたときの話である。当時の部下たちは口を揃えて、中村は驚くほど部下を叱らず、立場の弱い者を庇《かば》い、あたかも階級が存在しないかのような隊だったと証言している。中村は、根はリベラルで面倒見のよい人物であったようだ。昭和三十二、三年頃指導を受けた競走部OBによると、雨の日に中村が練習を中止にして選手たちを自分の車で新宿にターザンの映画を観に連れて行ったり、箱根駅伝でチームの足を引っ張った選手にも「おー、眼から火が出たかあ！」と優しく労《ねぎら》いの言葉をかけたりしていたという。在学中は厳しく接しても、選手たちが卒業すると優しくかつ丁重になり、「中日新聞」の記者になったわたしの同期生などは、他社はなかなか取材させてもらえない瀬古をはじめとするSB食品の選手たちの取材を優先的にさせてもらったという。

中村清が嫌いなタイプは、素質があるのに努力しない人間で、こうした選手のことは、卒業後何年経っても口を極めて罵《のの》っていた。一方、好きなタイプは、自分に帰依し、ひたすら陸上競技に打ち込む選手である。家が貧しい学生には特に目をかけ、ジャージーのポケットから一万円とか二万円を取り出し、「これで美味いもの食って栄養つけろ」と渡していた。こういうタイプの選手には、自分の歩んできた道が重なって見えたのだろう。

中村清は大正二年に、朝鮮の京城《けいじょう》（現ソウル）で日本人の土建業者の婚外子として生まれた。小学校三年生頃から走ることに非凡な才能を示し、中学生になると、龍山《りゅうざん》鉄道管理局のグラウンドで当時の一五〇〇メートルの日本記録保持者土屋甲子雄の指導を受けるようになる。中学二年のときに父親が脳出血で半身不随になり家業が大きく傾いた。中村は貧困の中で練習に打ち込み、十八歳のとき、学校の友人たちのカンパで京城から東京まで行き、インターミドル（現在の全国高校総体）の八〇〇メートルに出場し、中学日本新記録で優勝した。織田幹雄に勧められて早稲田大学に進学。少ない仕送りで腹を空かせながら練習に打ち込み、昭和十一年のベルリン五輪の一五〇〇メートルに日本代表として出場（結果は予選落ち）。一五〇〇メートルでは三分五十六秒八の日本記録を出した。キックは強いが、上下動の激しい、硬い走法だったという。昭和十三年に大学を卒業し、朝鮮鉄道管理局に入社。同社で陸上部に入ったが、その年の終わりに軍隊に召集され、終戦まで憲兵（最終階級は中尉）として朝鮮と中国で従軍した。戦後は公職を追放され、連合国による戦犯追及の手を恐れながら荻窪の長屋に住み、タバコ、焼酎《しょうちゅう》、石鹸等の日用雑貨の闇販売業を営んだ。昭和二十三年頃から米国からの援助物資を在日のカトリック僧から横流ししてもらい、それを売って大儲けし、昭和二十五年に千駄ヶ谷に洒落た洋風の家を建てた。自宅裏手に工場を建て、中古衣料の輸入、再加工、販売業を続けたが、昭和三十七年に工場をつぶしてアパートを建築。それ以降は亡くなるまで、アパート経営と、軍隊時代に身につけた射撃の趣味を生かした猟銃や動物のはく製の輸入販売、猟犬の飼育・販売で生計を立てた。

陸上競技に関しては、徹底して無私で、指導者をやるのは陸上競技に対する恩返しであるといっていた。食べ物がなく、日本人が皆腹を空かせていた昭和二十一、二年頃でも苦しい家計をやりくりして、早稲田の選手たちを呼んでは、七輪の炭火の上で鍋代わりにした洗面器ですきやきやカレーを食べさせた。この裏には、急性肺浸潤になるほど働いて中村を支えた道子夫人の内助の功があった。わたしが選手だった頃にも、神宮外苑や赤坂御用地の周回コースで練習したあとは千駄ヶ谷の監督宅で、約二十人の選手全員で大きなステーキにビールの夕食をよく御馳走になった。当時、「俺が大学からもらっている金は年に三万円だよ」といっていたので、一回の食事代にも足りない額である。

疲れているときは、近所のホープ軒というラーメン屋のプラスチックの食券をジャージーのズボンのポケットからじゃらじゃら出し、「これを食って帰れ」と差し出した。

性格は粘着質で、好きなことには偏執狂的に熱中した。陸上競技以外にも、戦後の援助物資販売業、狩猟、魚釣り、銀座での遊興などに夢中になり、道子夫人に苦労をかけたようである。軍隊時代は射撃にのめり込み、右に出る者がいないほどの腕前だったという。

振り返ってみて、中村清が選手たちにもっとも訴えたかったのは、捨て身で努力すれば何でもできるということではなかったかと思う。中村自身、選手時代には誰にも負けないほど練習をしたようで、一学年上でベルリン五輪の八〇〇メートルに出場した青地球磨男（立教大学）は「（中村は）すごい努力家でした。努力は天才的」と語っている。また中村は青地に「青地、人間ってやろうと思いさえすれば何だってできるんだなあ」としみじみ話したことがあるという。

早稲田では指導者としての情熱を何とか選手や関係者たちに伝えようと、握りしめた拳《こぶし》で自分の頰を何十回も殴って着ていたシャツを血染めにしたり、グラウンドの土を食べて見せたこともあった。ときに二六〇を超える高血圧、糖尿病、不整脈をかかえた老体だったが、雨の日でも決して傘をさすことなく、最後の選手が走り終えるまで見守っていた。

そうした情熱が伝わった選手もいたが、伝わらなかった選手も少なくなかった。わたし自身はといえば、最も反発した選手の一人だったが、自分の人生に最も影響を与えたのはやはり中村清である。「天才は有限だが、努力は無限の力を引き出す」という彼の言葉が、最初は信じられなかったが、自分の記録の伸びによってそれを実体験させられ、今は人生の宝となった。ロンドンのスーパーで大きなステーキ肉を見るたびに、中村清が焼いてくれた無骨なステーキを思い出す。今振り返ってみても、中村清は大人げなくて、しょうもないじいさんだったが、わたしはそのじいさんのおかげで、苦しかったけれど、素晴しい学生々活を送ることができた。

「箱根駅伝歴史シリーズ第二巻・伝説の継承者たち」二〇一二年十二月三日

エジプトの〝カエル跳び〟

関西系都市銀行の社費留学生としてエジプトのカイロで暮らしたのは、一九八四年八月から一九八六年六月まで、二十七歳から二十九歳になる少し前までだった。

アラビア語を志望したのは、当時、オイルマネーが全盛だったので、アラビア語をマスターすれば中東で活躍できるのではないかと思ったことや、あのみみずののたくったような文字が読めたら素晴らしいだろうなと思ったりしたのが理由である。銀行内の留学試験にはなかなか合格できず、半ば諦《あきら》めていた頃、突然指名で留学の内示があった。国際部に勤務していた大学の十五年くらい先輩のSさんという人が、何とかわたしを留学させてやろうと国際部や人事部に根回ししてくれたようだった。Sさんは以前、サウジアラビアの銀行にアドバイザーとして三年間ほど出向し、そこで高い評価を得て、国際部門担当の副頭取などとも親しかった。サウジから一時帰国していたときは浅黒い顔で、砂漠のような薄い砂色のスーツに鮮やかな水色のペイズリーのネクタイを締め、レストランに食事に連れて行ってもらったときは、資格審査が厳しいダイナースクラブカードで勘定を払っていた。

留学先は、カイロ・アメリカン大学という、一九一九年に米国のプロテスタント系宣教グループが設立したミッション系私立大学で、経営、経済、マスコミ、機械工学、化学、教育などの学部があり、学生数は大学院を入れて三千人弱だった。そこにＣＡＳＡ（Center for Arabic Study Abroad）という研究所があり、アラビア語の語学専門コースを設けて海外からの留学生を受け入れていた。当時、全部で百人くらいの外国人留学生がおり、そのうち日本からの企業留学生が半分くらいを占めていた。授業は土日もあり、イスラム教の休日の金曜日が休みだった。

カイロでの暮らしは、フラット（アパート）探しから始まった。勤務先の銀行の親密取引先だった日商岩井（現・双日）の研修生などから教えてもらって、口コミで探して歩いた。ナイル川の中州のザマレクという外国人やエジプト人富裕層が住んでいる地区のスーパーマーケットの店員が、「フラットを探しているんだったら、俺がいいところを紹介してやるよ」と、近くの三十四階建てくらいの高層ビルの十五階にあるフラットの大家を紹介してくれて、そこに決めた。大きな居間、二つの寝室、キッチン、風呂などがある新しいフラットで、屋上からは一三キロメートル離れたピラミッドを望むことができた。大家は、アインシャムス大学という、カイロ市内の国立大学の教授で、サウジアラビアの大学に出稼ぎで教えに行って貯めた金で投資用のフラットを買った、結構セコイ感じのエジプト人のおやじだった。留学生仲間から、エジプトの大家はなんだかんだ理由をつけて敷金（家賃の一ヶ月分）を返さないと聞いていたので、激しい交渉の末に、敷金は最後の一ヶ月分の家賃に充当するという契約にした。大家も結構強硬で、

「もしお前が部屋に傷をつけて弁償しなかったら、空港の警察に連絡して、出国できな

くしてやる」と感情剝き出しの脅しをかけてきたりしたが、やはりどうしても貸したか

ったらしく、最終的にこちらの要求を受け入れ、交渉が決着した途端に喜色満面になっ

て、「オゥ、サンキュー、サンキュー!」と抱きついて、頬に何度もキスをするので参

った。スーパーマーケットの店員にはお礼のチップを払った(彼は大家からもらった

かもしれない)。

カイロ・アメリカン大学のキャンパスは、市内中心部のタハリール広場に面しており、片道五円くらいのバスで十五分程度だった(急いでいるときは五十円くらい払ってタクシーで行った)。

わたしは日本で半年間アラビア語を習い、その後も仕事の傍らリンガフォンで勉強していたので、語学コースは中級のクラスに入った。七人のクラスで、日本人が四人(わたしのほかは外務省、東京銀行、KDDからの派遣)、韓国人が二人(外交官、テレビ局のアナウンサー)、オックスフォード大学の二十一歳の女子学生だった。韓国のKBSというテレビ局のアラビア語放送のアナウンサーはパクさんという三十五歳くらいの男性で、韓国の外語大学を出ていて、アラビア語歴は十三年で抜群に上手かった。授業は朝八時半に始まり、一コマ五十分から一時間十五分で、口語アラビア語、メディア・リーディング(新聞を読む授業)、正則アラビア語会話、文法、など色々な内容だった。

アラビア語コースの一年間は三学期に分かれており、学期や科目によって色々な国の人たちと一緒のクラスになった。韓国からは韓国外換銀行や日本のJETROに相当する大韓貿易投資振興公社（KOTRA）などからも留学生が来ていた。家でプルゴギをごちそうしてくれた韓国外換銀行の金さんは、「韓国の醬油《しょうゆ》はまずい。醬油はキッコーマンに限る」と話していた。ナイジェリアから来ていたヤクーブという学生は、家に招いたら、帽子に裾《すそ》の長い上着という民族衣装姿でやって来た。フランス海軍の軍人も二人おり、エジプトに来るときは軍艦でアレキサンドリアに上陸したといっていた。

アメリカ人の学生たちも多かった。一人一人が黒板の前に出て、アラビア語で自分の故郷について話すという授業のとき、レベッカという照れ屋の女の子がもじもじしながら黒板にチョークで地図を描き始めると、ほかのアメリカ人の学生たちがそれを見て「イェーイ、ミシガン、ミシガーン！」と囃《はや》し立て、レベッカが身をよじって一層もじもじしたので、アメリカ人でもこんなに照れ屋がいるのかと目から鱗《うろこ》が落ちた。ジョナサンという朴訥《ぼくとつ》としたユダヤ人の男も時々我が家にやって来た。彼はロサンゼルスのエンシノ地区の出身で、エジプトのあとイスラエルの大学などに行き、かなり長い間学生をやっていたので、相当裕福な家の出のようだった。その後、パラメディック（救急隊員）になり、だいぶ年をとってから麻酔医になってハワイ大学で研修を受けていると手紙があったが、あまり器用そうに見えなかったので大丈夫かなと心配した。

アラビア語の難しいところは、文語と口語が違うことである。文語（正則アラビア語）は「フスハー」と呼ばれ、大統領の演説、ラジオやテレビのニュース、モスク（イスラム教寺院）での説教、新聞・雑誌・広告からビールのラベルに至るまで文字で書かれるものすべてに使われ、ある程度教養がないと話せない候文《そうろうぶん》である。一方、口語は「アンミーヤ」と呼ばれ、人々が日常的に使っている言葉で、文字で書き表すことはできない。また、文語は世界共通だが、口語は地域によって異なる。たとえば（複数の相手に対する）How are you? は、文語では「イザイユクム」、エジプト口語では「イザヤック」、ペルシャ湾岸口語では「シュローナック」であり、このほかにレバント口語（シリア、レバノンなど）、マグレブ口語（モロッコなど北アフリカ）など色々ある。エジプトはアラブ文化の中心で、アラビア語のテレビ番組や映画の多くが制作されているので、エジプト口語で話すと、だいたいどこの地域でも理解してもらえるが、相手の返事はその地域の口語で返ってくる。わたしは日本では文語しか習っていなかったので、カイロに行って間もない頃、郵便局に行ったとき、口語で「フェーン・ムワッザフ・ヘナー（ここの係の人はどこにいるの？）」というべきところを「アイナ・ムワッザフ（係の方はいずこにおられるや？）」とやって、「おい、こいつフスハー（文語）喋《しゃべ》ったぜ」と周りにいたエジプト人たちにゲラゲラ笑われ、別のときには「ケダ・ビカム？（これでいくら？）」というのを「ビカム・ハーザー？（これはいくらであるか？）」とやって「こいつフスハー喋るくせに計算もできねえでやんの」という感じでまた笑われた。

カイロは砂と埃《ほこり》にまみれた古い街で、時々家が倒壊したりしていた。バスの車内やオフィスには饐《す》えたような汗の匂いが充満していた。大学の前の喫茶店では紅茶が一杯五円か十円だったが、店のおやじがガラスのコップを洗いながら手鼻をかんでいた。道端にはコシャリ（ピラフの一種）などの屋台が出ていたが、食べるとたいていアメーバ赤痢にかかった。日本にはいないような細菌が多いらしく、足の指の傷から菌が入って、傷がじゅくじゅくと広がり、一ヶ月くらい治らなかったこともあった。そのときはベルリッツ（語学学校）のマダム・シャマアという年輩の女の先生に教えてもらい、町の薬屋で抗生物質を買って飲んだら一発で治った。蟻なども大きく、嚙《か》まれると手が一・五倍くらいに腫《は》れ上がった。数日間の停電や断水もしょっちゅうだった。春先には「ハマーシーン（五十の複数形）」と呼ばれる砂嵐が二十〜五十日間断続的に続き、日中でもあたりが暗くなり、戸や窓を閉め切っていても、目に見えない砂の粒が入ってきて、頭痛を感じることもある（大相撲のエジプト人力士・大砂嵐《おおすなあらし》のしこ名はこれに由来する）。ロンドンやニューヨークと違って、日本人の数は少なく、はっきりとは憶《おぼ》えていないが、全部合わせて千人くらいではなかったかと思う。それだけに結びつきは強く、遠い異国で肩寄せ合って生きていた。運動会、新年会、ソフトボール大会など色々な行事もあった。ナイル川のそばのマリオット・ホテルには日本人会の事務局があり、部屋の一つにテレビとビデオデッキがあって、日本のテレビ番組を録画したビデオがたくさん備えられていた。日本が恋しくなると友人たちと誘い合って、市内にあった「東京」という日本料理店の弁当やビールを持参し、当時日本でも流行《はや》った「金妻（金曜日の妻たちへ）」を続けて何本も観たりした。今でも小林明子の『恋におちて』を聞くと、あの頃のカイロの街や暮らしがまさに走馬灯のように瞼《まぶた》に浮かぶ。カイロから日本航空は飛んでいたが、途中の寄港地が多かったので、日本までは二十一時間のフライトだった。わたしが勤めていた銀行を含め、駐在員、研修生およびその家族は、一時帰国ができるのは二、三年に一度で、たとえ自費であっても帰国は許されないという前近代的な時代で（昔の企業や官庁はそうだったのである）、エジプトは本当に遠い異郷だった。

カイロは歴史のある街で、街自体が博物館のようだった。時間を作っては、ハーン・エル・ハリーリーと呼ばれる土産物屋街、博物館、ナイル川遊覧、ラクダ市、ピラミッド、下町の繁華街、イスラム教の総本山アズハルなど、色々な場所に出かけた。街が最も美しくなるのは年に一度やって来るラマダン（断食月）で、夜になるとすべてのモスクに煌々《こうこう》と明かりが灯《とも》され、外から見ても神秘的だった。この時期、イスラム教徒は日没まで食事ができないので、日中は比較的静かだが、夜は通りにたくさんの屋台が出て、家々では毎晩にぎやかに食事をする。大学では午後五時半から八時までの授業は、イスラム教徒の先生や学生が飢えと渇きで勉強どころではなくなるので、夕食後の午後八時半から十時四十五分という夜学のような時間帯に変更された。

CASA（Center for Arabic Study Abroad）の長はドクター・スワンソンというアメリカ人男性だった。テンプル大学出身の考古学者で、中年の温厚な人だった。エジプト人学生の十倍以上の授業料を払う日本人企業留学生は大学にとってドル箱だったこともあってか、よく面倒を見てくれた。彼が中心になって月に一回くらいエジプト各地に一日から数日間のエクスカーション（バス旅行）を催していて、外国人学生たちは家族も連れて参加していた。行き先は、サッカラ、ファイユーム、アシュートなどナイル川沿いのエジプト中部の遺跡がある町、地中海岸の港町アレキサンドリア、リビア国境に近い砂漠の中のシワ・オアシス、カイロ市内のコプト教徒地区など、盛りだくさんだった。現地に着くとスワンソン先生が解説をしてくれた。一番印象深かったのは、十月下旬にシナイ半島を訪れて、モーゼが十戒を授かったシナイ山（標高二二八五メートル）のそばのセント・カタリーナ修道院（標高一五二六メートル）に泊まり、真夜中の二時頃から登山を始め、シナイ山の頂上でご来光を見たときだ。旧約聖書の時代そのままのごつごつした岩山に朝日が降り注ぐ中、ドイツ人観光客のグループが聖歌を歌い出し、荘厳な夜明けだった。今は、これらの土地の多くが、テロなど治安の悪化で行くことができなくなり、貴重な経験だった。

わたしは一年目で多少無理をしてアラビア語の上級コースまで修了した。おそらくSさんが「あいつはエジプトで頑張って勉強している」と銀行内で宣伝してくれていたせいもあると思うが、のちにニューヨーク支店長になった国際部長も好意的で、もう一年やりたいならサポートするといわれた。大学院の中東研究科（Middle East Studies）の修士を取れないかと思って調べたところ、必修科目は六科目（六単位）で、歴史二科目、経済・政治・社会学・ゼミ各一科目、選択科目が四科目（四単位）で、歴史・経済・政治・人類学および社会学・マネジメントの各学群から四科目（ただし同一学群からは二科目まで）取る必要があり、一年間だと修士と学士の中間のディプロマは取れるが、修士は二年が必要だった。

それでも何とかならないかと思って、ドクター・スワンソンに相談すると、ずいぶん野心的な日本人がいるなあと思ったはずだが、すぐに学科長のドクター・スキャンロンに話をつないでくれた。ドクター・スキャンロンは、赤ら顔で白い口髭《くちひげ》をたくわえた六十代くらいの人だった。彼の執務室に行って相談すると、サマーコースで二科目取り、今年開講されない講座は別の講座で代替して、一年で修士を取るというスケジュールを認めてくれた。アラビア語は中級レベルをマスターする必要があったが、これは一年目に終わっていた。

大学院に入るにはTOEFLで五百五十点以上が必要だったので、二ヶ月くらいアメリカ人の家庭教師をつけて勉強した。エジプトのTOEFLは不正が多いらしく、カイロ・アメリカン大学はエジプトで受けたTOEFLは認めていなかったので、ヨルダンのアンマンまで受験に行った。カイロとほぼ同じ経度なので、てっきり時間帯は同じだろうと思っていたが、夏時間が始まっていたか何かで一時間進んでいて、試験会場に到着したときは、試験がちょうど始まるところで慌てた。それでも何とか受験することができ、点数もクリアした。

六月から始まったサマーコースでは、「エジプト経済」（日曜日から木曜まで毎日一時間十五分）と「中東における社会変化」（火曜と木曜に各三時間、ゼミ）という講義を取った。学生の九割がエジプト人、残り一割がその他のアラブ諸国、欧米、アフリカなどからの学生で、東洋人はわたし一人だった。一回の授業の予習や宿題のために五十〜百五十ページの英文の本を読まなくてはならないので、ほとんど一日中家や大学の図書館にこもって勉強した。最初の頃は先生が話す英語もよく聞き取れず、「なんで大学院になんか来てしまったんだろう」と後悔したが、しばらくするとだいぶ慣れた。「中東における社会変化」を教えていたのはドクター・コールというアメリカ人の男の先生でゲイという噂があった。わたしが英語やアラビア語の文献を調べて、「エジプトにおける免許制売春制度廃止の中東における社会変化上の意義」という期末レポートを提出したら、こりゃー面白そうなレポートを書いたねと興味深げに受け取り、Aの成績をくれた。

十月からの前期は、「イスラム組織（Islamic Institutions）」、「中東における経済発展」、「近代エジプト政治」、「比較経営学」の四科目を取った。「イスラム組織」は、ジョーンズ先生という高齢の英国人の先生だったが、声があまり大きくないのと、こちらがイギリス英語に慣れていないのとで、一番前の席で必死に聞いていてもよく分からないことが多く、参った。アメリカ人の学生ですら聞き取りづらかったようで、たまに隣にすわったアメリカ人に「今、なんていった？」と訊《き》かれ、君に聞き取れない英語が俺に分かるわけないじゃないかと思った。アメリカ人の学生にはよくノートを借り、ずいぶん助けてもらった。

各科目とも一学期の間に試験が一～四回あり、個人の研究発表を一～二回やり、英文で三十～七十ページの期末レポートを提出しなくてはならず、相当きつかった。エジプトでは外国製のウィスキーは本来売っていないが、食料品店などに行くとスコッチなどが闇で手に入り（店の奥やカウンターの下から新聞紙にくるんで出してくる）、プレッシャー解消のためによく飲むようになった。友人と飲んでいて途中で意識がなくなったあとも一人で喋《しゃべ》ったりしていて、人生でそういう酒の飲み方をしたのは後にも先にもこの時期だけで、よほど精神的重圧がかかっていたのだと思う。「イスラム組織」のジョーンズ先生の期末レポートの課題は「イスラム法および中世イスラム社会における商取引」だったが、期末までに書けそうもなかったので incomplete（未修了）にした。これは授業に出席し、試験も受けていれば、レポートの提出を次の学期まで延ばせる制度である。

翌年二月からの後期は、「中東政治」、「中東近代史」、「エジプトの都市経済」（ゼミ）、

「中東諸国における経済発展」の四科目を取った。事前の予習は相変わらず多く、政治学のカッズィーハという背の高いエジプト人の先生が百五十ページくらいの英文の本を手に持って、「じゃあ次回までにこの本を読んできて。こんなの二時間で読めるでしょ」といったときは、エジプト人の学生たちが「そんなに速く読めないですよー」とぼやいた。「中東諸国における経済発展」を教えていたイラク人のホーザムという名の男の先生は、クラスの中に日本人のわたしがいるのに「日本があれだけ発展したのは、日本人のIQが高いからではない。集団で協力して働けるという特性によるものだ」といったりする癖のある人物だった。わたしは他の学生と違って社会人経験があり、また銀行員でもあったので、経済学は特に力を入れて勉強し、クラスでも積極的に発言したりしていたが、先生がわたしの発言を遮ったりして、関係はずっとしっくりいかなかった。もしかすると期末に落第点をつけられるのではないかと懸念し、意を決して、学期末近くに先生の部屋を訪ね「あなたは僕のことを嫌いかもしれないが、僕は勤務先の派遣で来ていて、この学期限りで日本に帰らなくてはならない。あなたに落第点をつけられたりすると修士が取れなくなるので、配慮してほしい」といったら、「心配するな。クラスではお前が一番のAのキャンディデート（候補者）だ」とにやりと笑い、その言葉通りにAをつけてくれたので、人は分からないものだと思った。

最後のハードルが卒業試験だった。筆記と口頭試問からなり、五月後半から六月の頭にかけて受験した。直前に、家の近所のレストランで食べたスパニッシュ・オムレツにあたって手足がしびれ、受験が危うくなったが、七月二十六日通りの真夜中でも開いている薬屋で買った抗生物質を飲んでなんとか回復した。試験は二週間以上にわたって分割で行われた。筆記は、社会学の分野で「最近数十年間における中東の社会変化について述べよ」、政治学で「最近の中東における政治システムは安定しているという見解を理由を明確にして査定せよ。政治的安定とは何か定義せよ。中東において政治的不安定を引き起こす要因について述べよ。最近の石油価格の下落現象の政治的安定度に対する種々の影響および将来の見通しについて述べよ」、歴史で「一八七〇年から一九二〇年にかけてアラブ諸国で民族主義が盛んになったが、その原因と成果についてエジプトに力点を置いて述べよ」といった問題が出された。苦戦したのが口頭試問で、やはり一年間だけの勉強では付け焼刃の部分があり、最近米国から来たと思しい、頬と口の周《おぼ》りを黒い髭《ひげ》で覆った中年アメリカ人の男の先生にカリフ制度に関して相当突っ込んだ質問をされ、必死で回答したものの相手は満足していない顔つきで、これは落とされたかなと思った。

最後の口頭試問が終わって何日かあとに学科長の部屋に顔を出すと、普段は不愛想なエジプト人の秘書のおばさん二人が「マサユキー（わたしの本名）、あんた卒業試験にパスしたよ。あんたの名前を今、卒業生名簿に入れたところだよ」と我がことのように喜んで教えてくれたので、嬉《うれ》しくて涙が出そうになった。中東研究科の卒業試験は三人が受験し、合格者は二人だった。それから何日かあとに大学内で、厳しい質問をしてきた黒髭のアメリカ人の先生にばったり遇《あ》ったので、「このたびは合格させて頂き、有難うございました」とお礼をいったら、わたしが合格したことに納得していない様子で、「グッド・ラック」と淡々といって立ち去った。

卒業試験が終わってから卒業式まで十二日間あったので、外務省の研修生のMさんと二人で、弁当とカイロ・アメリカン大学発行のエジプトの各モスクに関する解説本を手に、炎天下カイロ市内のモスクを訪ね歩いた。そのMさんは、今はヨルダンの日本大使館の参事官兼シリアの臨時代理大使で、シリアやイスラム国との交渉の矢面に立っている。

卒業式は六月十六日に、大学内の「エワート記念ホール」で夜七時から行われた。一九二八年に造られ、壁や天井に幾何学模様が施されたオリエンタルな雰囲気の大講堂である。米系の大学らしい粋《いき》な計らいで、学部と大学院合わせて約三百人の卒業生たちは、式が始まる二時間くらい前に集合し、黒い角帽に黒のガウン姿でキャンパス内の建物をぐるりと取り囲む長い列を作り、キャンパスを見たりお喋りをしたりしながら少しずつ少しずつ進み、式の開始時刻に会場入りした。二階席もあるオペラ劇場のような大講堂に入場すると、カイロのオペラ座が初演の地であるヴェルディの歌劇『アイーダ』の「凱旋《がいせん》行進曲」が高らかに響き渡り、詰めかけた人々から拍手と歓声が湧いた。アラビア語コースで教わったエジプト人の女の先生が通路のそばにいて、「マブルーク！（おめでとう！）」と声をかけられた。卒業式では学生一人一人が、星条旗が掲げられた壇上に上がり、所属する学科の学科長から蝉の羽のように背中に垂れるフードを首にかけてもらい、学長から卒業証書を受け取った。わたしが壇上に上がると、東洋人は一人だけだったので、ひときわ大きな拍手と歓声が湧いた。壇上でひざまずき、背後からドクター・スキャンロンに赤と白のラインが入った黒いフードをかけてもらい、リチャード・ペダーセン学長（元米国のハンガリー大使）から卒業証書を受け取った。二年間、実力よりも高い所に向かって〝カエル跳び〟を続け、ようやく手が届いた卒業証書だった。受け取ってから握手をすると、六十一歳のアメリカ人の学長は、よくやったねといった笑顔でわたしを見つめ、なかなか手を放してくれなかった。

二十七歳と二十八歳の一年十ヶ月のカイロ生活は、「生き抜いた」と思える、濃密で充実した日々だった。

帰国後、東京の日本橋支店で自転車に乗って外回りをやったあと、三十歳でロンドン支店の国際金融課に配属され、中東とアフリカの国際融資の担当になり、鞄《かばん》一つで各地を飛び回る生活を六年間やった。懐かしいエジプトにも二回くらい出張したが、国の信用度が悪く、エジプト航空向けの航空機ファイナンス一件（一千万ドル）しかできなかった。それでも金利がＬＩＢＯＲプラス一・一二五パーセントと高かったので、手数料と合わせて六十万ドル以上の収益になり、わたしの留学費用は十分出た。

その後、わたしのいた関西系都銀は、頭取が銀行を私物化し、それに取り入った秘書役が銀行を牛耳り、モラルもへったくれもない状態になった。最終的には、検査忌避事件で法人としての銀行と複数の役員・幹部が有罪になり、他の都銀に吸収合併されて消滅した。このあたりのことは高杉良氏の『金融腐蝕列島』のモデルにもなり、わたしも『貸し込み』という作品の中で書いた。

Sさんもブラッセル支店や海外拠点の検査部門で働いたあと、国際部門から外れ、プライベート・バンキングや住宅ローンの仕事をし、今は、銀行を退職し、金融とはまったく別の仕事をしている。最後にお会いしたのは、考査役としてロンドンに来られたときで、そのときは自宅に来て頂き、夕食をご一緒した。わたしが三十六歳で銀行を辞めてからは疎遠になったが、今でもたまに銀行時代の友人から、「こないだSさんがお前のことを『あいつはエジプトで一生懸命勉強していた』と褒めていたぞ」と聞くことがある。お礼をしなくてはと思いつつ、長い歳月が過ぎてしまった。

いつも心に余裕を

　JPモルガン・チェースの中央アジア・トルコ・中東地区のCEO（最高経営責任者）だったムラード・メガッリと知り合ったのは、国際金融マン時代のことだ。年齢の割に頭髪は薄く、形のよい頭にくるりとした大きな両目が付いていた。風貌は何人《なにじん》かよく分からず、よく見ると中近東方面の雰囲気もあるにはあったが、知性と上品さを漂わせていた。身長は一八〇センチくらいで、すらりとしていた。

　彼はエジプト系米国人で、米国の大学で土木工学を専攻し、シティバンクで航空機ファイナンスなどをやり、その後、シティバンクの同僚としばらくブティック型投資銀行をやったあと、チェース・マンハッタン銀行に入った。初めて会ったのは「辰宗《たつそう》」という、今はもうないロンドンの鉄板焼き日本食レストランで、わたしと一緒にサウジアラビア航空向けのファイナンスを組成したことがある元シティバンクの米国人に連れられてやって来た。カイロに留学経験があるわたしとすぐに意気投合し、わたしの家内、彼の二卵性双生児の姉（妹）でジャーナリストのモナを交えて付き合っていた。四人とも同い年だった。ロンドンのモナの家で中近東風の手料理に舌鼓を打ったり、ムラードが住むイスタンブールで、彼のトルコ人のガールフレンドを交えて、古いロシア料理店に案内してもらったりした。

彼は実力派バンカーだったが、仕事の話はほとんどせず、もっぱら彼が蒐集《しゅうしゅう》しているトルコや中央アジアの古い絹や木綿の織物の話や、ウズベキスタンのブハラに五万ドルで買って、十万ドルかけて改装した隊商宿の話をしていた。地域の文化に深い関心を持ち、ロシア語やトルコ語を独学で身につけていた。

その彼は、二年前に北イラクに出張したとき、乗っていた小型ジェット機が墜落して亡くなった。モナはその四年前に癌で、ムラードが看護のために呼んだイスタンブールの病院で亡くなっている。

彼の中央アジアの織物のコレクションは今、米国ワシントンのテキスタイル美術館で展示されている。彼には、心に余裕をもって生きることの大切さを教えられた。

飛行機でトルコの上空を飛んだり、テレビで中央アジアの映像を見たりすると、ふとムラードのことを思い出す。ブハラの別荘は今ＬｙａｂｉＨｏｕｓｅというホテルになっているようなので、いつか泊ってみたいと思っている。

「日本経済新聞」二〇一三年四月十三日

【追記】

このエッセイを書いた五年後の二〇一八年五月から六月にかけ、家内とウズベキスタンを旅行し、ブハラを訪れた。少し埃《ほこり》っぽいが、都会のタシケントやサマルカンドと違い、しっとりした趣《おもむき》のある古都で、日によっては気温が四十度を超えるが、空気が乾燥しているので風が爽やかだった。ムラードの別荘が今はLyabi Houseというホテルになっているというのはわたしの勘違いで（同ホテルのオーナーはムラードと非常に親しかった人物ではある）、土地と建物は遺族の意向で三年ほど前に赤新月社（イスラムの国の赤十字社）に寄付され、事務所として使われていた。場所は町の中心部から車で七、八分走った住宅地の一角で、十家族くらいは住めそうな大きな石造りの家である。ムラードは、古い材料を探してきては家を改装していたそうで、いくつかある門の扉には、普通の扉よりも高価な昔の隊商宿の馬小屋の扉が使われていた。中庭には舞台のような立派なテラスがあり（暑い土地なので涼むため）、地元の人に頼んで植えたブドウの木が赤い花や小さな緑色の実をつけていた。

建物の表の門の前には、人の膝の高さくらいの石が置いてあった。ムラードの家の改装を手伝っていた地元の男性によると、ムラードはよくそこに腰かけ、通りの風景を飽かず眺めていたという。わたしもその石にすわり、亡き友を偲んだ。ちょうど夕暮れ時で、そばにブドウの木が植えられた付近の家々や通りが柔らかな夕日に包まれ、静かで心和む風景だった。

ロンドン在住作家業

今、この原稿をスコットランドのアイラ島（Isle of Islay）で書いている。産業革命発祥の地グラスゴーからプロペラ機で西に二十分ほど飛んだヘブリディーズ諸島の小さな島である。人口は三千人しかいないが、サントリーが所有するボウモア（Bowmore）など、名だたる銘柄のスコッチウィスキーの蒸留所が七つある。時刻は夜中の一時半だが、階下の馬小屋を改造したパブではまだ話し声や笑い声がしている。うるさくもあり、土地の音を聞いているようでもある。今回は『巨大投資銀行』という作品の中でアイラ島の蒸留所のM&Aのシーンを描くための取材である。

わたしは大学を卒業してから会社員を二十三年四ヶ月やった。銀行員が十四年、証券マンが四年、商社マンが五年四ヶ月である。ロンドンには三十歳だった一九八八年二月に大手邦銀の駐在員として赴任し、それ以来住んでいる（途中、二年間弱ベトナムに単身赴任）。小説家として本格的にデビューしたのは四十三歳のときで、準大手出版社・祥伝社から出した『トップ・レフト』という国際協調融資をテーマにした作品が二万二千部売れた。その後、会社員との二足のわらじで二作目と三作目を出し、四十六歳で専業作家になった。

何かを書きたいという気持ちは二十代の頃から持っていた。昔の友人に会うと「金山さん（わたしの本名）は昔から何かを書きたいといってましたよね」とよくいわれる。しかし、その時点では、それは夢想でしかなかった。銀行で朝から晩まで働かされ、月の残業時間は優に百時間以上で、海外に行きたくて続けていた外国語の勉強以外はほとんど何もできなかった。

状況が変わったのは、銀行のロンドン支店に赴任した三十歳のときからである。鞄一つで中近東やアフリカを飛び回り、様々な国の人々を相手に、国際協調融資の案件を取りまとめるようになった。当時、国際金融に関する小難しい解説書の類《たぐい》はあったが、あまりに観念的で、自分が実際にやっている国際金融の実務とはかけ離れたものだった。また、国際金融を描いたと謳《うた》っている小説類にいたっては、著者の知識・経験不足を煙《けむ》に巻いてもっともらしく見せるもので、「これのどこが国際金融なんだ!?」と憤りを禁じ得ない代物だった。

それから毎日の出来事を少しずつ書き溜《た》めた。アフリカ行きの便で夕方ロンドンを発ち、一晩眠ると、飛行機の窓から朝日が差し込み、鬱蒼《うっそう》とした密林に覆われた大地を灰色の大河が大蛇のように這《は》っている光景が見える。そういうとき、ビジネスクラスの席で英国式朝食を食べながら、せっせとノートに鉛筆を走らせた。

書き溜めたものが四百字詰め原稿用紙で三百枚ほどになった頃、いくつかの出版社に持ち込んだ。大手は駄目だったが、学生社という東京・足立区の鹿浜《しかはま》に事務所がある小さな出版社がエッセイ集として本にしてくれた。初版千五百部でたいして売れなかったが、自分が書いたものが初めて活字になり、本として売り出されたことは感激だった。

それから小説を書き始めた。小説という表現方法を選んだのは、現役の会社員として ノンフィクションを書くのは色々と差し障りがあるというのが最大の動機だった。その後、約四年間、短編や長編を書いては「文學界新人賞」や「小説新潮長編新人賞」などいくつかの新人賞に応募したが、一次予選をかすりもしなかった。作家になって何となく事情が分かったのだが、新人賞の応募作品の下読みをする人たちはまともな会社勤めの経験もない作家志望崩れが多く、経済のことが書いてあると、まったく理解できないので、その場でゴミ箱行きにしているらしいということだ。文藝春秋や新潮社の編集者から作品執筆を依頼されたときに、「昔、おたくの新人賞に応募したけど、一次予選をかすりもしなかったぞ」と文句をいったら、「いやあ、わたしはそのときは新人賞の担当じゃありませんでしたから、ははははは」と逃げを打たれた。

新人賞が全然駄目だったので、仕方なくまた原稿を学生社に持ち込んだら、面白いといってくれ、百枚ほどの中編小説三つをまとめて一冊の本にしてくれた。しかしこれも初版二千部でたいして売れず、もらった印税は二十四万円だった。

一九九六年八月から九八年三月まで、わたしは縁あって日本の証券会社の駐在員事務所長としてベトナムのハノイに駐在した。ハノイは、儚《はかな》げで、詩情溢れる町だった。夕暮れ時はどの民家も表戸を開けっ放しで、家族が茶の間で団欒している風景が丸見えだった。人々は控えめで、老人は敬われ、どんな小さな物でも必ず両手で受け渡しする。

首都なのに夜は密林のように暗く、頭上をコウモリが飛び交っていた。共産主義国家だが、座敷で女性が傍《はべ》らに侍って客に食事を食べさせるお色気レストランがいたるところにあった。ビジネスでは、日本国籍を得たベトナム人たちが暗躍していた。先進国の常識が通じず、賄賂が横行し、しょっちゅう怒髪天を衝《つ》く怒りにかられた。それを乗り越えると、ベトナム人たちは生涯の友人となった。

見る物、聞く物すべて新鮮な驚きで、魂も常識も激しく揺さぶられ、これは是非とも小説にしたいと思った。駐在中は日々の出来事を毎日パソコンで書き溜め、ベトナムでの勤務を終えてロンドンに戻ってから一年間ほどかけて五百枚ほどの小説を書き、「ハノイの白い花」というタイトルを付けた。家内に読ませると「面白い。ラストは涙が出た」といってくれた。一九九九年の五月頃に、十社ほどの出版社にいきなり電話をかけ、小説の編集者に繋《つな》いでもらい、「わたしはこれこれしかじかの者で、これこれしかじかの内容で小説を書きましたので、見て頂けないでしょうか」と売り込んだ。相手の反応は、門前払い、「じゃあ、見ましょう」という答え、「見れるかどうか分かりませんが、それでもよければ送って下さい」という面倒くさそうな反応など、様々だった。

それらの中で前向きの反応があったのは、ともに準大手の祥伝社と双葉社の二つだった。祥伝社は山田剛史という、二十代後半のわりには妙に自信に溢れた編集者で、電話で話すと「あなたの作品は凄く面白い。しかしあなたは無名だし、ベトナムがテーマではバックパッカーしか買わない」とはっきりいってきた。（ほう、この男、結構自分の頭で考える人間らしいな）と手応《てごた》えを感じた。「しかし、無名だと本が出せないという なら、いつまでもイタチごっこで、永遠に本が出せないことになる。いったい何を書いたら本が出せるのか？」と国際金融流で切り返すと、「あなたは国際金融マンだから、国際金融のことを書いて下さい。面白いものを書いてくれたら、うちは大きくデビューさせます」と「大きく」に妙に力を入れていう。（大きくデビュー？　本当かいな？）と思ったが、自分としてはそれに縋《すが》るしかなかった。あとで聞いたのだが、祥伝社ではそれまでデビューさせた新人は死屍《しし》累々だったが、その頃たまたま服部真澄《はっとりますみ》氏のデビュー作『龍《りゅう》の契り』が単行本だけで十何万部ものバカ売れをし、それを文庫化してまた儲《もう》かっていたので、別の新人もちょっとはやるかという雰囲気だったらしい。「何枚くらいの作品だったらいいんですか？」と山田氏に訊くと「今は八百枚くらいが一般的です」というので、（げっ、そんなに!?）と思ったが、もうやるしかない。

国際金融は長年やってきた仕事であり、「シンジケーション（協調融資）という名の馬なら、どんな荒馬でも乗りこなせる」くらいの自信を持っていたので、（国際金融のことを書けというなら、いくらでも書けるよ）と、そこから約一年間かけて八百枚ほどの小説を書いた。

書いている最中に、双葉社の杉山という年輩の男性編集者が便箋五枚の手書きの手紙をくれた。『ハノイの白い花』の原稿を送ってから四、五ヶ月後のことだった。読むのが遅くなったことを詫び、出せるか出せないかは分からないけれど、ベトナムのことだけでは魅力に乏しいので、他のアジア諸国やアジア通貨危機のことを書き込んだらどうかといってきた。具体的な加筆・修正個所や改稿方針の提案なども書かれた丁寧な内容だった（手紙は今も保管している）。わたしは、その方向で考えてみますとメールで返信したが、こちらのメールを見ていなかったのか、返信しなくてもいいと思ったのか、杉山氏からは特に返事はなかった。

　国際金融のダイナミズムに推理小説の要素を加えて描いた作品が一応書き上がったのは、二〇〇〇年二月だった。仮のタイトルは「ウォール街の鷲《わし》を撃て」にした。航空便で原稿を祥伝社の山田氏に送ると、すぐに読んでくれて、「すごく面白い！」と興奮して電話をかけてきた。祥伝社内の企画会議もすんなりとおり、タイトルを決める会議の前に山田氏から「『ウォール街の鷲を撃て』以外に、いくつかタイトル案を出してほしい」といわれた。「『トップ・レフト』というのは駄目ですか？」と訊くと、「片仮名のタイトルは売れないので、片仮名じゃないほうがいい」といわれ、必死で考えて「鷲の投資銀行」とか「国際金融の覇権」とか、果ては「神の領域」まで二十弱考えてメールで送った。会議が終わった頃に電話して、「どうなりましたか？」と訊くと、「『トップ・レフト』になりました」というので、（何だ、片仮名じゃないか）と苦笑させられた。しかし、「トップ・レフト」（主幹事）の座を巡って、しのぎを削ってきた身としては、このタイトルでいけるなら本望だった。

　『トップ・レフト』が順調に売れ、本格デビューを果たし、いくつかの出版社から書いてほしいという依頼もきた。ちょっと目新しい感じの新人が出ると、出版社はツバを付けに群がってくるのである。山田氏から「二作目どうしますか？」といわれ、最初に書いた『ハノイの白い花』の原稿があるので、それを加筆することにした。双葉社の杉山氏の意見を参考に、香港、インドネシア、パキスタンなどの話を入れ、当時のアジアの熱気と通貨危機の激動を描く千枚超の小説にして、一年半後に『アジアの隼《はやぶさ》』というタイトルで出版し、二万部売れた。二作目をちゃんと書けるか注目していたらしい別のいくつかの出版社からもアプローチがあった（一作目は書けるが、二作目が書けない新人は多い）。三作目は「プレジデント」誌で、『青い蜃気楼～小説エンロン』を連載し、本格的な作家活動に入った。

その頃、双葉社の杉山氏から「その後、書き直した原稿も送られてこないので、お預かりしていた原稿はお返しします」といって、三年前に送った『ハノイの白い花』が航空便で送り返されてきた。わたしは黒木亮というペンネームでデビューしたことを手紙に書き、『トップ・レフト』と『アジアの隼』を添えて送ったが、返事はなかった。編集者が新人に対して「こういうふうに書き直してほしい」というときは、ほとんどの場合、本にして出したいと思っているというのが分かったのは、作家になってからである。しかし、出版業界について何も知らないデビュー前のわたしにとっては、山田氏の言葉のほうが確実なものに思われた。杉山氏はある意味で恩人だが、縁がなかったということだろう。当時すでに年輩の方で、双葉社はもう七、八年前に退職したようだ。一方の山田氏は、その後、角川書店に移籍し、今は文庫の副編集長を務めている。

振り返って考えると、作家になりたいと意識して銀行の駐在員を辞め、証券会社の英国現地法人に転職し、ロンドンに家も買ったのは、三十六歳のときだった。そのとき、米国に日本人の物書きはたくさんいるが、英国にはほとんどいない、自分がここに住めば、他人が書けない独自のものを書けるのではないかと思った。

わたしが今来ているアイラ島のスコッチは、全島の四分の一を覆うピート（泥炭）でモルトを長時間燻《いぶ》し、他のスコッチにはないスモーキーな香りを付ける。また、蒸留所はすべて波打ち際に建ち、打ち寄せる波しぶきを白壁に浴びている。こうすることで樽《たる》に貯蔵されたウィスキーがたっぷりと潮風と海藻の匂いを吸い込み、独特の風合いを醸し出す。それがあまたある銘柄の中で、アイラのスコッチを際立たせている。わたしにとってロンドンで書くということは、アイラ島でウィスキーを造ることに似ているかもしれない。

「世界樹」（短歌同人誌）二〇〇五年

文章修業

文章修業というものを、あらたまった形でやったことはないが、銀行員、役人、重厚長大産業の社員などは仕事で結構文章を書くので、人によっては、そこで基礎めいたものができる。わたしは、邦銀のロンドン支店にいた頃、東京の国際審査部を説得し、国際融資の承認を一件取るのに、説明だけで三十～四十ページの稟議《りんぎ》書（附属資料を含めると百ページくらい）と、稟議書を読んだ国際審査部からの質問に対する追加説明書を二十ページくらい書くのが当たり前だったので、営業や交渉をしているのと同じぐらいの時間を文章を書くのに費やしていた。その過程で、どういう文章を書けば相手が納得してくれるのか少し分かり、文章によって読み手を説得する面白さも知った。

小説家デビューを目指していた頃、文章に関する本を二冊ほど読んだ。中条省平《ちゅうじょうしょうへい》著『小説家になる！』と『鳩よ！』編集部著『小説家への道』である。参考になったことはそれほど多くなく、①説明せずに描写せよ、ということと、②同じ場面で話者の視点が変わってはいけない、というごく基本的な二つの約束ごとだけである。（ただ、この頃はプロの作家でも、描写しないで登場人物の心理などを長々と説明しているような人が結構いるので呆《あき》れる。）

デビュー作の『トップ・レフト』を書いていたとき、自分が実際に経験した場面や、いいアイデアが湧いたときは迫力のある文章が書けるのだが、何度書いても駄目で苦労した箇所もあった。悩んだ末に、他の作家はどういうふうに書いているのだろうと思って、自分がいいと思う文章を書く作家の作品をいくつか読んでみた。印象的だったのは、山崎豊子さんの『白い巨塔』の、主人公・財前五郎の手術シーンだ。そこには大げさな言葉や作為的な修飾は一切なく、事実を徹底的に描写しているだけだったが、尋常ならざる緊張感が漲《みなぎ》っていた。それを読んで、迫力のある文章というものはこういうものかと思った。（たぶん山崎豊子さんの全盛時代は、この『白い巨塔』の頃ではなかったかと思われる。当時、四十歳前後である。八十四歳のときに出した『運命の人』を一読したある編集者は「山崎豊子もここまで衰えたか」といっていた。）

城山三郎さんも好きな作家で、特に『輸出』など、初期の短編がいいので、ストーリーがどのような流れになっており、どのような要素（人物の特徴、舞台となっている組織や業界の特徴・専門知識、暴露性等）がどの程度投入され、それらの要素がどのような順序で、どのように組み合わされているか「分解」し、それを手本として自分の作品の構成を改めたりした。

文章の中でも難しいのが人の風貌の描写である。上手く描写できれば、わずか数行で読者に作品全体の雰囲気やストーリー展開の予感を与えることができるが、下手くそに書くと作品を安っぽくしてしまう。この点で抜群に上手いのが松本清張さんである。たとえば、『空《くう》の城』という、昭和五十二年にカナダの製油所建設プロジェクトで多額の焦げ付きを出して破綻した商社・安宅産業をモデルにした小説がある。その中に登場する安宅をモデルにした江坂産業を手玉に取るレバノン系アメリカ人の政商アルバート・サッシンの描写は次のようなものである。

〈(注・江坂産業社長の河井が) 開け放たれた扉の入口から足を踏み入れると、片側に二人のタキシード紳士がホストとして佇立《ちょりつ》していた。手前のは額のひろい五十年配の男で、鼈甲縁《べっこうぶち》の眼鏡をかけた機敏な顔つきだった。その奥隣りは灰色がかった黒髪の縮れ毛で、くぼんだ眼窩《がんか》と鷲鼻《わしばな》をもち、唇のうすい、頬の削《そ》げた、やや猫背の六十前後の紳士だった。この男には河井も前に会っていた。げんにいま、瞬間、互いに眼もとの微笑を交換した。(中略) NRC (注・New Foundland Refining Co.) の会長アルバート・サッシンだった。(中略) サッシンは薄い眉を上げ、鷲鼻の両わきに深い溝の皺《しわ》をつくり、やや受け口のうすい唇をわずかに開いて、お会いできるのを愉しみにしていました、と低い声で言った。窪《くぼ》んだ眼蓋《まぶた》の上には陰影《かげ》があり、眼の下には半円形の眼袋があり、それが鋭い光を湛《たた》えた切れ長な眼とともにひどく魅力的であった。しかし、人によっては陰険な印象にうけとるかもしれなかった。〉

この描写だけで、江坂産業がサッシンに搦《から》め捕《と》られて、泥沼のような国際商取引に引きずり込まれ、破綻する予感を読者は抱かされる。

蛇足だが、清張さんに関して驚くのは、その怪物的知力である。たとえば『空の城』の中には、イギリスの財やサービス輸出を促進するために同国の公的輸出信用機関ECGD（英国輸出信用保証局）が提供する保証の仕組みについてかなり詳細な記述が出てくるが、元国際金融マンのわたしが読んでもニュアンスまで含めて違和感がないほど正確に書かれている。しかもこの一作だけを書いているわけではなく、同時にたくさんの連載を持っている中で、ここまできちんと消化し、正確な記述にしていることに驚嘆する。

山口百恵もデビューした頃は歌が下手だったが、引退する頃にはかなり上手くなった。作家も長年やっていれば、それなりに文章が上手くなるものだ。日々の仕事が一番の修練の場である。

わたしの場合、家内が一番の編集者で、出版社に送る前にすべての原稿を読み、「ここが分かりづらい」とか「最後の締め括《くく》り方が今一つ」とか、忌憚《きたん》のないコメントをくれる。それはたいていこちらも多かれ少なかれ感じていることなので、「やっぱりそうだよなあ」と思いながら書き直す。なかなか上手く書けなくて、二十回以上書き直すこともある。

ただ、作品はあくまで中身である。文章はあくまで手段であり、文章が上手いだけでは箸《はし》にも棒にもかからない。これは英語でのビジネスでも同じで、いくら英語が上手くても、話す内容に中身がないと誰も聞いてくれない。逆に、多少英語が下手でも、話す内容に価値があれば、相手は耳を傾ける。商社マン時代に関与したロシアの石油・ガスプロジェクト「サハリン2」で、英語が下手だけれども、プロジェクトの過去の経緯やプロジェクト・ファイナンスについて豊富な知識を持っている三井物産の財務部の人が出資企業メンバーとして参加していた。彼の英語は聞いているこちらが心配になるほど下手だったが、法律事務所や銀行などの関係者も揃った会議では、欧米人も含めて誰もが、彼がぼそぼそ訥々《とつとつ》と話す英語に真剣に耳を傾けていた。

取材術

取材相手に首尾よく会えても、聞きたい話をまったくしてもらえないこともある。しかし、経済小説の取材は裏の話を聞くだけではない。取引の仕組みや業界の知識など、秘密ではないけれど、説明を聞かないと理解できないことがたくさんある。アテが外れたと思ったら、すぐに質問の方向を転換する。

どんな話が飛び出て、どのように作品に生かせるかは、まったく予想がつかない。『巨大投資銀行』の取材で、欧州系投資銀行のニューヨーク現法に勤めている人に取材を申し込んだとき、「同僚もついて来たいといっているので、連れて行っていいですか？」と訊《き》かれたので、特に期待もしないで了承したことがあった。マンハッタンのレストランで二人と夕食をしながら話を聴くと、その同僚の人は米国の同時多発テロの被災者で、倒壊したビルからあと五分避難するのが遅れていたら死んでいた人だった。彼が何気なく始めた話に頭を殴られたような衝撃を受け、後日、青山の焼き鳥屋で改めて取材をさせてもらった。

最初（一次）の取材相手から、知り合い（二次の取材相手）を紹介してもらうことは非常に多く、実は、取材の半分はこのパターンである。今、ある全国紙で裁判官の小説を連載しているが、あまり外部の人と接触しない職業集団なので、四次くらいまで紹介してもらい、何とか必要な取材量を確保している。

インターネットの時代になって便利なのは、取材したあとメールで追加の質問ができることだ。取材の場で訊いても、相手は咄嗟《とっさ》に思い出せないケースも多い。そういうときメールで質問すると、じっくり考えてから返事をくれるので、いい情報が入る。特に知的水準が高い取材相手は、こちらが驚くほどの長文の返事をくれ、会ったときより数倍いい取材ができる。このあたりは城山三郎さんや山崎豊子さんの時代にはなかった、ＩＴの進歩の賜物である。

国会図書館や大宅文庫などで情報を発掘・収集する作業は、データマンにお願いする。わたしのデータマンをやってくれているのは、高校を出たあと演劇や音楽関係の専門学校に進み、バンドや演劇をやり、その後ライターになったという変わった経歴の四十代くらいの女性で、ある雑誌のインタビューで知り合った人である。最初、どれくらいできるか分からなかったので、試しに一度お願いしたら、心のこもったいい仕事をしてくれた。彼女の素晴らしいところは、常に自分の頭でしっかり考え、こちらの要望を咀嚼《そしゃく》した上で、図書館などに行く前は必ず下調べをし、資料を探してくれることだ。「たぶん黒木先生がこういう資料を欲しいのではないかと思ったので、余計かもしれませんが、入手しましたのでお送りします」と、お願いした資料以外にも色々送ってきて、それらが非常に役に立つ。以前は東京に住んでいたが、東日本大震災のあとご主人と一緒に関西に引っ越してしまい、この事態には頭を抱えた。仕方がないので、別のデータマンを二人くらい試してみたが、一流といわれる大学を出ているわりには、自分の頭で物を考えないので、まったく話にならなかった。やはり彼女しかいないと分かり、今は関西からの旅費・宿泊費も出してお願いしている。

取材では世界中に出かける。去年はワシントンDCの世銀のアーカイブスで四日間資料を読み、今年はオハイオ州のシンシナティ大学を訪問する。金融マン時代から通算すると、鞄《かばん》一つで世界を二十五年間飛び回っている。

「日本経済新聞」二〇一二年九月一日

原発所長の小学校を捜して

『ザ・原発所長』の主人公のモデルは、いうまでもなく東京電力福島第一原発の所長だった故・吉田昌郎さんである。

人の生涯を描くには子ども時代の描写が必須だ。しかし、吉田さんに関しては、中学生時代以降の情報しかなく、どこの小学校を出たかも分からなかった。親族に話を聞こうと思って、取材に応じてくれた東工大OBの方を通じて手紙を出したが、吉田氏急逝の心労もあってか、返事はなかった。

その後、やはり取材で会った別のある方が、倉庫の古い資料を親切に見てくれて、小学校名だけは分かった。大阪市中央区の金甌《きんおう》小学校だった。問屋・小売街の松屋町筋がある瓦屋町の児童が通う小学校だ。今は統合され、中央小学校になっている。

インターネットやデータベースで検索したり、名簿業者を当ったり、大阪在住の知り合いに聞いたりしてみたが、同級生に会うための手がかりは掴《つか》めなかった。

しかし、国会図書館の蔵書検索をしてみると、松屋町筋に近い大阪市立島之内《しまのうち》図書館と西区北堀江《きたほりえ》にある市立中央図書館に同校の開校九十年史や百年史、児童の文集などがあることが分かった。

大阪に出向いてそれらを見てみると、九十年史などの中に歴代のPTA役員（会長、副会長、書記、会計、会計監査）の名前が掲載されており、一部の人についてはインターネットで連絡先が分かった。

そこで吉田氏の親と同じくらいの年齢の人たちや、吉田氏と卒業年次が同じくらいの人たちに取材申し込みの手紙を七、八通出し、電話でも当ってみた。ところが誰も取材を受けてくれない。「吉田さんゆう人は知らないですね」、「忙しいんで、遠慮してもらえますか」といった、つれない返事ばかりで、「参考になる話はありません。朝日新聞とは関わりたくありません」と一行だけのメールを送ってきた人もいた。『ザ・原発所長』は「週刊朝日」で連載していたが、従軍慰安婦報道と吉田調書問題で朝日新聞が激しく叩《たた》かれていた時期だった。

思いあまって「初恋の人探します社」という大阪の有名な探偵社に電話して、滝田和子さんという八十歳近いベテランの調査部長さんに、何とかなりませんかねえと相談したら、「名簿業者も小学校の名簿なんて持ってへんしねえ。大阪の商売人の人は『そんなん知りまへんで！』とか当りはきついけど、下町の人は親切やから、もうちょっと頑張ってみたら」と励まされた。

途方に暮れながら手探りを続けていると、取材を申し込んだ人の中から、吉田氏より学年が下で、吉田氏のことは知らないけれど、家に吉田氏の親がよく来ていた人が、父親と一緒に取材に応じてもよいという返事をくれ、少しだけ光が見えた。

それから間もなく、吉田氏の小学校の同級生だという人物から突然連絡が来た。名前も知らず、取材の申し込みもしていなかった人だったので驚いた。一行メールで断ってきた人が、地元の地蔵尊の世話をしているグループを通じて吉田氏の同級生だった女性に「こんなもんが来てるで」とわたしの手紙を見せ、女性から話を聞いた男の同級生が連絡をくれたのだった。

二人の元同級生に会えたのは、取材を始めてから一年半後のことだった。小雨の降る中央小学校の校門前で傘をさし、わたしを待っていてくれた男女二人の温かい笑顔を見たとき、胸が一杯になった。「さあ、これから一番大事な取材だぞ」。自分にいい聞かせ、深呼吸を一つした。

「新刊展望」二〇一五年八月号

出版ジャーゴン

わたしが二十三年四ヶ月働いた金融業界ではジャーゴン（jargon＝わけの分からない専門用語）を多用するが、出版業界にも色々ある。特にわたしのように、四十半ばになって他の業界から来た人間にとっては、奇異に感じたり、面食らったりすることが多い。

「ポップ」という語は、一般の人でも結構知っていると思う。これは書店で平積みにした本のそばに飾る葉書大の紙製の宣伝カードである。デビューさせてくれた祥伝社の編集者から「ポップを作りますんで」といわれたとき、（ポップ？　何のこっちゃ？）と思った。語源は英語のロリポップ（棒の付いた飴《あめ》）に由来するらしい。

「表《ひょう》1」とか「表4」というのは、本の表紙と裏表紙のことである。「表1の帯」といえば、本に巻く宣伝文句（コピー）を印刷した紙製の帯の表紙にかかる部分、すなわち平積みにしたとき一番読者の目に触れる大事な部分である。「表1のコピー、結構いいの考えたね」とか、「表4の帯は手に取って見る部分なので、文字は小さくてもいいと思います」といった感じで使う。最初これを聞いたときは全く耳馴《みみな》れなかったので、「何が表1、表4だ。表紙とか裏表紙とかいえばいいじゃないか」と思った。表2は表1の裏側（表紙の裏側）、表3は表4の裏側（裏表紙の裏側）だが、著者が耳にすることはあまりない。

「投げ込み」という語もある。「黒木先生、七月刊の〃投げ込み〃の扉にご著書が入ります」といわれたときは、「むむっ、出版社の人たちが家々の郵便受けに宣伝ビラか何かを投げ込んでいくのか？」と思ったが、これは新刊本の中に挟み込まれている、その月に刊行する書籍を全部並べ、蛇腹折りにした宣伝用のチラシのことである。文庫の新刊にもたいてい入っている。扉というのは、「投げ込み」の表紙のことで、その月の新刊の中で出版社が一番力を入れて売り出す本が入る。

「全五《ぜんご》」、「半五《はんご》」などは、新聞広告の大きさを表す。新聞の一面は十五段組みなので、「全五」は下から五段全部（すなわち紙面の下三分の一）を使って打つ大きな広告である。「半五」は、全五の半分の大きさ。全五を打つと全国紙の場合、数百万円から新聞によっては一千万円近くかかるので、よほど売れる本でないと出版社もやらない。「今度の広告は全五で打たせて頂きます」といわれれば、嬉《うれ》しい反面、売れなかったら悲惨だろうなあ、と心配になったりする。新聞の第一面の下三段分を八つに区切って、墓石のような広告が八つ並んでいるのは「三八《さんやつ》」と呼ばれる。新聞によっては第一面全体の格調を保つために絵や写真は入れられないので、文字だけでいかに目立つ広告を作るかが宣伝部門の腕の見せ所である。

ある女性編集者から「〃つきものネーム〃をどうしようかって考えてるんですが」といわれたとき、「ネーム」の方は業界用語でコピー（宣伝文句）のことだと知っていたが、「つきもの」というのは「憑《つ》き物が落ちた」という言い回しぐらいしか知らなかったので、「憑きもの？　まさか霊とかキツネが憑いてるとか？」と訝《いぶか》しく思った。国語辞典によると「付き物」は、主要な物に付属している物のことで、「スポーツに怪我は付き物」といったりするときの付き物である。本の制作現場で「付き物ネーム」というと、その本のための宣伝文句で、特に、帯のキャッチコピーなどを指す。このいい方にはいまだに違和感があって、いつも憑依《ひょうい》とかキツネ憑きを連想してしまう。

デビューして一年半くらい経った頃、二作目の『アジアの隼』の宣伝のことを祥伝社営業部の飯島君という青年と話していたとき、「〝ちんびら〟の件ですが……」といわれ、「チンピラ？　書店にヤクザが関係してるのか？」と混乱したが、「陳列ビラ」の略で、本のそばに置く宣伝ビラのことだった。

話はそれるが、デビューさせてくれた出版社というのは作家にとって故郷のような場所である。作家志望の人間なら誰しも、自分の才能を見いだされて出版社に呼び出され、自分をデビューさせてくれる〝神のような〟編集者と向き合う日を夢見ている。わたしの夢が実現し、最初に訪れた編集部は祥伝社の文芸出版部だった。地下鉄東西線・九段下駅の近くに建つ細長いビルの六階にある、本や雑誌や原稿やゲラで雑然とした一室で、ソファーもくたびれていた。同社は、わたしがデビューした頃は社員が百人くらいの準大手の出版社だったが、坂道を転げ落ちるような出版不況のために、今は六十人くらいに減っている。別の会社に移った祥伝社出身の編集者に会ったりすると、昔話に花が咲く。新人作家の頃、よく一緒に書店回りをした飯島君は、今は新書編集部の編集者として頑張っている。わたしをデビューさせてくれた編集者の上司だった猪野さんという部長は、糖尿病持ちのヘビースモーカーで、インシュリン注射を打ちながら毎日のように作家と飲み歩いていたが、肺がんが見つかったとき既に脳に転移していて、二〇一三年に六十一歳で亡くなった。

サンフランシスコの日章旗

今、日本の戦後復興のために働いた川本稔《かわもとみのる》さんという日系三世の生涯を書いている。カリフォルニアで大正九年（一九二〇年）に生まれた川本さんは、十五歳で日本に帰国し、和歌山高商（和歌山大学の前身）を卒業後、帝国陸軍の下士官として中国大陸で従軍した。戦後復員し、GHQ（連合国総司令部）に三年弱勤務したあと、米国のシンシナティ大学に留学し、通産大臣や経済企画庁長官を務めた高碕達之助《たかさきたつのすけ》の右腕として祖国復興のために働き、去る二〇一八年十月二十一日、九十八歳で大往生を遂げた。

川本さんは、シンシナティ大学留学中の昭和二十六年の八月から九月にかけ、「中部日本新聞」（現・「中日新聞」）の通訳として、日本が独立を回復するための対日講和会議の取材に携わった。その時の様子を描くために、サンフランシスコを訪れたのは二〇一二年八月の終わりのことだった。

行って驚いたのは、とにかく寒い！　ということだった。真夏のカリフォルニア州なので、てっきり暑いと思い込んでいたのだが、日中の最高気温は摂氏二十度になるかならないかである。半袖《はんそで》ではとてもいられないどころか、夕方に風が吹くとまるで冬で、コートにマフラー姿の人までいた。マーク・トウェイン（『トム・ソーヤーの冒険』の作者）は「The coldest winter I ever spent was a summer in San Francisco.（わたしが今まで過ごした最も寒い冬はサンフランシスコの夏である)」といったそうだが、まさにその通りだ。これは主にカリフォルニア海流という寒流が付近を流れているせいらしい。サハリン中部と同じ緯度のロンドンが冬あまり寒くならないのは赤道から始まる北大西洋海流という暖流が近くを流れているからと聞いていたが、海流の影響がこれほどまでとは知らなかった。海際に行くと本当に寒く、水温は七〜十度しかない。沖合三キロメートルほどの場所に、凶悪犯の刑務所があったアルカトラズ島の大きな島影が霧の中に見えたが、海に浸《つ》かったら五分で身体が凍えきってしまうのは確実で、脱獄不可能なのがよく分かった。

街の特徴の二つ目は、坂が多いことである。長崎、神戸、小樽なども坂が多いが、サンフランシスコの坂は、並みの坂ではなく、道が胸に付きそうな気がするほどの急勾《きゅうこう》配《ばい》だ。特に市内北東寄りの日航ホテルがあるあたりから北の方角への上りがきつく、そばを歩いていた米国人青年と思わず「この坂、マジかよ!?」と顔を見合わせた。上りきると北の方角に白い浪が打ち寄せる太平洋の雄大な景色が見え、東西に延びる道は起伏が豊かで、学生時代、長距離走のトレーニングで来たかったと悔しい思いがした。走るのが好きな人には絶対おススメである。

三つ目は、アジア系の人々が多く、ヨーロッパ的な東海岸とはがらりと雰囲気が変わり、エスニックなことである。多くは、十九世紀から二十世紀にかけて鉱山、鉄道建設、農業などの労働者として渡って来た中国人、日本人、韓国人、フィリピン人などの子孫である。ホテル、レストラン、商店にもアジア系の人たちが多く、親しみやすい。市内には日本人街もあり、日本人移民の長い歴史を感じさせる。安い中華や日本料理店も多く、食事は便利である。

四つ目はシーフードが美味しいことである。市内北東のフィッシャーマンズワーフ（漁師の波止場）に行くと、一帯には潮とカニの匂いが漂い、シーフード・レストランの店頭では男たちがカツカツと木槌《きづち》でカニの足に割れ目を入れて下ごしらえをし、おこぼれに与《あず》かろうとするカモメがよちよちと歩いている。わたしはドライバー兼案内人の勧めで「FOG HARBOR FISH HOUSE」というレストランでクラムチャウダーを食べてみたが、クラム（あさり）の味がスープの中にしっかり染み出ていて、これまで食べたどのクラムチャウダーより美味だった。またダウンタウンにある「CRUSTACEAN」というレストランの塩とニンニクとオリーブオイルで調理したローストクラブ（ダンジネスクラブ）とガーリック・スパゲティのセットは病みつき間違いなしで、日本企業の駐在員は帰任のとき必ず後任者に引き継いでいくという。

昭和二十六年の講和会議のとき、吉田茂や白洲次郎《しらすじろう》（東北電力会長）ら日本全権団が宿泊したマーク・ホプキンス・ホテルは、ダウンタウンの高台のカリフォルニア通りとメーソン通りが交差する角に、十九階建ての堂々たる姿を見せている。一九二六年の開業で、来年（二〇一六年）百周年を迎える。金色の植物模様の装飾が施された庇《ひさし》のある正面玄関の左右には、星条旗、熊をあしらったカリフォルニア州旗、鷲《わし》をあしらったサンフランシスコ市旗、インターコンチネンタルホテルズグループの旗が翻っている。玄関を入ると、シャンデリアが下がるクラシックなロビーで、最上階は、サンフランシスコの夜景を一望できるバーになっている。外交というものは、まず外見が立派でないと見下され、端《はな》から交渉負けする。当時の日本はまだ被占領国だったが、このホテルに泊まって、国家としての気概や誇りを世界に示したのだろう。

講和会議は、九月四日の夜、市街中心部のオペラハウスで始まった。一九三二年に建てられた、カリフォルニア産花崗《かこう》岩を使った、フランス・バロック風の建物で、正面バルコニーに星条旗が翻っていた。一階はアーチ型の出入り口、二階はギリシャ風の列柱が並び、威風堂々とした佇《たたず》まいである。内部のオペラ劇場は、正面に幅約四〇メートル、奥行き約二六メートルの舞台があり、そこに議長席と演壇が設けられた。舞台から天井までは約四三メートルの高さがあり、三つの大きなシャンデリアと十二のスタンドランプが煌《きら》びやかな光を放っていた。

当時の写真を川本さんに見せてもらったが、四階の天井桟敷《さじき》まで人でぎっしり埋まり、二階バルコニーの報道席にはテレビカメラがいくつも並び、熱気と興奮がひしひしと伝わってくる。

初日に川本さんが、「中部日本新聞」の特派員やカメラマンと一緒に会場入りしたとき、正面の舞台の後方にずらりと掲げられた参加各国の五十一本の国旗の中に日章旗はなく、あらためて日本の国際的な立場を思い知らされたという。会議に参加するのは日本を含めると五十二ヶ国だが、講和条約が無事調印されるまで、日本は国際社会への復帰を認められていなかった。

会議は、午後七時十三分、米国の首席全権アチソン国務長官の開会宣言で開幕し、トルーマン米大統領が二十五分間の演説を行い、戦後、日本が平和的な国家となり、国際社会に復帰する体制が整ったことや、共産主義勢力からの太平洋地域の防衛の必要性を述べた。

翌日、午前十時十五分に始まった二日目は、冒頭、米英共同提案による議事規則の審議に入ったが、ソ連のグロムイコ首席全権が中華人民共和国の会議参加を要求して仮議長のアチソン米全権に激しく詰め寄り、火花を散らす応酬となった。しかし、結局、議事規則は、四十八対三の圧倒的多数で採択され、議長にアチソン、副議長にスペンダー・オーストラリア全権が選出された。グロムイコは、一時間二分にわたって演説し、条約草案を全面的に非難し、十三項目にわたる修正を提案した。

講和会議は、連日、各国全権の演説が行われ、九月七日の午後八時十七分から、日本の吉田茂首席全権が登壇した。吉田は、懐刀である白洲次郎の進言で、前日に英文から日本文に書き換えられ、巻紙に記された演説を堂々と読み上げた。内容は、講和条約を受諾すること、奄美大島、琉球諸島、小笠原諸島の主権が日本に残されるとする米英全権の発言を歓迎すること、千島列島と南樺太を日本が侵略で奪取したというソ連への反論など、多岐にわたっていた。約二十分間の演説が終わると、会場からは割れるような拍手が湧いた。

条約の調印は、翌九月八日、午前十時十五分から、約一時間半にわたって厳《おごそ》かに行われた。調印したのは、ソ連、チェコスロバキア、ポーランドを除く四十九ヶ国である。調印にあたって、会期中取り外されていた日章旗が、ずらりと並んだ五十一ヶ国の国旗の右端に掲げられた。川本さんは人でごった返す二階の記者席で、煌々《こうこう》たるライトの中に浮かび上がる鮮やかな赤い日の丸が視界の中に飛び込んできたとき、心が震えたと話してくれた。

作家とお金

北海道の故郷・秩父別町は、冬は零下三十度をさらに下回り、衣食住を確保しておかないと凍死する極寒の地で、その上、大学を出たあと十四年間銀行員をやったせいか、ことお金に関しては自分の性格は保守的である。デビュー作が売れたといっても、単行本二万二千部で、入ってきた印税は四百十八万円である。作家専業になる前にちゃんとやっていけるかどうか見極めるため、三年間弱二足のわらじでやってみて、「ファックユー・マネー」（投資銀行業界の俗語で、上司に「糞ったれ！」と啖呵《たんか》を切って会社を辞めるための蓄え）を貯め、常に連載のクチが二つくらいは入ってくる見通しを立ててから独立した（もちろん世話になった会社や上司には「ファック・ユー！」とはいわなかった）。

ある程度売れている作家であれば、小説の場合は、単行本のあと文庫本になるので、①連載時の原稿料、②単行本の印税、③文庫本の印税、と同じ作品で三回金が入ってくる。したがって、文庫になりにくいノンフィクションの書き手よりは生計が立てやすい。また、連載の機会もノンフィクションよりは多い。わたしが小説の道に進んだのは、会社員だったのでノンフィクションを書くのは差し障りがあるという消去法的な理由からだったが、結果的には正解だった。

新人賞を獲《と》った途端に勤めを辞めて独立する人がいるが、あまりに楽天的で呆《あき》れる。今、連載は持てないけれども、本は出してもらえる大多数の「平均的な」小説家の場合、単行本の部数は四千部～七千部で、一冊千六百円とすると、印税率は通常一〇パーセントなので印税は六十四万円～百十二万円、首尾よく文庫本にしてもらえても一万部～二万部で、一冊六百五十円とすれば六十五万円～百三十万円。しめて一冊書いて入ってくるのは、百二十九万五千円～二百四十二万円、頑張って年に二冊書いてもこの倍にすぎない。わたしのように一作書くのに五百万円とか一千万円の経費をかければ、たちまち赤字になる。だから何冊か本を出して、少し有名になるとテレビに出たり講演をしたりする人が結構いる。しかし、そんなことをやっていれば、取材や執筆の時間は当然減るし、いいことは何もない。そういう人たちを見ると、ああ、この人たちは、作家をやりたいんじゃなくて、タレントをやりたいんだなと思う。ちなみに前述の「平均的な」小説家たちがなぜ暮していけるかというと、配偶者が働いていたり、実家に居候したりしているからだ。人生に魔法はない。

「黒木さんはキャピタル・マーケットに精通しているから、さぞかし株なんかで儲《もう》けているでしょう？」といわれることがあるが、わたしはマーケットを舞台にした小説は書いていても、個人としては投資には興味がない。バブルの頃は恥ずかしながら、株式投資、勤めていた銀行の持株会、外貨預金などで一千万円くらい損をした。知人の香港人の医者で、株、不動産、競馬で負け知らずみたいな人がいるが、彼を見ていてよく分かるのは、投資はよほど研究しないと勝ち続けられないということだ。ならばその労力を自分の仕事に注いで、本業で稼いだほうがいい。ましてやレバレッジを利かせて投資するなどというのは自分にとっては論外で、金融マン時代は融資を専門にしていたにもかかわらず、借金はしない主義だし、クレジットカードを使うのは、インターネットで本や航空券を買うときくらいだ。東京のホテルではいつも現金で宿泊料を払っているので、ホテルの人たちは、作家は不安定な職業だから、クレジットカードも持てないんだろうと思っているかもしれない。

金融商品への投資には関心はないが、大学時代から三十歳くらいまでは、徹底して自分に投資した。特に外国語は熱心に勉強した。大学時代は「毎日きちんとやれば三ヶ月で英語が話せるようになる」というふれ込みのリンガフォンという当時三万円ちょっとくらいの教材で毎日最低三十分は勉強し、大学三年くらいからはNHKのラジオ英会話もやった。大学三年、四年と二度箱根駅伝を走ったが、走った当日もアパートに戻ってリンガフォンをやった。アルバイトは時間の切り売りでしかないと思ったので、ほとんどやらず（十分な仕送りをしてくれた親には感謝してもしきれない）、時間があれば大学の教科書、ノンフィクション、小説、その他色々な本を読んでいた。銀行に入って一年目に受けた英語の試験は、当時日本の大企業でよく使われていたILC国際語学センターのBETA《ベータ》だったが、判定はグレード3という、すぐに海外駐在ができるレベルだった。入行二年目で夜間のドイツ語学校に社費で一年間通わせてもらい、三年目にアラビア語研修生として三鷹のアジア・アフリカ語学院に半年間派遣され、横浜支店での勤務を挟んで、入行五年目からエジプトのカイロ・アメリカン大学に二年間弱留学させてもらった。

モノへの投資で唯一成功したのは、ロンドンで買ったマイホームである。三十六歳のときに邦銀の駐在員を辞め、証券会社に現地採用で入社したとき、採用してくれた日本人の上司から「現地採用のスタッフは住宅手当が出ないから、借りるより買うほうが安いよ」といわれ、家内と二人で休日ごとにロンドン市内をほうぼう歩いて物件を見て回り、今の家を買った。庭には大きなリンゴの木があり、一階は居間が二つ、キッチン、コンサーバトリー（サンルーム）、二階は書斎、寝室二つ、バスルーム、トイレがある。昼間でもほとんど物音がしない閑静な住宅街にあり、東京でこれだけの住環境を手に入れようとすれば、三億円くらいするのではないかと思うが、値段はわずか十一万ポンド（当時の為替レートで千七百万円）だった。その後、イギリスの不動産価格が一本調子で上昇し、現在は四倍くらいの値段になっている。ただロンドンの都心まで電車で約三十分で、少し遠い。都心まで二十分ぐらいの場所に三十三万ポンド（約五千百万円）くらいのいい家があったので、家内はそちらを買おうといったが、終身雇用制を離れるわたしは、この先何があるか分からないからといって尻込《しりご》みした。家内が勧めたほうの家を買っておけば、今は百五十万ポンド（約二億二千万円）くらいになっているので、大金持ちになっていた。「あっちを買っとけばよかったねえ」といわれると、うな垂れるしかない。

家内は同い年の日本人で、四国の松山市出身である。自然が厳しい北海道と違って、山に行けばミカンがなり、海に行けば魚が獲れ、伊予《いよ》松山藩は親藩の松平家で政治的苦労もなかったせいか、考え方が楽天的である。投資も大胆で「銀行に行ったら、金利が五パーセントの固定で五年の定期預金があるといわれて、そこにお金を入れてきた」といったりする（それも結構な額で）。金融マン時代は融資畑で、まずリスクを一通り考える癖のあるわたしは、「えっ、この先金利が上がったらどうするの!?　ましてや五年間も資金を固定するなんて」と思ったが、途端にリーマン・ショックが起きて、ポンドの金利が一パーセント台に下がった。わたしはといえば、「この先急に金が必要にならないとも限らないし、金利の動向もどうなるか分からないし」とあれこれ考えて、金利の低い一年定期を毎年継続していたりする。家内を見ていて分かったのは、投資はある程度の大胆さがないと成功しないということだ。

作家になって素晴らしいのは、好きなことでお金儲《もう》けができることだ。わたしは文章を書くことが好きだし、本を書いて感動を伝えるのも好きだし、自分が書いたものが美しいカバーの本に仕上がって店頭に並ぶのも嬉しいし、取材をさせてくれた関係者が出版を我がことのように喜んでくれるのは感激である。普段はロンドンの自宅で毎朝七時くらいから仕事を始め、途中、昼食と昼寝を挟んで、夕方六時くらいまで続け、日によっては夕食後や夜中も三時間ぐらいやる。書く作業は全体の三分の一か四分の一で、残りは、資料読み、電話やメールでの取材、ゲラ読み、編集者との電話やメールでの打ち合わせ、取材の申し込み、取材旅行の準備など、さまざまである。土日もまったく関係なく仕事をする。義務感はかけらもなく、好きなことだから自然にやっている。取材旅行は世界各地に年に七、八回出かけるが、取材の申し込み、航空券やホテルの手配、旅費の精算などもすべて一人でやる。もし仮に百億円の資産を持っていて、まったく働く必要がないとしても、今と寸分変わらぬ生活をするはずだ。もちろん、好きなことなので、死ぬまでこの暮らしを続けるだろう（作家はたいていそうである）。

作家の収入に関して一つ面白いのは、本はテレビドラマ化など何かの弾みでバカ売れすることがごくたまにあるので、本を出すと印税だけでなく、一緒にオプションか宝くじを貰《もら》っているような楽しみがあることだ。しかし、編集者に「あなたがたにも本がバカ売れするアップサイドのポテンシャルがあるんだから、その価値《バリュー》をちゃんと含めて、初版部数や印税率を設定してくれ」といっても、理解してもらったためしはない。作家の印税率は定価の一〇パーセントにすぎないが、出版社の純利益はその三〇〜四〇パーセントだというのにである。彼らはオプションの概念も、それを手に入れるには対価を払うことが必要であるのもまったく知らないようで、『巨大投資銀行』を読んで勉強しろといいたい。

現実をフィクションに加工する（インタビュー）

「名誉毀損《きそん》で銀行と元上司を訴えるという選択肢もありましたが、作家として、小説の形で問題を世に問うことにしました」

黒木さんの言葉に、今でも冷めやらない怒りがにじむ。

銀行が、会ったこともない脳梗塞《のうこうそく》患者に対する巨額融資の担当者が黒木さんで、黒木さんは銀行を辞めて以来行方不明で連絡がつかないと、裁判で五年間もいい続けていた事件だ。

「患者さんの家族から裁判のことを突然知らされたときは、怒りで全身の血が逆流しました」

黒木さんはただちに東京地裁に陳述書を提出し、患者側の証人として証言した。

「友人たちから『証人として裁判に出るなんて、作家として貴重な経験ですよ』とか『小説のネタが天から降ってきたようなもんじゃないですか』なんて変な励まされかたをしました」

それから小説になるまで、四年半という歳月を要した。その理由は何だったのか。

「事件の結末を見届ける必要があったからです。小説をより面白くするために、ミステリー仕立てにする熟成期間も必要でした。また、関係者に迷惑がかからないよう、組織や会社名を架空のものにしたり、登場人物を入れ替えたりする作業もありました」

患者側の弁護士は「高島礼子と天海祐希《あまみゆうき》を足して二で割って、雰囲気をやわらかくした」感じの女性にした。ご主人がいるという設定にしたのは「華やかすぎると浮わついて、話に説得力がなくなるから」。

読者からは、どこまでが本当で、どこからが創作なのかという質問をよくされるという。

「ラストのどんでん返し以外、すべて起きたことです。関係者もほぼあのとおりの人たちでした」

週刊誌の女性突撃記者や、患者の駄目亭主といったキャラクターが何とも強烈である。

「あの女性突撃記者は『週刊文春』の記者で、まったくあのままです。週刊誌って、恐ろしい世界ですよね」

主人公が、書類の筆跡や為替レートの推移を手がかりに、犯人を特定していく様子がリアルだが、実際の事件でも小説のとおりだったのか。

「犯人に関してはフィクション。残念ながら、事件の真相はいまだに藪《やぶ》の中です。真実を知っているのは、作品の中で『ジョーカー』になっている人物と、患者本人だけでしょう」

作品で伝えたかったことの一つが、日本の司法制度の無力。実際の事件でも小説でも、銀行も金融庁も裁判所も問題を解決できず、最後は「天」が正義を実現した。

「証人尋問の最中に裁判長が居眠りをしたり、書面もきちんと読まないで判決を書くのには驚きました」

司法試験の合格者数だけでなく、裁判官の数を増やさないと、司法の質は向上しないというのが黒木さんの主張だ。いずれ小説で裁判官の世界を剔抉《てっけつ》してみたいと意気込む。

「プレジデント」二〇〇七年十月二十九日号

【追記】

企業の裏の顔や社会の暗部を描くようなノンフィクション・ノベルを書くとき、最も気を使うのが、名誉棄損で訴えられないようにすることだ。風貌・性格・経歴など、モデルとなる人物の属性を変えたり、会社名を変えたり、色々な工夫をする。また、訴えられたときに戦えるよう、資料は全部残しておく。そのため作品を一作書くたびに、段ボール箱二つか三つ分の書類が増え、家の中が狭くなる。訴訟社会の米国のある著名なノンフィクション作家は、物価が安いバングラデシュの倉庫を借りて、資料を船便で送って保管しているという。訴えられるときは、たいてい出版社と作家が一緒に訴えられるので、出版社の校閲部や法務部が目を皿のようにして出版前の原稿をチェックする。法務部が出てきて、あれも駄目、これも駄目と、理不尽なことをいってくることもある。そういうときは「そこまでいうなら、別におたくから出してもらわなくて結構。他社で出すから」というと、たいてい出版社側は折れてくる。二〇一〇年頃、講談社が名誉棄損裁判で負け続けて、同社の法務部門が異常に神経質になっていた時期があった。わたしの書いた作品の中に、投資銀行の幹部が不二家のペコちゃん似の女性と社内不倫をし、それを知った部下たちが「あの人はブス専じゃないか」と話す場面があった。わたしはペコちゃんはブスだと思わないし、あれをブスというのはむしろ世間でも少数だと思うが、ある投資銀行で実際にそういう不倫事件があり、部下たちがそう話していたというので、事実に沿って書いた。講談社の法務部が「これはまずい。ペコちゃんがブスということになって、訴えられるかもしれない。直して欲しい」というので、「馬鹿なことというな。こんなことで不二家が訴えてくるとでもいうのか？　それともペコちゃん似の女が現れて、これはわたしのことだといって訴えてくるとでもいうのか？」と呆《あき》れたが、直しても文意を損ねたり、描写が弱くなったりしないと思ったので修正に応じた。

しかし、せっかく取材したエピソードを心神耗弱《こうじゃく》状態の法務部に迎合して削ったのはやはり不本意だったので、同作品を幻冬舎で文庫化したときはペコちゃんの箇所をこっそり復活させた。幻冬舎の校閲は何もいってこなかったし、不二家からも特に苦情はない。読者には是非文庫版で読んで欲しい。作品のタイトルは『獅子のごとく　小説投資銀行日本人パートナー』である。

（注）心神耗弱＝精神障害等により、善悪の判断能力が著しく低下している状態。

電子書籍と「アマゾン帝国」

作家の立場から率直にいって、電子書籍の配信業者と直接仕事をすることに抵抗感はない。それは自分の作品の販売チャンネルを増やすことであり、それによって出版社や書店との関係が壊れるとは思わないからだ。

作家と出版社の関係は年々希薄化している。背景には、出版点数ばかりが増える自転車操業で、一人の編集者が担当する作家の数が激増していることや、通信手段の発達で会う機会が減ったこと、出版不況によるモラルや人材の質の低下などがある。連載が決まったら「あとはよろしく」と丸投げしたり、担当になって一年経っても、その作家の作品を一つも読まない編集者はざらにいる。

ビジネス書のような分野では、現在でも、企画・取材段階から編集者が関与して作品を作っていくケースも少なくないようだが、大半の作家は、構想・取材・執筆・改稿を、ほぼ一人でやっている。そうした作業の中で一番骨が折れるのは取材だが、わたし自身、ごく稀にいる熱心な編集担当者以外には、あまり手伝ってもらったことはない。

それどころか、最近は、せっかく著者が作品をよくしようと、考え抜いて書き込んだゲラの転記漏れも日常茶飯事で、作家が編集者や校閲担当者の代わりに目を皿にしてチェックをしていないと、何をされるか分かったもんじゃないという状況である。

こんにち、作家から見て、出版社の力の差が出るのは、編集よりも校正（校閲）、カバーや帯の作成、広告、販売、映像化といった「製作・マーケティング段階」で、書籍が以前にも増して「コモディティ化」しつつある（すなわち「モノ」になりつつある）。モノなので、苦労して書き上げた本でも、売れなければ、出版社は洟《はな》もひっかけない。電子書籍の配信業者も、流通に関与するだけでなく、独自の作品を作って売り出そうとするのならば、編集部門はもとより、そうした機能を備えなければ作家と直接仕事はできないだろう。特に、原稿用紙千枚以上で上下巻の作品を仕上げるような場合は、初校ゲラから校了まで、辛抱強くかつ正確に付き合ってもらわないと困る。

作家にとって電子書籍の大きな問題は、どれくらい部数が売れるかだ。赤ん坊を除いて一億人くらいの潜在的読者がいる日本で、今、一つの作品が売れるのは数千部から一万部である。キンドルやｉＰａｄが五百万台売れたとしても、その中で自分の作品を買ってくれる人が五百人や千人では、まったくペイしない。また、入ってくる印税の総額が同じでも、長期的な作家経営という観点からは、読者数が多いほうが魅力的だ。

「エコノミスト」二〇一〇年六月一日号

【追記】

この記事を書いた八年前、わたしはまだ自著の電子書籍化をやっていなかったが、その後、大半の著書を電子化してみた。

やって分かったのは、最大の問題点は、アマゾンや楽天といったプラットフォーマーが定価の五割前後を分捕《ぶんど》ることだ。店舗を構え、人を雇い、在庫も抱えるリアル書店ですら、取り分は定価の二二～二三パーセントにすぎないというのに。

なぜこんな馬鹿なことになっているかというと、講談社、新潮社、文藝春秋などの大手出版社が百戦錬磨の外資アマゾンと交渉し、赤子の手を捻《ひね》られるようにやられたからだ。そして出版社は口を揃えて、自分たちの取り分の四分の一（すなわち定価の一二・五パーセント程度）を作家に払うことにしたといってきた。紙の本の印税率が一〇パーセントなので、同じくらい払っておけば文句はあるまいという発想なのだろう。

しかし、本作りにおける出版社の役割や貢献度が年々低下し、取材も執筆も著者に丸投げで、最後の三ヶ月くらいちょこっと出てきて、著者校正も転記漏れのオンパレードの連中が、俺たちは四分の三であんたは四分の一というのは到底納得できない。最近も角川書店が高橋克彦氏の『ドールズ　最終章　夜の誘い』を原稿用紙五枚分が抜け落ちたまま雑誌に掲載し、本にして刊行するという考えられないミスをやっている（もちろんゲラを読んでいない著者にも責任がある）。

ちなみに出版社の国際常識と交渉力のなさを如実に示したのが一九九五年の

文藝春秋の「マルコポーロ」事件である。同社の雑誌「マルコポーロ」が、「ナチ『ガス室』はなかった」というホロコースト否認特集を組んだところ、米国のユダヤ人団体から抗議が来て、広告主の一部に広告引き上げの動きがあったものだ。同社は慌てふためいて、編集長を解任しただけでなく、雑誌の廃刊と掲載号の回収をした上に、社長までご丁寧に辞任した。これには当のユダヤ人団体もびっくりしたことだろう。そもそもユダヤ人団体が影響力を行使できるのは強いネットワークを持っている米国内だけで、日本ではたいしたことはできないし、気にくわないことがあれば文句をいって来るのは当たり前で、それに対しては謝罪広告と当該号の回収だけすれば十分である。

そういうわけで、わたしは出版社からも電子書籍を出してはいるが、電子書籍専門の会社からも出している。どこかいいところはないかなと見回して、作家の村上龍氏が音楽制作会社とＧ２０１０という電子書籍の会社をつくり、池澤夏樹氏や今野《こんの》敏《びん》氏の作品も出していたのでお願いした。自分で「黒木亮と申しますが」と連絡したとき、「あんた誰？」といわれるかと思ったが、丁重に対応してくれた。（その後、同社は村上龍氏の作品だけを扱うようになり、わたしを含む他の作家の作品は、新たに設立された株式会社サウンズグッドカンパニーが引き継いだ。）

電子化して分かったのは、電子書籍は結構売れて、収入も馬鹿にならないということだ。特に、わたしのように男性ビジネスマンの読者比率が高い作家は、文庫の増刷分より多く売れる。また再販制度に縛られていないので、値引き販売などのキャンペーンを期間限定でやって、新たな読者を獲得することもできる。リアル書店と違って、同じ作家の本をずらりとサイト上に並べられるので、他の本も買ってもらえる。在庫経費もないので、絶版にされにくい。

ビジネス系の本を書いている高城剛《たかしろつよし》氏（沢尻《さわじり》エリカの元ご主人）などは、アマゾンと直で取引して、自著の電子書籍を年間数十万冊売り上げている。一方、日本の電子書籍市場において七〜八割のシェアを握る〝帝国〟アマゾンは、電子書籍を版図拡大のツールに使っており、自分の寺銭を全部吐き出してでも紙の本より値段を低く設定し、キンドルを普及させようとしている。出版市場における電子書籍の比率はまだ一四パーセントくらいにすぎないが、売り上げは年々大幅に増加しているので、出版各社ともこの分野に力を入れ始めている。

電子書籍市場の今後は、引き続きアマゾンが台風の目となって、既存の出版社と攻防を展開していく情勢である。ただ、両者とも作家そっちのけなので、作家は作家で独自の戦略を立てなくてはならない。

プチ有名人？

作家になって十八年になり、友人たちから「街を歩いてて、知らない人から声をかけられたりするでしょう？」といわれたりするが、そんなことは滅多にない。

作家デビューして五年くらい経った頃、都内でタクシーを拾い、千代田区紀尾井《きおい》町の文藝春秋まで行ってくれと頼むと、年輩の運転手さんが「文藝春秋の社員の方ですか？」と興味を惹《ひ》かれた様子で訊《き》く。「いえ、小説家です」と答えると、ますます興味をかき立てられたらしく、運転しながら背伸びをして、バックミラーでちらちらとこちらの顔を窺《うかが》う。しかし、誰か分からなかったようで、「どんな小説を書かれてるんですか？」と訊くので、「経済小説です」と答えると、「あっ、そういう難しいのは、わたしはちょっと……」と首をすくめた。別に難しくないんだけどなあと思いながら、「運転手さんはどんな小説を読まれるんですか？」と訊くと、時代小説のファンだそうで、自分でも書いて新人賞に応募したことがあるといっていた。

その数年後、確か『エネルギー』を書いていたときだったと思うが、北陸に行って取材し、東京に戻る特急列車に乗り、取材の一環で列車から見える風景をせっせとノートに書き留めていたことがあった。隣りの席はどことなく取り澄ました、小金持ちで上から目線ふうのおばさんで、浅田次郎氏の本を読んでいた。わたしがずっとノートをとっていたので、「随筆でも書かれるんですか？」と訊いてきた。「いえ、わたしは小説家なので、その取材です」と答えると、頭がおかしい人かもしれないと思ったらしく、しばらくするとほかの席に移って行った。

「産経新聞」で連載していた『法服の王国』のシーンを書くために、大阪の中之島でメモをとりながら取材していたときは、堂島川沿いの広い歩道脇に一定間隔で植えられている街路樹の名前が分からず、そばを歩いていたおじさんに「すいません。これ、何の木か名前をご存じですか？」と訊いたら、「いやあー、分かりまへん」と返事が返ってきた。おじさんは、ノートとシャープペンシルを手に歩き回っていたわたしが何者だろうと思ったのか、「何してはるんですか？」と興味津々の顔つきで訊く。「小説の取材です」と答えると、「作家の方ですか？」と、ますます興味をかき立てられた顔つき。「そうです」と答えると、一瞬わたしの顔をまじまじと見たが誰か分からなかったようで、「お名前は何といわはるんですか？」。「黒木亮です」と答えると、「はあ、すいません、ちょっと（存じません）……。どんな小説書いてはるんですか？」というので、自分の作品の中では売れた部類の（すなわち、知られている可能性が高い部類の）『巨大投資銀行』とか『排出権商人』とか、書いてます」と答えると「あっ、わたしはそういうの（難しそうな経済小説）は、ちょっと……」と苦笑いして退散した。

経済小説が難しいという先入観を持つのは日本人に限らないようで、ロンドン・ヒースロー空港の入国審査のときにも似たようなことがあった。わたしは入国カードの職業欄にはいつも「ライター（writer）」と書く。「オーサー（author＝作家）」がより正しい英語だが、そう書いて「こいつは誇大妄想狂か？」と思われても困るからだ。あるとき黒人の陽気そうな女性入国審査官に当ったことがあった。「へー、ライターなの？どんなものを書くの？」と彼女が訊くので、「ファイナンシャル・ノベル（金融小説）」と答えたところ、「あっ、そりゃ難しそうだわ」といいたげに顔をしかめた。

わたしの作品の読者はビジネスマン、特に金融関係者が多く、テレビに出たりすることも少ないので、一般の人々の反応はこんなものである。知らない人から声をかけられるのは年に一、二回しかない。ロンドンの家では、毎朝、金融街シティの銀行に出勤して行く家内を玄関で見送り、一日中家にいて、ゴミ出しや買い物をし、郵便配達やガードナー（庭師）の応対をしているので、近所の人は専業主夫だと思っている。

以前、衛星放送でNHKの「鶴瓶《つるべ》の家族に乾杯」という、笑福亭鶴瓶とゲストの二人が各地を訪問をする番組を観ていたら、俳優の國村隼《くにむらじゅん》（この人はわたしも好きな俳優）が地元の人に「この番組は鶴瓶さんとゲストが出演する番組なんです」と説明したところ、「で、ゲストの方はどちらにいらっしゃるんですか？」と訊かれ、「僕です」と答える場面が出てきた。テレビによく出ている國村隼でも知られていないのだから、黒木亮が知られているわけがない。そもそも世間でいう「有名人」というのはテレビに出ている人たちのことなのである。

竹村健一さんの事務所が出している『世相』という冊子で小林禮子《のりこ》さんという同時通

訳者のインタビューを読んでいたら、ロバート・デ・ニーロと会ったときのことが書かれていた。デ・ニーロが夕暮れのロサンゼルスの丘のグリフィス天文台から景色を眺めながら「ここからたくさんの家の灯《あか》りが見えているけど、その中のほとんどの人は自分のことを知らない。大スターになったような気がするけれど、ここにある一つひとつの灯りには、僕に関係ない、大切な生活がそれぞれにある」と語ったということである（『世相』三九一号、二〇〇九年十一月）。

そういえば、わたしは長距離ランナー時代も似たような知名度だった。大学時代は角刈りだったので、早稲田のシャツで走っているとたまに「瀬古、頑張れ！」と声をかけられた。二十代の終わり頃、勤めていた銀行の杉並区の社宅に住んでいて、玄関のドアを開けたところの壁に自分が箱根駅伝の八区を走ったときのパネル写真を飾っていたら、あるとき出前にやって来た中華料理店の若者がそれを見て、「あっ、金山選手！」といったことがあった。あの奇特な青年は今頃どうしているのだろう？

ちなみに大阪・中之島の街路樹はケヤキでした。

休暇の過ごし方

普段は土日も家で仕事をしている。忙しいからではなく、単に物を書くのが好きだからだ。

年間三ヶ月くらいは取材旅行に出ているので、その間はたくさんの人と会ったり色々な場所を見たりして、気分転換になる。

そのほか、年に三、四回、短い休暇旅行に出かける。場所はイタリアとスペインが多い。ロンドンから飛行機で二時間ほどで、食事が美味しく、リラックスできる。家内がイタリア語とスペイン語を話せるので何かと便利でもある。現地では、アパートを借りる。

金融マン時代、米系投資銀行ファースト・シカゴに勤務していたハルーク・アルパヂオールという同年配のトルコ人の友人がいた。トルコ北東部の黒海に近いアマスヤで生まれ育ち、子どもの頃は砂糖大根の収穫をよく手伝っていたという男だ。マンチェスター大学のMBAで、そこで知り合ったイギリス人女性と結婚していた。あるとき彼に、「休暇はスペインがいいよ。ホテルじゃなく、アパートを借りて家族と過ごしたら、最高に楽しいよ。唯一のマイナス点は、もし車で移動していると、食事のときアルコールがあまり飲めないことだけど」とアドバイスされた。

スペインやイタリアには、貸しアパートが多い。リビング、キッチン、バス・トイレ、洗濯機に寝室付きで、広さがだいたい五十〜七十平米の物件が、一日一万五千円から二万円で借りられる。Booking.comなどのサイトで簡単に予約でき、現地に到着したら、運営している会社の事務所に行って鍵《かぎ》を受け取る。宿泊代金はクレジットカードで事前決済し、あとは自分の別荘のように使う。

旅先ではわたしは夕食時に酒を飲んで早く寝る。一方、酒を飲まない家内は、遅くまで本を読んでいたりする。そのためホテルだと、夜、寝室の灯りを消すかどうかで揉《も》める。しかし、アパートなら、起きていたいほうは居間で過ごせばよい。わたしは、朝、家内がまだ寝ているときに目覚めてコーヒーを淹《い》れ、食事用のテーブルでインターネットをしたり、本を読んだり、エッセイを書いたりする。新作のアイデアがまとまったりすることもある。

先日は、スペイン北部、ビスケー湾沿いのサン・セバスチャンに三泊で出かけた。人口当たりのミシュランの星の数が世界一で、「サン・セバスチャンでは、星は夜空でなく、地上にある」といわれるバスク地方の美食の町である。アパートは、旧市街に近い通りの物件を借りた。建物の最上階にあり、天井が斜めになった屋根裏部屋ふうの造りだった。レストランやBAR（バル）が密集している旧市街までは一〇〇メートルもない近さである。スペインはたいていどこに行っても石畳の古い路地の両側に、タパス（小皿料理）をつまみに立ち飲みができるBARが軒を連ねている。BAR街を初めて見たのは、マドリードかバルセロナだったと思うが、こんな酒飲みの天国のようなところがあるのかと感動した。行くとたいてい三軒くらいはハシゴする。サン・セバスチャンの旧市街は、縦横に延びる石畳の路地に二百件以上のBARがひしめくスペイン屈指のBAR街である。店員たちが忙しく立ち働くカウンターに日本のお惣菜《そうざい》のように、何十種類もの料理が皿に盛られて所狭しと並べられている。サン・セバスチャンのタパスは「ピンチョス」と呼ばれる。一口サイズに切ったフランスパンに、料理を載せ、爪楊《つまよう》枝《じ》で留めたもので、豊饒《ほうじょう》なカンタブリア海の幸をふんだんに使っている。カニとエビをマヨネーズで和《あ》え、茹《ゆ》でた卵の黄身をふりかけ、小エビを載せたもの、軽く炒めたタコをクリームチーズと交互に挟み、香辛料を振ったもの、アングーラスと呼ばれるウナギの稚魚をオリーブオイルで炒め、にんにくとバターのソースをトッピングしたもの、アンコウの天ぷら、ハモン・セラーノ、小エビとキノコのグラタンなど、フランスの影響を受けたスペイン料理が、薄切りのフランスパンの上に載っている。値段は一つ二ユーロ(約二百七十円)程度で、客は欲しいピンチョスを自分で取って大皿に載せ、飲み物と一緒に会計をしてもらう。ビールやワインも安く、腹一杯食べても一人二十ユーロくらいにしかならない。店内の天井からは塩をすり込んで生ハムにした蹄《ひづめ》付きの豚モモ肉(ハモン)がずらりとぶら下がり、壁には一八〇〇年代の闘牛の大きなポスターが額に飾られたりしている。

サン・セバスチャンのBARで食事をしながら、ハルークは今どうしているかなあと思い出した。かつて有力投資銀行の一つとして国際金融市場で名を馳せたファースト・シカゴは、不良債権問題で業績が下がり、一九九五年にナショナル・バンク・オブ・デトロイトと合併した。ハルークはその少し前に退職し、ロンドンでトルコと中東欧を専門とするブティック型投資銀行を経営し、わたしもトルコの融資案件をいくつか紹介してもらった。抜け目のない彼らしく、借入人側から相当な融資斡旋手数料を成功報酬としてもらっていたようだ。その後、トルコに戻って、イスタンブールで金融関係の仕事をしていると風の便りで聞いた。

年金と老後

わたしは大学卒業後、日本の銀行で十四年間働いた（うち八年間は海外勤務）。その後、ロンドンの証券会社で四年、総合商社で五年四ヶ月働き、そのあと作家専業になった。英国には一九八八年から住んでいる。

年金がどうなるかというと、日本の銀行で働いたときの分の厚生年金（月に四万円強）、銀行を辞めて以来今もずっと納めている国民年金（月六万円強）、証券会社と商社時代の企業年金（月に約十三万円）、六十六歳から英国のステート・ペンション（月に十万円くらい）がもらえる。全部足すと、月に三十三万円くらいになる。そのほかロンドンでは六十歳になると、鉄道、地下鉄、バスは無料になる（この政策がいつまで続くかは分からないが）。

現在払っているのは、日本の国民年金が年間十七万円、雇用保険・医療保険・年金の掛け金が一体になったような英国の「ナショナル・インシュアランス」が年間八十万円くらいである（「ナショナル・インシュアランス」は一律の額ではなく、収入の多寡に応じて増減する）。わたしはあまり病気もしないので、保険や年金に関しては割り勘負けしているが、健康な身体を与えてもらった感謝の気持ちを社会に還元し、英国に住まわせてもらっているショバ代を払っていると考えている。

老後に関しては、基本的には、公的なものにはあまり頼ろうとは思わない。家や資産がある他に、作家という一生続けられる仕事があるからだ。経済評論家の森永卓郎氏が、金を貯めるより、金を稼げる能力を磨くことが資産になるというようなことをどこかでいっていたと思うが、一生続けられる仕事を持つということは、目に見えない年金を持つことだろう。

したがって老後に関しては、金をどうするかより、いかに健康を維持し、仕事の生産性を維持・向上させていくかに関心がある。自分は作家としては、まだこれからが本番でもあるし。

いずれ日本に帰るつもりだが、自然豊かな英国の暮しには捨てがたい魅力がある。わたしの家は、ロンドン中心部から電車で三十分くらいだが、庭があり、季節ごとにバラ、鉄線、水仙、モクレンなどが咲く。日中でもほとんど物音がせず、庭にはよくリスや鳥、ときにはキツネがやってくる。

緑の庭を見ながら飲む一本千円のワインは、都会の真ん中で飲む一本三万円のワインよりはるかに美味《うま》く、静かな環境で読む本は、都会の騒音の中で読む本よりも味わい深い。豊かな自然環境の中にいることは、生活の質を五割か十割増しにすることだと思う。河原でやるバーベキューが美味しいのは、周りの自然のせいなのだ。

英国人たちの多くが、定年後、デボン州とかオックスフォード州といった田舎に引っ越していくのは、そういうことをよくわかっているからだろう。海外に移住する英国人も少なくない。邦銀のロンドン支店で同僚だった日本人女性は、定年後、英国人のご主人と一緒に西インド諸島に移住した。また、奥さんが日本人の英国人の友人は、金融マンをアーリー・リタイアし、今は淡路島に住んでいる。銀行の別の同僚の女性は種子島《たねがしま》出身で、将来はアイルランド人のご主人を連れて種子島に帰るそうだ。

英国人たちを見ていて感心するのは、世界のどこに住むのも全然厭《いと》わないというコスモポリタン気質で、さすがはかつて七つの海を制覇した国民であると思わせられる。

「これで安心‼ 年金まるごと一冊完全ガイド」二〇〇七年七月二十五日

【追記】

話は少しそれるが、社会人になってずいぶん年数が経ってから、生まれて初めて瀬戸内海を見た。凪《な》いだ海に丸みを帯びた島影がたくさん浮かんでいて、北海道の冷たく、波も荒く、過酷な海との違いに驚いた。愛媛県松山市出身の家内は、こういう優しい風景を見ながら育ったんだなあと思った。わたしは子どももいないし、墓を作るのもエコじゃないし（死んだ人が全員墓に入ったら、いずれ地球上が墓だらけになるのではないか？）、死んだら温かい瀬戸内海に散骨してもらおうかなと思っている。出版社のビルの裏にこっそり首塚を建てて、黒木亮の名著を絶版にしたら祟《たた》るのもいいかもしれない。

心を打つ物語を探して

バブル崩壊以降、年々本が売れなくなっているが、感動を求める読者の気持ちは永遠に不滅だと思うので、まず読者の心を揺さぶるような作品を書いていきたいと思っている。そうでなければ、面白く、かつ新たな世界や知識をもたらせるような作品である。自分自身も読者としてそんな作品を読みたいと常々思っているが、なかなかお目にかかれない。

以下は、わたしが書評で取り上げた小説や物語性のあるノンフィクションの中でも、特に感動する、ないしは読み応《ごた》えがある、おススメの作品である。

『肉体の門』（田村泰次郎《たむらたいじろう》著、一九四七年）

終戦直後、生きるためにパンパン（私娼《ししょう》）になった若い女たちの生態を描き、昭和二十二年に文芸誌「群像」三月号に発表されるや、社会にすさまじい反響を巻き起こした傑作。闇市と強盗と売春と飢餓が支配する戦後の日本のやるせなさの中でも衰えぬ肉体の欲望を徹底して描いている。

文庫でわずか三十五ページの短編だが、一語一語が丹念に選《え》りすぐられ、一ページに一箇所ははっとさせられる描写がある。

〈小政のせん（注・十九歳のパンパン）はまるで少年のような筋肉だけの肉体を持っているが、その魂はまた、気に入らぬものには、なんにでも噛みつこうとする気魄にあふれている。〉

〈彼女たちは地下の洞窟で眠り、喰らい、野天でまじわる。そのまだ青い巴旦杏《はたんきょう》のような肉体は、なにものをも恐れない。むごたらしく、強い闘いの意欲だけがあふれている。爆弾で粉砕され、焼きはらわれた都会は、夜になると、原始に還る。〉

〈法律も、世間のひとのいう道徳もない。そんなものは、日本がまだ敗《ま》けないとき、彼女たちが軍需工場のなかで汗と機械油にまみれているときを最後に、爆弾と一緒に——そして彼女たちの家や肉親と一緒に、どっかへふっとんでしまった。〉

〈ビル（注・パンパンたちが地下室に住む焼け跡）の岸に、半分水びたしになった、ほとんどもう沈みかかっている小蒸気船があった。蒸し暑くて、寝苦しい夜は、しごとから帰った彼女たちは、水垢《みずあか》の匂う船室に寝そべり、ペンキの剝げた舷《ふなばた》に腰かけて、「長崎物語」や「婦系図《おんなけいず》」を歌う。〉

こういう作品を読むと、特攻隊員の遺書などもそうだが、昔の日本人の国語力や文学のレベルの高さを思い知らされる。スポーツでは年々記録が向上するのに、国語力はなぜ年々下がっていくのだろう？　飽食の時代に優れた文学は生まれにくいのだろうか？

『黒の試走車』（梶山季之《かじやまとしゆき》著、一九六二年）

週刊誌のトップ屋だった梶山季之の初期作品で、昭和三十七年に刊行されるや大ヒットし、「産業スパイ」という言葉を世に広く知らしめた。ライバル自動車メーカー同士の新車開発競争の現場で繰り広げられる、騙《だま》したつもりが騙されるシーソー・ゲームが強烈だ。元々純文学をやっていた著者だけあって、冒頭の暮れなずむ大阪の街の描写や、ラストの「蟬の羽根のようなうすいネグリジェ姿」の女の描写など、全編に情緒が溢れ、ここに挙げた『カーン博士の肖像』『小説兜町《しま》』『肉体の門』同様、当時の世相や風俗が眼前に展開する。好きな男のために敵側の男に近づく女とその男のぎりぎりの心理的攻防や、会社を裏切ってスパイになるサラリーマンの動機や心理もこじつけや飛躍がなく、人の心の襞《ひだ》の一枚一枚に、巧みにかつ容赦なく分け入ってゆく。謎解きの面白さもあり、昔の企業小説のレベルの高さを思い知らされる。ところどころ文章に小さな乱れがあるような感じもするが、作品に込められた迸《ほとばし》るような熱気のせいだろう。

梶山作品では『李朝残影』や『族譜』もいい作品である。こちらのほうは一転して純文学の香り高く、前者における植民地時代の朝鮮の妓生《キーサン》・金英順の描写が際立っている。デビュー以来大車輪の活躍で様々な作品を世に送り出し続けた梶山氏は、昭和五十年に香港で食道静脈瘤《じょうみゃくりゅう》破裂と肝硬変のため四十五歳の若さで急死した。生前彼が「出世払いで飲めて、みんなが楽しめる店をやりたい」と始めた銀座八丁目のカウンター・バー「魔里」は、開店してから五十年以上が経った今も書き手や編集者を大切にしながらその灯を守っており、わたしも時々飲みに行く。

『小説兜町《しま》』（清水一行《しみずいっこう》著、一九六六年）

経済小説に一大山脈を築いた清水一行のデビュー作である。発売されたのは昭和四十一年三月。日本は高度経済成長のさなかで、この二年後にGNP（国民総生産）で西ドイツを抜き、世界第二位に躍り出た。

日興証券の第一営業部長、斎藤博司をモデルに昭和三十年代の証券相場を描いたこの小説は、清水が八年間にわたって兜町を這いずり回るようにして身に着けた知識を一挙に投入したものだ。登場人物の会話には独特の符牒《ふちょう》が多用され、汗と火花が飛び散る臨場感を醸し出している。

〈「不動産《ボロ》を買いたいんだ。客注で、数がまとまっている」「どのくらい買うの」「わからない。とにかく昨日の引け値のところで、五万株も買い入れてもらおうか」「二百マル一円だから、五万はどうかな」「買えなければ、値を上げるよ」「値が欲しいのか」「株も値もだ。とにかくやってみてくれ」〉

発売と同時に『小説兜町』は、爆発的に売れ、前年の日銀特融からの立ち直りのきっかけを求めていた山一証券は、一度に千冊買って社員に配布したという。発行部数はまたたく間に二十万部に達し、一介の文学青年だった清水一行は文壇の寵児《ちょうじ》となった。

「エコノミスト」二〇一五年八月十一・十八日号

『輝ける闇』(開高健著、一九六八年)

言葉の狩人《かりゅうど》・開高健が、三十代半ばのとき「朝日新聞」の特派員としてベトナムのサイゴン(現・ホーチミン市)で百日間を過ごし、当時のベトナムの姿を濃密に描いた作品。一つ一つの言葉が紙面から立ち上がり、ナイフのように切りつけてくる。詳しくは拙著『リスクは金なり』収録のエッセイ「言葉の狩人」をご参照下さい。

『道ありき(青春編)』(三浦綾子著、一九六九年)

本書は著者の二十三歳から三十七歳までの自伝である。舞台は北海道の旭川と札幌、時代は昭和二十一年から三十四年までである。著者はその長い歳月のほとんどを肺結核の闘病に費やした。

敗戦によって信じていた価値観が崩れ去り、病に冒されて自暴自棄になり、自殺しようとさえする著者の前に、北大の医学生で、やはり結核患者である前川正が現れる。クリスチャンである前川は、著者に自分を大切に生きるよう訴え、著者が頑《かたく》なな態度を取ると、「信仰のうすい自分には、あなたを救う力がない」と嘆き、自分を罰するために石で自らの足を打つ。やがて著者は、前川の深く大きな愛情に接し、徐々に心を開き、聖書を読み始める。

札幌の病院に転院した三十歳の著者を、前川の依頼で西村久蔵が見舞いに訪れる。会社社長（洋菓子店ニシムラ創業者）でありながら金曜日と日曜日を神の用事のために使い、著者の血痰《けったん》で汚れた痰壺《たんつぼ》まで洗う人物だった。

その年、著者が寝たきりのまま病室で洗礼を受け、立会った西村が涙を流しながら祈りを捧げる場面は美しく感動的だ。

しかし翌年、西村は亡くなり、最愛の前川も結核の手術に失敗して、著者が三十二歳のときにこの世を去る。前川の訃報に接し、カリエスのためギプスベッドに仰臥《ぎょうが》したまま、死に顔も見られず、身悶えすることすらできずに号泣し続ける著者のかたわらで、夜になると、十日間、前川の寝息が聞こえる場面は、一つのクライマックスである。

神を信じて著者は生き続け、翌年、前川そっくりの顔のクリスチャンで、夫となる三浦光世《みつよ》に出会う。時を同じくして、不治と思われた病も癒《い》え始める。

わたしが本書と出会ったのは大学二年の時だった。以来、失意の時は自分を勇気づけ、得意の時は自分を戒めるために紐《ひも》解《と》いてきた。読むたびに必ず涙がこぼれる。

共同通信二〇〇九年十一月配信

【追記】

ＪＲ旭川駅東口から車で五分ほどのところに三浦綾子記念文学館がある。デビュー作『氷点』の舞台となった広々とした外国樹種見本林の中の、六角形の屋根を持つモダンな木造二階建てである。

わたしが訪れたときは真冬の二月で、雪が降り積もっていた。わたしの故郷でもある北北海道は、一年の半分の間、雪と氷に閉ざされる。春を待ちわびて長い日々を過ごす人々にとって、春の到来の喜びや解放感は格別である。三浦さんはそういう土地で、作品を書き続けた。

記念館には前川正氏と三浦光世氏の写真が展示されている。本当に瓜二つ《うりふた》の顔で、見たときはたまげた。光世さんは神によって三浦さん（旧姓・堀田綾子）に遣《つか》わされた人だったのかもしれない。

三浦綾子さんは長い結核との闘病の末に、四十二歳で作家になった。その後も、七十七歳で亡くなるまで、脊椎《せきつい》カリエス、心臓発作、帯状疱疹《ほうしん》、直腸がん、パーキンソン病と、健康だった年はないほどだった。そんな彼女がなぜ八十数冊ものすぐれた作品を残せたのか？　その答えは、夫の光世さんである。腱鞘《けんしょう》炎《えん》やパーキンソン病で綾子さんがペンを持てなかったので、綾子さんが話し、光世さんが書き留めるという口述筆記を行っていたのだ。七十冊以上の作品を次々と書き留めていくという困難な作業を、光世さんはテンポよく、正確に、しかも助言を与えながらこなしていった。構想は綾子さんによるものだが、作品自体は二人で生み出していったのである。

『道ありき』以外の作品では、『氷点』や『塩狩峠』が有名だが、わたしは『夕あり朝あり』が好きである。無一文から日清戦争の軍夫、北海道のタコ部屋暮らし、三越百貨店の宮中係など、苦難の連続の中でも筋を通し、クリーニングの白洋舎を創業した五十嵐健治氏の波乱と信仰の生涯を描いたノンフィクション・ノベル（経済小説ともいえる）で、爽やかな感動と勇気が湧いてくる。

わたしが時々三浦綾子さんの作品を新聞などで推薦していたせいか、二〇一二年に三浦綾子さんのエッセイ集『丘の上の邂逅《かいこう》』が出版されたとき、光世さんから署名入りで本を送って頂いた。そこには〈謹呈　二〇一二・八・一六　希望は失望に終わらず　三浦光世　黒木亮先生〉とあった。その光世さんは二〇一四年十月三十日に九十歳の生涯を閉じられた。綾子さんの没後十五年と十八日である。

『カーン博士の肖像』（山本茂著、一九八六年）

昭和二十三年の東京は、戦時中に爆撃を受けたビル群が廃墟のような姿を晒《さら》し、闇市では男たちが粗悪な密造焼酎《しょうちゅう》を呷《あお》り、大柄な米軍人の男女が通りを闊歩《かっぽ》していた。GHQ（連合国総司令部）の天然資源局に勤務する貝類の専門家、アルビン・R・カーン博士は、昼休みに、現在の丸の内二丁目にあった職場から、現在の銀座一丁目のボクシングジム「日拳ホール」に通い、食い入るように選手たちの動きを追うのが日課だった。

七月初旬のある蒸し暑い日、カーンは、見た目もハンサムで、手足が長く、フットワークが実に美しい選手を目にする。坐骨神経痛を持病に抱え、過去の勝率も五割弱でぱっとしない二十四歳の白井義男《しらいよしお》だった。

つぶれたソフトにくたびれたトレンチコートのGHQのアメリカ人と、敗戦国の元海軍兵長、白井義男の出会いは、この時代がもたらした鮮やかな文学的コントラストである。

カーンの科学的コーチと援助を受けるようになった白井は、この瞬間から、日本人初のボクシング世界王者へと驀進《ばくしん》する。

「エコノミスト」二〇一五年八月十一・十八日号

『ディーリングルーム25時』（加藤仁《かとうひとし》著、一九九三年）

日本がバブル景気に沸いた一九八〇年代、わたしは都市銀行の外回りとして東京の外資系証券会社二十数社を担当していた。都心の高層ビルに入居している各社のオフィスの受け付けは豪華で、働いている人々は、華やかさと同時に日本社会からはみ出した異端者の雰囲気を漂わせていた。

当時、主に外資系金融機関で為替ディーラー、外債の引受け、M&A、為替セールスなどを手がけていたプロの金融マン群像を描いたのが本書だ。内容は、今読んでもまったく色褪《いろあ》せておらず、金融の門外漢である著者がよくここまで書いたものだと感心する。最も心に残るのが第七章の「旅路に死す」である。第一勧銀シンガポール支店の花形ディーラー、神田晴夫氏の活躍と死を描いたものだ。わたしが、彼の活躍を追ったNHKの特別番組を銀行の独身寮の食堂のテレビで観て憧《あこが》れたのは二十三歳のときだった。その後、神田氏は巨額損失を出して第一勧銀を懲戒解雇され、妻に支えられながら懸命に再起を図る。運命の過酷さと夫婦愛を描いたこの一篇は、何度読んでも涙を誘われる。

「エコノミスト」二〇一五年八月十一・十八日号

『査察機長』（内田幹樹《うちだもとき》著、二〇〇五年）

「これ面白いですよ」と本書をプレゼントしてくれたのは、全日空のセールスの方だった。著者は全日空の元機長だという。実務家が書いたものは表現が硬かったり稚拙だったりするし、内容もこぼれ話的な軽いものが多いので、期待しないで受け取った。しかし読み始めて、頭がくらくらするような衝撃を受けた。抑制の効いた的確な筆致で、パイロットたちがどういう操作を、どんな心の動きや不安・焦燥を抱えながら行っているかが微細に描写され、コクピットの緊張感が手に取るように伝わってくるのである。

本書は約三百六十ページの文庫本だが、描かれているのは、成田からニューヨークまでの十数時間の一回のフライトだけである。たった一回のフライトを描いて一冊の、しかもこんなに面白い本になるというのは驚きだ。しかもすべてのエピソードが、査察フライト（査察機長が同乗し、操縦の適切さをチェックする指導フライト）を描くという一点の目的に向かってストイックに収斂《しゅうれん》されて行く。

それにしても機長というものは気苦労が多い仕事であると思い知らされる。機長アナウンスの冒頭に「スターアライアンスメンバー」を付け忘れ、しまったと思うのはご愛《あい》嬌《きょう》だ。クライマックスはニューヨークJFK空港への着陸シーンである。レーダーを使い、管制官と交信しながら、続々と着陸してくる他の飛行機の間を縫うように滑走路にアプローチする場面の描写は固唾《かたず》を呑《の》ませる。

「エコノミスト」二〇一〇年一月五日号

『ヒトラーのオリンピックに挑んだ若者たち』(ダニエル・ジェイムズ・ブラウン著、森内薫訳、二〇一四年)

スポーツの素晴らしさは、単に勝つことや記録を出すことではなく、競技にどう取り組み、それを通じて人が成長していく姿にあるのではないだろうか。一九三六年のベルリン五輪漕艇《そうてい》競技のエイトで金メダルを獲得した米国ワシントン大学のクルーを描いた本書は、そうしたスポーツの原点を思い起こさせてくれる。

ウォール街の株式暴落に端を発した大恐慌の時代、十五歳の主人公ジョー・ランツは継母に疎《うと》まれ、気の弱い父親のおかげで、幼い異母兄弟たちを連れて家を出て行く父母に置き去りにされる。天涯孤独となったジョーは、森でキノコを探して食べ、川で鮭を密漁し、ありとあらゆる労働で食いつなぎ、優秀な学業成績を収めて高校を卒業する。ワシントン大学入学後は、肉体労働で鍛えられた身体を見込まれ、ボート部に入部する。

ボートは個人の集団競技である駅伝や野球と違い、コックスを含む九人が心を一つにして「クルー」にならなければ勝てない。しかし、幼い頃から家族に裏切られ続けたジョーはそれができなかった。そんな彼の心のうちを少しずつ聞き出し、ボートの精神を教え、監督に彼を推薦したのは、母親を生後半年で亡くした英国人で、ワシントン大学の艇庫の屋根裏にある工房で競技用ボートを作っていた米国屈指のボート職人、ジョージ・ポーコックだった。

他のボート部員たちや関係者も大半が貧しく、質素な暮らしぶりである。ともに五輪代表になるジョニー・ホワイト、チャック・デイとジョーは、コロンビア川のダム工事現場で知り合う。ジョーの婚約者ジョイスは、メイドのアルバイトで学資を稼ぎ、月に一度ジョーの散髪をし、漕艇競技会の岸辺でピーナッツを売り歩く。五輪の旅費はシアトル市民が募金で集めた。

彼らのボートが、大きなストロークで悠々とライバルを追い、怒濤《どとう》のスパートで一気に抜き去る情景は圧巻である。

本書のもう一つの読みどころは、父親に対するジョーの赦《ゆる》しである。メインのボートのストーリーに絡み合って進むこの話の結末は、読者自身の目で確かめて頂きたい。

「産経新聞」二〇一四年十月十九日

おわりに　〜マダガスカルの夕日を浴びて

旅にしろ、取材にしろ、一番の喜びは、自分の常識や先入観が覆され、まったく知らない世界に目を見開かされることである。それは自分の生き方を問い直すことにもなる。

最近とても印象深かったのは、マダガスカルへの旅だ。前々から興味を持っていた国だが、旧フランス植民地でロンドンからアクセスが悪く、言葉もフランス語でとっ付きにくいので、なかなか足が向かなかった。

マダガスカルはモザンビーク海峡を挟んでアフリカ大陸南東部のすぐそばにある。島としては世界で四番目の大きさで、日本の約一・六倍。中央高地には二〇〇〇メートル級の山々が聳《そび》え、最高峰はツァラタナナ山脈のマロモコトロ山で標高二八七六メートル。人口は約二千三百万人である（二〇一五年時点）。一応アフリカの国に分類されるが、動植物の共通点はほとんどなく、マレーシアやインドネシアから海流に乗って渡って来た褐色の肌の人々が住んでいる。自然の宝庫で、アイアイをはじめとするキツネザル、カメレオン、バオバブの木などが観光の目玉である。国民所得はカンボジアやバングラデシュの半分以下という世界最貧国の一つで、地方では武装した山賊も出没する。

パリからのフライトは約十時間半。正午すぎにシャルル・ド・ゴール空港を離陸した機が、スーダンのハルツーム近辺まで来た頃夕方になり、機外カメラが、夕日を浴びて淡く紅色がかった砂漠を映し出す。さらに一時間半が経ち、ハルツームとナイロビの中間点あたりまで来たときにはすっかり陽が落ち、翼の向こうの夜空に満月が煌々《こうこう》と輝いた。

首都のアンタナナリボのイヴァト国際空港に到着すると、いくつもある天井扇は止まったままで、湿気のこもった古いビルの中で延々と並ばされた。最初に検疫のカウンターがあり、そのあとに入国審査を受けるのだが、窓口の数が少ないため、入国審査を終えたときには着陸後約二時間が経っていた。心身ともに疲れ果てて手荷物受取のベルトコンベヤーのところに行くと、まだすべての荷物の積み下ろしが終わっておらず、何十人もの乗客が待っていた。到着したのはわたしと家内が乗ってきたエールフランスのボーイング777‐300ER（乗客数約三百八十人）だけなので、どうやったらこんなに遅くできるのかと呆《あき》れる。

市内のパリサンドル・ホテルにチェックインしたとき時刻は午前二時で、夜景を見ようと思ってうっかり窓を開けたら蚊が何匹も入って来て、殺すのに一時間以上かかった。日本のホテルと違って、部屋に煙感知器はないので、蚊取り線香を二つ焚《た》いて煙の中で就寝。

ホテルはフランス人が十八年前に作ったもので、床はフローリング、天井や壁にも木がふんだんに使われ、コロニアルな雰囲気である。レストランはバナナの木々の彼方に市街を一望できるテラスが付いていて、そばにプールがある。白い制服姿のマダガスカル人の従業員たちはよくしつけられていて、常に客に注意を払い、何か頼むとその場でやってくれる。アフリカやアジアの旧イギリスやフランス領には、こういう植民地時代にタイム・スリップしたようなホテルがまだ残っていて、金融マン時代によく通ったジンバブエの首都ハラレのミークルズ・ホテル（Meikles Hotel）や『排出権商人』の舞台にしたペナン島のイースタン＆オリエンタル・ホテルなどを思い出す。

ホテルから一歩出ると、世界最貧国の風景が広がっている。首都なのに、裸足《はだし》で道を歩いている人々がおり、どぶの臭いが漂い、すりやひったくりが横行し、夕方になるとマラリヤを媒介するハマダラ蚊がぶんぶん飛び交う。道端ではありとあらゆる生活用品が売られ、服、革靴、運動靴などは中古品が堂々と売られている。ペットボトルも貴重品で、捨てられたペットボトルを道端で洗って売っている人々がいた。街灯がほとんどないので、夜は真っ暗になり、バーには売春婦がたむろする。あえていえば、ドイモイ（経済開放）前のベトナムのハノイの旧市街か昭和二十二年くらいの東京のようだ。食事に気を付けていても色々な細菌がいるらしく、わたしも家内も着いてすぐ下痢になった。

スクラップ寸前のガタピシのタクシーを雇って、市内から二十分ほど走った場所にあるツィンバザザ動植物公園に行き、キツネザルの檻《おり》を見ていると、飼育員たちがにこにこしながら手招きをして、裏手にある立ち入り禁止エリアに入れという。入ってみると、体長三〇～四〇センチのチャイロキツネザルを何匹か檻から出し、我々の掌《てのひら》に蜂蜜を塗って、サルに舐《な》めさせたり、竹筒の中で大きな目を見開いている夜行性のネズミキツネザルを見せてくれ、写真もたくさん撮ってくれた。発展途上国ではよくある外国人観光客相手のチップ稼ぎである。以前、トルコのアンカラの動物園で左右の眼の色が違うワン（Van）猫の檻を見せてもらったり、エジプトのカイロの下町にあるリファーイ・モスクで元イラン国王シャー・パーレビの立派な墓所に入れてもらったこともある。もちろん暗黙のお約束のチップはちゃんと払わないといけない。

動植物園にはアイアイの檻もあったが、夜行性のため隠れていて、見ることはできなかった。日本では「おさーるさぁんだよー」という妙に明るい童謡で知られるが、あの歌はアイアイをちゃんと見ないで適当に作ったとしか思えない。コウモリのような大きな耳とネズミのような鋭い歯を持ち、手の中指が異様に長く、黒っぽい生き物で、かつてマダガスカルの人々は、不吉の前触れとみなし、見つけ次第片っ端から殺していたそうである。確かに、ネズミキツネザルや、竹林に好んで住むハイイロジェントルキツネザル（別名バンブーキツネザル）のほうがよっぽど可愛らしい。

アンタナナリボで二日間を過ごしたあと、浅川さんという日本人が経営する現地の旅行会社が手配してくれた三菱自動車の４ＷＤで五日間のムルンダヴァ旅行に出発した。

ガイドは、中学卒業後私立学校で英語を勉強したというロヴァという名の三十四歳のマダガスカル人男性である。この国では小学校からフランス語で授業をやるので、ガイドになるにはフランス語以外の語学を身に着ける必要がある。

初日は、一七〇キロメートル離れたアンツィラベの町まで行く。九月上旬で、南半球は春になったところで、過ごしやすい。市内を出るまで、道端には掘っ建て小屋のような食べ物屋や露店が続く。野菜、果物、パン、穀類、肉、貝、新聞、雑誌、洋服、下着、靴、箒《ほうき》、鍋《なべ》、フライパン、石鹼《せっけん》、薬草など、ありとあらゆる生活物資が商われている。物売りの家族と思《おぼ》しい一歳くらいの幼児から小学生くらいの子供たちは、路上でほこりまみれで遊んでいる。ホームレスと思しい子どもたちはゴミを漁《あさ》っており、心が痛む光景である。

市内を出ると、日本政府が金を出して造った立派な舗装道路で、左右は農業地帯が続く。赤茶色の丘陵地に棚田や畑が作られており、農民たちが牛を使ったり、鍬《くわ》や鋤《すき》を使って作業をしている。農家は茶色の土壁で、屋根はトタンや藁《わら》で葺《ふ》かれている。この国では都市部以外は電気も水道も下水もない。道端をバケツや一〇リットル以上入りそうなポリタンクを提げ、何キロも歩いて水汲《く》みに行く女性や少女たちが歩いている。マダガスカルの諺《ことわざ》に「水がめ一杯の清水も牛の角一本のよごれに汚される」(「悪貨は良貨を駆逐する」に近い意味)」というのがあるが、何キロも離れた場所からこうして水を運んで来る人々の姿を見ると、貴重な水を汚されたときの落胆の大きさがよく分かる。

丘陵地帯の赤茶色や農作物や木々の緑色が目に鮮やかな風景の中を赤、青、ピンクなどの原色の服をまとった褐色の肌の人々が道を歩いている光景は絵画のようだ。しかし、その表情は決して楽しそうではない。この国では児童労働は当たり前で、四歳くらいから木の枝を折って薪《まき》を集めたり、子守をしたりしている。市場や露店で働く子どもはたくさんおり、アンタナナリボでは、職人のようにレンガを積み上げている小学生くらいの女の子も見かけた。そういう姿を見ると、自分はなんとめぐまれた境遇で育った人間かと思う。

道端には時おり、鶏売りやウサギ売り、土産物の籠《かご》を売っている掘っ建て小屋のような店、おもちゃ売り、野菜の露店などが現れては消える。ムルンダヴァとアンタナナリボ間の約七〇〇キロメートルを一ヶ月くらいかけて牛を追って移動する牛飼いたちの姿もあった。

途中、庶民が長距離の移動に使う「タクシー・ブルース」と何度となくすれ違う。三十人乗りくらいのマイクロバスで、乗客を寿司詰めにし、屋根の上に荷物を満載している。アンタナナリボから約七〇〇キロメートル離れたムルンダヴァまでの場合、途中二回の休憩を挟んで十八時間ほどを要する。料金は四万アリアリ（約千六百七十円）。「ブルース（brousse）」はフランス語で藪《やぶ》の多い土地、すなわち田舎を意味するが、でこぼこ道を土埃《つちぼこり》を巻き上げながら激走するワイルドな旅はいかにも音楽のブルースが似合う。タクシー・ブルースが集落などで停車すると、鶏《にわとり》のから揚げ、魚の干物、芋などを籠《かご》や鍋に入れた物売りが群がっていく。

中部のアンツィラベに到着したのは正午頃だった。標高約一五〇〇メートルの高原にあり、温泉が出るので、植民地時代にはリゾートとして発展した。人口は十八万人強。混沌《こんとん》とした首都のアンタナナリボに比べればだいぶすっきりした感じで、真っ赤なポインセチア（マダガスカル語で「マダガスカル」）が町のあちらこちらに咲いていた。鉄道駅から広々としたグランデ大通りがまっすぐ延び、自転車、シクロ（自転車タクシー）、「ブスブス」と呼ばれる赤や黄色のカラフルな人力車が通りを行き交い、インドネシアやベトナムに似た風景である。しかし表通りから一歩外れると、雨が降ったらおそらく歩けなくなるようなでこぼこの土の道で、その両側に食べ物や日用雑貨を売る闇市のような露店がひしめいている。屋台のコーヒーは一杯二百アリアリ（約八円）、この国の代表的な家畜であるゼブ牛（背中にこぶのある牛）の肉をご飯に載せた食事は二千アリアリ（約八十三円）。

昼食をとったのは、「ZANDINA」という、おそらくこの町で唯一外国人が食事ができる清潔さのレストランだった。食べたのはロマザヴァという、ゼブ牛の肉を高菜のような野菜と一緒に塩味のチキンスープで柔らかく煮込んだ料理で、下痢をしている胃袋に優しい味だった。付け合わせは地元産の白米と赤米。マダガスカル人の主食は米で、一人当たりの年間消費量は日本人の倍以上だという。ぱさぱさで、日本の米とは比べ物にならないような代物だが、おかずがあれば別に問題はない。レストランの客は半分が外国人で、フランス、ドイツ、スペイン、イタリア、イギリス、アメリカなど、欧米人が多く、日本人や中国系もちらほらいる。物価が安いので、わたしたちのようにカップルで車をチャーターし、専属ガイド付きの贅沢《ぜいたく》な旅をしている外国人も多い。店の表には、手製のテーブルクロス、刺しゅう、特産のバニラの実、Tシャツなどを手にした物売りたちがいて、外国人が店を出ると群がって来る。

アンツィラベでは、カトリックの修道会が営むアベマリア産院を訪問した。曽野綾子《そのあやこ》さんが、ここで働いていた故遠藤能子《えんどうよしこ》シスターをモデルに書いた『時の止まった赤ん坊』という小説（昭和五十九年毎日新聞社刊）の舞台だ。当時の産院は、ガーゼ、おむつ、石鹸、抗生物質、注射器、粉ミルク、ビタミン剤といった基本的な物資すら極度に不足し、帝王切開手術の設備がないため、難産で死んでいく妊婦たちも少なくなかった。遠藤氏ら修道女たちは、野戦病院のような状態の中で、貧しい妊婦たちを受け入れ、献身的に尽くしていた。作品の中では、妊婦の家族の貧しさゆえの打算、手の施しようがない状態で赤ん坊を運び込み、子どもを殺されたといって産院の悪口を触れ回る農民、日本から送られてきた物資を横取りする神父などの姿も描かれ、心に突き刺さるリアリティである。てっきり小説の通り、敷地内で付き添いの人々が煮炊きをしたり、寝泊りしているぼろぼろの施設だと思って行ってみると、前庭はきれいに刈り込まれ、オレンジ色のレンガ造りの三～四階建ての建物が何棟もある立派な病院になっていた。職員たちの仕事の邪魔にならぬよう、建物の外観だけ見て帰るつもりだったが、マダガスカル人ガイドのロヴァ氏が入り口で見学の断りをすると、「日本人の方々ならわたしが応対します」と、すぐに八十二歳の牧野幸江《まきのゆきえ》シスターが現れ、少し腰の曲がった姿で歩きながら、院内を案内してくれた。今は、日本政府やポーランド、曽野綾子さんが創設したJOMAS（海外邦人宣教者活動援助後援会）などからの寄付で、内科、外科など五、六人の医師が常駐する清潔な病院になり、大きな自家発電装置も備え、二〇〇六年にこの地で亡くなった遠藤シスターが生前熱望していた帝王切開の施設もできたという。二〇一一年からは、曽野綾子さんらの尽力で毎年昭和大学の医師たちが訪れ、口唇口蓋裂《こうしんこうがいれつ》の子どもの手術を無料で行っている。牧野シスターによると、三十年前に比べれば人々の暮らしもずいぶんよくなり、昔は妊婦は皆裸足《はだし》で、汚れた足を洗ってからでないとベッドにも乗せられなかったが、今はちゃんと靴やサンダルを履いているそうである。それにしてもこんな地の果てのような土地で、二十年も三十年もひたすら貧しい人々に尽くす生活を送る日本人がいるというのには、頭が下がるとともに驚きである。以前取材をさせてもらった途上国債務削減に尽力したNGO活動家の故北沢洋子さんや、『法服の王国』で描いた憲法と人権を護《まも》るために冷遇に甘んじた青年法律家協会や全国裁判官懇話会の裁判官たちもそうだが、本当に立派な人たちというのは、マスコミの華やかな脚光が当たらないところにたくさんいる。

アンツィラベで一泊し、翌朝七時半に約五三〇キロメートル離れた南西部のムルンダヴァに向けて高原の爽やかな空気の中を出発。一応アスファルト舗装された幹線道路だが、あちらこちらに穴が開いているので、車はそれをよけるのに、右に寄ったり左に寄ったりする。時々、シャベルなどで道を直している大人や子どもたちがいる。誰かに雇われているわけでもないチップ稼ぎで、ただ土を穴に放り込んでいるだけだが、車が通ると踏み固められて一応穴がふさがり、それに感謝して運転手たちが百アリアリ（約四円）札や二百アリアリ札を放る。こういう習慣は初めて見た。

途中の町で市《いち》が開かれていたので、車を降りて歩いてみた。無数の掘っ建て小屋や露店が集まり、ありとあらゆる商品を商っている様子は、日本の戦後の焼け跡時代を彷彿《ほうふつ》させる。野菜サラダ、パスタ、揚げ物、煮た牛の血、ムフガシという日本にもありそうな焼いた米粉の餅《もち》などを売る食べ物屋もある。ラジオ、懐中電灯、電卓、鍵《かぎ》、工具、衣類、下着などはすべて中国製である。「味元（ミーウォン）」という韓国版味の素《もと》もあった。ちなみに首都のアンタナナリボに一番多くいる外国人は、旧宗主国のフランス人ではなく、中国人だそうで、こうした雑貨や繊維製品を売りに来ているという。

この町での市は毎週木曜日に開かれている。農民にとっては作物を売るだけでなく、必要な物資を買ったり、テレビも新聞もない田舎で何が起きているかの情報を交換する場でもある。人々は、太陽の光で灼《や》かれた草地や丘を縫ってどこまでも延びる一本道を何キロも、人によっては一〇キロ以上も黙々と歩いてやって来る。時々、サイクリング用の自転車に乗っている若者などがいて、マダガスカルでも裕福な人々がいることが分かる。ちなみに一番裕福なのは、商業を牛耳っているインド系の人々だそうで、アンタナナリボではそうした人々の宮殿かモスクのような巨大な邸宅をいくつか見た。彼らの子弟を狙った誘拐事件が時々発生し、日本円に換算して数千万円の身代金が払われるという。

通りに人々が群がっているマイクロバスがあり、ダンダカダン、ダンダカダンと速いリズムで太鼓が打ち鳴らされ、歓声の中で色とりどりの化繊の布にくるまれた大人の身体より一回り小さく、細長い物体がマイクロバスの屋根の高さまで誇示するように高々と担ぎ上げられていた。ファマディハナ（改葬）であった。ロヴァ氏に「ファマディハナを見られるとはラッキーですね」といわれ、是非見てみたいと思っていたわたしはにっこりした。マダガスカルでは、死は生と断絶した別世界に行くことではなく、ラーザナ（先祖）となって永遠に存在し続けるための過程と考えられている。先祖となった遺体は数年間仮の墓に置かれて白骨化したあと、再び取り出され、きれいに洗われ、ランバメーナという野蚕《やさん》の絹布で包まれる。遺族たちはサトウキビで作った地酒（ラム酒）を飲んだり、食事をしたり、踊ったりしながら、遺体をなでたり、膝《ひざ》の上に載せたりして先祖との再会を何日間も喜んだあと、正式の墓に埋葬する。改葬は、沖縄の与那国《よなぐに》島、フィリピン、インドネシアでも見られ、マダガスカル人がマレー・ポリネシア起源であることを裏付ける。

アンツィラベとムルンダヴァの中間点近くのミアンドリヴァズという町のレストランで昼食をとり、そこから一五キロメートルほど行ったところで車が故障した。運転手がボンネットを開けると煙が出ており、ラジエーターに水を入れたり、修理工を呼んだりして直そうとしたが、結局直らないので、ミアンドリヴァズまで引き返し、そこでロヴァ氏が地元のドライバーと交渉してタクシー・ブルース用のマイクロバスを調達し、我々の貸し切りにしてそれに乗り換えた。この間、三時間近く時間を要した。バスは窓ガラスの一部がなく、シートは手垢《てあか》と汗でべとべとに汚れていた。運転手兼オーナーの男、その妻、荷物積み下ろし兼雑用係の若い男の三人が運転席と助手席に陣取り、激しく車体を揺らしながら時速百キロの猛スピードで激走を始めた。

このあたりから田や畑が姿を消し、赤茶けた丘陵や低い山々が何重にも重なって地の果てまで続く雄大な峡谷、バナナやヤシの木が点々と生えているケニアあたりのサバンナそっくりの大平原、黒々としたヤシの林に埋め尽くされた風景など、アフリカ的な大地の広大さが印象的な景色になった。早くも薄紫色の花を咲かせているジャカランダの木もある。茶色い泥川では、茶色い肌の人々が洗濯をしたり、黒い肌の子どもたちが水浴びをしている。時々トラック、タクシー・ブルース、二頭のゼブ牛に曳《ひ》かせた荷車などがすれ違う。ゼブ牛は財産の象徴で、マダガスカルの人々は、金があれば銀行に預金したりせず、ゼブ牛を買う。大きくていいものは一頭百万アリアリ（約四万二千円）くらいで、牛泥棒はその場で射殺してよいことになっている。農民が一家族で十人くらい子どもを作るのは、牛の世話をさせるためでもある。このルートの風景は近々出す国際金融小説の中でも書く予定なので、揺れる車の中でせっせとメモをとる。

午後四時くらいから陽が傾き始め、紅色の大きな太陽で風景が染め上げられる。マダガスカルは夕焼けが美しい国だ。アンタナナリボの高台の家々を夕日が染め上げるのも美しいし、赤茶色の大平原に茜色《あかねいろ》の夕日が降り注ぐのも美しい。北部の港町ディエゴ・スアレスでは血のように真っ赤な夕焼けが見られるという。午後五時半をすぎると本格的な夕焼けになり、六時頃には日が落ち、やがてあたりは真っ暗になった。街灯などないので、ヘッドライトの光だけを頼りに、マイクロバスは時速七〇キロくらいのスピードでカーブの多い大平原の中を走り続ける。真っ暗な外を見ながら、まさか山賊は出ないだろうなと思う。旅に出る前に山賊のことが心配だったので、現地の日本大使館と住友商事の駐在員にメールや電話で確認したが、日中、幹線道路を走っている限りはまず危険はないということだった。しかし、この日は、夕方にはムルンダヴァに着くはずだったのが、車の故障のおかげで、夜道を走ることになってしまった。

「あ、星がきれい」

窓側の席にすわっていた家内が突然いった。

窓のほうに顔を近づけて見たわたしも、思わず「おーっ」と声を上げた。

日本で見るより倍くらいの輝きの星が、日本の星空の三分の一くらいの高さのところで、降り注ぐように瞬《またた》いていた。曽野綾子さんの『時の止まった赤ん坊』の中でも、マダガスカルの星空の豪華絢爛《けんらん》な美しさが繰り返し出てくるが、まさにその通りである。空気が澄んでいるのと、地上に光らしい光がないせいだろう。マダガスカルの旅の贅沢《ぜいたく》である。

幸い山賊にも遭わずに、午後七時半頃ムルンダヴァに到着。イスラム教徒も多く住む西部の港町で、ブーゲンビリアが紅色やオレンジ色の花を咲かせていた。気温は三十度近く、湿度も高い。バオバブ・カフェという、市内では一、二を争うホテルにチェックインしたが、下水の設備が悪いせいか、ホテルの周囲やオープンエアーのレストランに小便臭が漂い、部屋には蚊とゴキブリがいて、シャワーの排水も悪く、クーラーの効き具合も今一つで、こりゃ大変なところに来てしまったなと思う。部屋のベッドに蚊帳《かや》があったので、久しぶりに蚊帳の中で寝た。

しかし、翌朝目覚めてみると、前夜の蒸し暑さが嘘のように涼しくなり、部屋のベランダの先のモザンビーク海峡に通じる運河には朝もやがかかり、地元の人々を乗せた丸木舟や帆船がゆっくりと移動していた。小便臭も消えていた。運河に面したレストランでカフェオーレ付きの朝食をとると、よく冷やされたオレンジジュースが朝の乾いた身体に染み、バターとジャムをつけて食べるバゲットは温めて出され、細やかな気配りに感心した。

その日は、六〇キロメートルほど離れたキリンディー森林保護区にキツネザルを見に出かけ、バオバブ街道で沈みゆく夕日を見た。チャイロキツネザルは、人の姿を見ると恐れるどころか興味を惹《ひ》かれて、木から降りて近づいて来る。サン＝テグジュペリの『星の王子さま』にも繰り返し出てくるバオバブは、鮮やかな緑の水田のそばや道路沿いに、怪物のように巨大な姿を見せていた。大きなものは高さが三〇メートルもあり、樹齢は五百年とか七百年、樹によっては三千年で、灰色の太い幹に触れるとコンクリートのように硬い。薄紫のスイレンが咲く水辺でムームーに似た原色の民族衣装を着た女たちが洗濯をし、その彼方に巨大なバオバブの木が聳《そび》えている風景は一幅の絵のようだ。車で走っていると、たまに道を横切ろうとしているカメレオンに出くわした。カメレオンは面白い動物で、木の枝の先に乗せると、飛び降りることもできずに大人しく摑《つか》まっている。

地元の子どもたちは外国人を見つけると「ボンボン、ヴァザー（外人さん、お菓子ちょうだい）」とか、ペットボトルをほしがって、代表的なミネラルウォーターの銘柄「オウ・ヴィーヴ（Ｅａｕ Ｖｉｖｅ）、オウ・ヴィーヴ」と連呼しながらにぎやかに駆け寄ってくる。農民や漁民の多くは、マングローブの木の枝とパピルスの葉で作った家に住んでいる。奥地に行くと水道も電気もない発展途上国というのはいくつも訪れたが、それらがないのが普通で、都市部にだけ電気や上下水道があるというのは、マダガスカルが初めてだ。食用に鶏を飼っている家が多いので、毎日のように「コケコッコー」という威勢のいい鶏の声を聞いた。鶏はそのへんに放し飼いにしておけば勝手に虫や野草をついばんで成長する効率のよい家禽《かきん》である。鶏以外にも豚を飼ったり、マンゴーの木を植えたりしている家が多く、食べ物が極度に不足していた終戦直後の日本で、普通の家で鶏を飼ったり、野菜を作っていたのを彷彿《ほうふつ》させる。

ビーチは白砂で、白い浪が打ち寄せるモザンビーク海峡には帆船やエビ漁の小舟が浮かんでいた。ここも国際金融小説で書く予定なので写真とメモをとる。

マダガスカルで、車で走っているとよく警官に止められる。この国の警察は腐敗しており、運転手に難癖をつけて二万アリアリ（約八百三十円）くらいを巻き上げる。警官への就職希望者は多く、試験に合格するには五百万アリアリ（約二十一万円）の裏金を払う必要があるという。政府高官も腐敗しており、汚職は横行している。牛泥棒をその場で射殺するのも、泥棒が警察や裁判所に賄賂《わいろ》を払って無罪放免されるのを防ぐためでもある。トランスペアレンシー・インターナショナルという汚職問題に取り組んでいる国際ＮＧＯが発表している腐敗度ランキング（順位が下であるほど腐敗）では、マダガスカルは百三十三位である（一位はデンマーク、日本は十五位）。農鉱漁業資源に恵まれ、国民も真面目なマダガスカルが世界最貧国に留《とど》まっているのは、汚職が大きな原因の一つだろう。

帰路のアンツィラベではランバメーナ（野蚕《やさん》の絹布）の機織《はた》り工房に立ち寄った。室内に木枠の機織り機が七台くらい並んでいて、女性たちが手作業で織っているという。普通の絹とちがってごわごわした手触りで、マダガスカルらしい素朴さである。カラフルな色合いだが、淡く上品な感じに染め上げられている。トルコや中央アジアの織物を熱心に蒐集《しゅうしゅう》していたＪＰモルガン・チェースのバンカーで、北イラクの飛行機事故で亡くなった友人のムラード・メガッリが生きていたら、どんな感想をいっただろうなと、彼のことを思い出した。家内がサーモンピンクのスカーフを四万アリアリ（約千七百円）で一枚買った。

マダガスカルで素晴らしかったのは食事である。前菜が八千アリアリ（約三百三十円）、主菜が一万五千アリアリ（約六百三十円）、デザートが五千アリアリ（約二百十円）くらいで、驚くほど美味《おい》しいフランス料理やシーフードが食べられる。フランス人は植民地を徹底して収奪するが、食事だけは美味いものを残していくといわれる。元々肉も魚も味が濃くて素材がよい。ビールはＴＨＢ（three horses beer）というピルスナー・タイプがあり、デザートの甘いバナナにラム酒をからめてブランデーで焼くバナナ・フランベには病みつきになった。バオバブ・カフェで、夕食にエビのグリルを頼んだら、伊勢エビのように大きなエビが三匹も出てきた。

アンツィラベとムルンダヴァへの五日間の旅を終えたあと、最後の二日間は、アンタナナリボのサカマンガ（マダガスカル語で「青い猫」）という、やはりフランス人が経営しているホテルに宿泊した。外の混沌とはまったくの別世界で、たとえていえば戦後の進駐軍か麻布台の東京アメリカンクラブのような外国人の世界だった。レストランでは、地元の若い女性を連れた欧米人の年輩の男たちをよく見かけた。マダガスカル人は礼儀正しく従順なので、欧米人（特にフランス人）にとって、戦前の日本人から見たインドネシア人のようなものなのだろう。プールサイドのレストランには、マダガスカル人の子どもたちを養子にしたと思しいデンマーク人夫婦が二組いて、一歳から一歳半くらいの子どもたちをあやしながら食事をしていた。貧しい国では養子を手に入れやすいので、先進国から子どものほしい夫婦たちがやって来る。

帰りの飛行機は夜中の一時四十分発で、パリに到着したのは午前十一時半頃だった。パリでは去る（二〇一五年）一月に風刺週刊誌のシャルリー・エブド社がイスラム過激派に襲撃され、十二人の死者を出し、二週間ほど前（二〇一五年八月）にもアムステルダム発パリ行き特急列車の中でモロッコ系の男が発砲しようとして米海兵隊員ら三人に取り押さえられる事件が起きている。シャルル・ド・ゴール空港は厳戒態勢下で、マシンガンを持った警備兵が三人一組でパトロールし、中東やアフリカ方面から到着する便の降機口では怪しげな乗客が質問を受けていた。持ち主不明の荷物があったため、通路の二箇所が封鎖されていた。以前とは様変わりの様子に、欧米がテロとの戦いの真っただ中にあることが実感される。マダガスカルの暮らしも大変だが、欧米は欧米で大変である。

無事、ロンドンの自宅に戻ったのは夕方だった。今回も常識を揺さぶられるいい旅だった。旅はハードであればあるほど記憶に残る。そういえば、恋愛も結婚生活も人生も、そうかもしれない。

解説　新しい旅へ

吉岡桂子

虚実入り交じる経済小説の中でも、黒木さんの作品は「実」のにおいが濃く漂う。記者ならば自らがかかわった取材と照らすと、より実感する。

黒木さんの本格的なデビュー作となった『トップ・レフト』。私が最初に触れた作品でもある。国際協調融資の主幹事をめぐる邦銀と米投資銀行の争いや買収劇が描かれている。２０００年11月に出版された当時、私は朝日新聞東京本社の経済部で金融を担当していた。通称日銀記者クラブ。日本橋本石町《にほんばしほんごくちょう》の日本銀行本店の西門わきの低い建物の一階にある。北京《ペキン》の大学で中国語を1年間、学んだあと、古巣の持ち場に9月から再び放り込まれた。

留学前の１９９０年代後半も、日銀・旧大蔵省の接待汚職事件や銀行、生命保険会社や証券会社の経営危機を取材していた。北海道拓殖銀行や山一証券などが破綻《はたん》した。株価が暴落し、取り付け騒ぎが心配される銀行もあった。ＡＴＭ（現金自動出入機）を同僚と交代で見回る日もあった。市場からの信頼が揺らぐ邦銀や生保の信用を補うため、有力な外資系金融機関との提携が模索された。具体的な内容が固まっている案件もあれば、当局や当事者が市場向けの安心材料として生煮えのままでメディアにリークするネタもあった。混乱のなか、朝日新聞など一般紙には登場する機会が乏しかった投資銀行など外資系金融機関が紙面をにぎわすようになった時代である。

2000年秋に日銀記者クラブへ出戻ると、富士銀行、第一勧業銀行、日本興業銀行の3行統合や住友銀行とさくら銀行などの合併が決まっていた。「次はどこか？」「何が起きるのか」。日銀や金融機関、財務省、政治家などの自宅や会食が引けたあとのレストランの前。夜討ち朝駆け取材の日々がまた始まった。おぼえたての中国語は吹き飛んだ。取材のブランクをうめ、勘を取り戻そうと経済小説に手が伸びる。そのひとつが『トップ・レフト』だったのだ。

中堅損保の幹部の自宅近く。居酒屋からもれるあかりの下でページをめくった。どんどん寒くなる季節だった。国際金融をめぐる情け容赦ない攻防の舞台裏をのぞく気分で、あっというまに読み終えた。耳慣れない専門用語がちりばめられていながらも、ぐんぐん引き込まれた。米国の投資銀行にカモにされる日本企業の中で、あがいたり、もがいたり、何かを捨てようとしても捨てられなかったりする登場人物の心情が、目の前の取材先の方々と重なる所もあった。さらに、細やかな食べ物の描写が、それぞれの場面に香りまで漂わせた。英仏が開発した超音速旅客機コンコルドの豪華な機内食、トルコ建国の英雄アタチュルク大統領が通ったロシアレストランのピロシキ、ウォール街で金融マンがかじりつくホットドッグやベーグル、ロンドンのパブで飲む生ぬるく茶色いビール、そして、高級フレンチのル・ポン・ドゥ・ラ・トゥールで傾けるシャンパン……。
この文章を書きながら、ふと浮かんだ。


街のにおい、天気、幹部の表情や声色、自分が着ていた服……黒木さんなら、夜討ち朝駆けしながら読書した風景を後から立体的に描けるように、愛用のシャープペンシルでA4のコピー用紙にメモを詳しく残していただろう。時代の空気や登場人物の感情をエッジをきかせて立ちのぼらせる具体的な表現が、作品のリアリティーを高めている。

その後、私は上海《シャンハイ》、北京と中国特派員を務め、中国がからむ国際経済や政治を主に担当するようになってからも、『アジアの隼』『巨大投資銀行』『排出権商人』『国家とハイエナ』など、私自身の取材とどこか重なる作品を楽しんできた。

日々さまざまな事件が起き、伝えられ、時には私も取材する。だが、時を追うにつれ記憶から遠のいていく。インターネットのなかには現場があふれていても、スマホのカメラで切り取った風景が、全体のどこに位置するかは判然としない。そんな事件や景色のかけらに、黒木さんが自ら歩いてみた世界がブレンドされ、物語のピースとしてよみがえっていく。小説のかたちで熟成されるからこそ、全体像がより見えてくることもある。

◇

北海道北西部にある秩父別《ちっぷべつ》町で生まれた黒木さんが、パスポートを取得し、初めて外国に出たのは27歳。意外に遅い。大学を卒業して関西系の都銀に入り、志願してエジプトのカイロ・アメリカン大学に留学生として派遣された。それを皮切りに、銀行、証券会社、総合商社と通じて国際金融の実務に携わり、世界を駆け回った。ロンドンに1988年から住み、作家として46歳で独立してからは、取材で各地を歩く。これまで80ヵ国を訪れ、日本も47都道府県すべてを踏破した。

金融マン時代は借り手本人と彼らが住む国を、作家になってからは取材対象やその場所を、「必ず『自分の目で』虚心坦懐《きょしんたんかい》に見て、真実に一歩でも近づくこと」を心がけているそうだ。インターネットの発達で、情報収集は飛躍的に便利になった。それは作家や記者に限らず、読み手にとっても同じだ。だからこそ、誰が、どこを歩き、何を問うかが大きい。このエッセイ集は、黒木さんの取材に同行しているかのような、わくわくする気分を味わえる。地球儀を回しながら、わずかの時差で世界の今を追体験できる。

本書の「はじめに」の最後に、著者からの読み方指南がある。

(この手のエッセイ集は、最初から順に読むより、興味のある項目から拾い読みしていくほうがすんなり頭に入ると思います。お試し下さい)

新聞記者で中国を長く取材してきた私はまず、第四章の「作家になるまで、なってみて」に収められている「文章修業」「取材術」に飛びついた。続いて、第一章「世界をこの目で」の冒頭に置かれた「サハリン銀河鉄道と武漢《ぶかん》の老父」にページを戻した。「武漢」という地名に、目がとまったからだ。

湖北《こほく》省武漢まで何をしに行ったのだろう。あそこは、中国の詩人李白《りはく》がうたった黄鶴楼《こうかくろう》がある。毛沢東《もうたくとう》がかつて勇ましさを誇示するために泳いだ長江《ちょうこう》が流れている。三峡《さんきょう》下りの船の下流の起点でもある。食べ物は辛い……。そんなことを思い出しながらページをめくるうち、あっと声をあげてしまった。

中国国有企業の中国航空油料（CAO）がデリバティブで大損失を出して破綻し、経営陣は有罪となった事件がつづられていた。北京特派員時代に取材したが、事件そのものをすっかり忘れていた。その社長の故郷が武漢を省都とする湖北で、黒木さんは彼の父が今も暮らす農村を訪ねてインタビューしていたのだ。社長の横顔に迫り、作品に厚みをもたせる取材の一環である。

水牛や鶏を追い越し、土ぼこりをあげてワゴン車で走る。社長の実家としては質素なタイル張りの長屋に、毛沢東の肖像画が飾られていたという。父親や通訳、町の人々など登場する人物に、中国の農村へしばしば取材にでかけていた私も「いるいる、こういう人！」と思わず、ニンマリした。

このエッセイ集は、作品が生まれた舞台裏をたどる旅でもある。読んだことのある作品ならちょっとした種明かしを楽しみ、読んでいない作品であれば全体像を知りたくなる。隠し味は、あちこちを広く歩く黒木さんならではの視点だ。へえっと感じる表現に出くわす。たとえば、第三章にある「福島第一原発ヘリコプター取材」のこんなくだりに目が止まった。

東日本大震災の福島第一原発事故から3年7ヵ月が過ぎた2014年10月のこと。黒木さんは「週刊朝日」の連載の取材で、事故直後に技術者らが第一原発へ向けて飛んだ空路をヘリコプターで追う。鹿島灘《かしまなだ》沿いの上空を高度300メートルで飛んだ。時をへて、地上はすでに事故の痕跡《こんせき》は少なかったそうだ。白い泡を立てて海岸に打ち寄せる緑色の波間で、何十人もの黒いウエットスーツを着たサーファーたちが見え隠れする。その波乗りを楽しむ姿を、「南アフリカのケープタウンで見たアザラシの群れみたい」と書く。ここで「ケープタウンのアザラシ」を思い浮かべる人はそう、いないだろう。

ちなみに、ヘリのなかでメモを書きまくる姿に、「週刊朝日」の若い男性記者から「何を書いてるんですか?」と問われる。「あとで作品の中で何が使えるか分からないので、見えるもの、聞こえるもの、匂い、感じたことなんかをすべて書き留めておく」と答えながら、(きみは取材のときメモをとらないの?)と声には出さなかった心の声を書き添えている。リアリティーの再現を大切にする黒木さんにしてみれば、信じられない問いだったに違いない。記者を仕事にしながら何を言っているのか。やや憤慨しつつ、目を丸くする表情が浮かぶ。

ときに自らとの接点をたぐり寄せながら、関心のおもむくままにページを行き来した。最後にたどり着いた「おわりに」には、「マダガスカルの夕日を浴びて」という副題がついている。

マダガスカルは、モザンビーク海峡を挟んでアフリカ大陸南東部と向き合う島国だ。

私は残念ながら、行ったことがない。それだけに、数々のディテールに引き寄せられた。ポインセチアの花を、国名の「マダガスカル」と呼ぶとは！「アイアイ」というサルは、私も「お猿さんだよ〜」という明るい歌とともに記憶にあるが、ちっともかわいくないどころか、怖い顔をし、現地では不吉な動物とされていたのか。この国でも首都には中国製の雑貨があふれ、旧宗主国のフランス人より中国人が幅をきかせている。曽《そ》野綾子《のあやこ》さんの小説『時の止まった赤ん坊』の舞台でもある産院があり、今も日本人シスターが現地に根づいて尽くす。

初めて訪ねた黒木さんの驚きが、随所に伝わる。これ以上、詳しくは書かないが、「常識を揺さぶられるいい旅だった」と締めくくってあった。

でも、「おわりに」は、全く終わっていなかった。むしろ、どこか「はじめに」を読んでいるようでもあった。

このエッセイ集は、黒木さんの新しい旅の起点なのだろう。その旅は、世界を舞台とした経済・社会小説、ノンフィクションにとどまらない。クールな表現ながらも、亡き父親とふるさと秩父別町への愛着が濃くにじむエッセイは、とても印象深いものだった。そこに書かれている通り、ふるさとはいつか初めて挑む純文学の作品の舞台となる予感がする。

旅は続く。道連れを、どうかよろしく。

本書は、二〇一五年十一月に毎日新聞出版より刊行された『世界をこの目で』を文庫化したものです。為替レートその他の社会・経済状況は、各エッセイ執筆当時のままとしています。

世界《せかい》をこの目《め》で

黒木《くろき》 亮《りょう》

平成30年 11月25日　初版発行
令和7年　6月10日　9版発行

発行者●山下直久

発行●株式会社KADOKAWA
〒102-8177　東京都千代田区富士見2-13-3
電話　0570-002-301（ナビダイヤル）

角川文庫 21283

印刷所●株式会社KADOKAWA
製本所●株式会社KADOKAWA

表紙画●和田三造

●お問い合わせ
https://www.kadokawa.co.jp/（「お問い合わせ」へお進みください）
※内容によっては、お答えできない場合があります。
※サポートは日本国内のみとさせていただきます。
※Japanese text only

ISBN 978-4-04-107204-2　C0195

角川文庫発刊に際して

角川源義

第二次世界大戦の敗北は、軍事力の敗北であった以上に、私たちの若い文化力の敗退であった。私たちの文化が戦争に対して如何に無力であり、単なるあだ花に過ぎなかったかを、私たちは身を以て体験し痛感した。西洋近代文化の摂取にとって、明治以後八十年の歳月は決して短かすぎたとは言えない。にもかかわらず、近代文化の伝統を確立し、自由な批判と柔軟な良識に富む文化層として自らを形成することに私たちは失敗して来た。そしてこれは、各層への文化の普及滲透を任務とする出版人の責任でもあった。

一九四五年以来、私たちは再び振出しに戻り、第一歩から踏み出すことを余儀なくされた。これは大きな不幸ではあるが、反面、これまでの混沌・未熟・歪曲の中にあった我が国の文化に秩序と確たる基礎を齎らすためには絶好の機会でもある。角川書店は、このような祖国の文化的危機にあたり、微力をも顧みず再建の礎石たるべき抱負と決意とをもって出発したが、ここに創立以来の念願を果すべく角川文庫を発刊する。これまで刊行されたあらゆる全集叢書文庫類の長所と短所とを検討し、古今東西の不朽の典籍を、良心的編集のもとに、廉価に、そして書架にふさわしい美本として、多くのひとびとに提供しようとする。しかし私たちは徒らに百科全書的な知識のジレッタントを作ることを目的とせず、あくまで祖国の文化に秩序と再建への道を示し、この文庫を角川書店の栄ある事業として、今後永久に継続発展せしめ、学芸と教養との殿堂として大成せんことを期したい。多くの読書子の愛情ある忠言と支持とによって、この希望と抱負とを完遂せしめられんことを願う。

一九四九年五月三日